重返地球

虚像次时代

朱琨◇著

BACK
TO
EARTH

北京联合出版公司
Beijing United Publishing Co.,Ltd.

图书在版编目（CIP）数据

重返地球：虚像次时代 / 朱琨著. — 北京 ：北京
联合出版公司，2017.12
ISBN 978-7-5596-1053-9

Ⅰ. ①重… Ⅱ. ①朱… Ⅲ. ①科学幻想小说－中国－
当代 Ⅳ. ①I247.5

中国版本图书馆CIP数据核字(2017)第248425号

重返地球 ： 虚像次时代

作　　者：朱　琨
出版统筹：新华先锋
责任编辑：刘　恒
特约监制：黎　靖
策划编辑：黎　靖
封面设计：王　鑫
版式设计：刘　宽
营销统筹：章艳芬

北京联合出版公司出版
（北京市西城区德外大街83号楼9层　100088）
三河市祥达印刷包装有限公司印刷　新华书店经销
字数176千字　787毫米×1092毫米　1/16　16印张
2017年12月第1版　2017年12月第1次印刷
ISBN 978-7-5596-1053-9
定价：39.80元

第一章

蓝颜的死而复生是落拓最近一系列梦魇的开端。

事情要从那次郊游开始。

仲夏的塞北市酷热难耐，本就稀少的雨水在半个月前光顾之后就再没回来。每天坐在教学楼中朝八晚六的落拓总觉得待在这钢筋水泥组成的森林中是在浪费生命。于是，他决定抽个时间出去放松一下。

周六这天早上，阳光明媚，落拓开着租来的SUV来到蓝颜家门前。他事先并没有告诉蓝颜，蓝颜自然一无所知。她蒙眬着双眼，穿件粉红色哆啦A梦图案的睡衣，把落拓让到客厅，然后用一种无辜的神色望着他，似乎对落拓这么早打扰自己的美梦有些不悦。当落拓说出他的计划时，蓝颜立即将漂亮的眼睛睁得老大："去纸鸢湖度假村？"

"对啊，你看，我都准备好了。"落拓张开双臂，让蓝颜看自己特意找出来的旅行服和休闲鞋，然后指了指窗外的汽车，"最新款进口全地形越野车，装满了食物和装备，甚至包括露营的帐篷和烧烤架。"

"这可不像你的风格，你什么时候变得……"蓝颜微笑着摇了摇头，"我今天好多事呢！"

"都推了吧，现在纸鸢湖度假村不收费，多难得的机会。"

"不收费？不是说那儿挺贵的吗？"蓝颜问道。

落拓从上衣口袋里摸出张名片："昨天我在楼下遇到了这个人，是个科技公司的负责人。他们现在搞一个公益活动，本周加他们的微信公众号就能免费住宿。"

"我倒是听说那个地方风景挺好。"

"是相当不错。"听蓝颜的口气有些松动，落拓忙着敲边鼓。当然，如果他这时候知道后面发生的事情，一定会重新考虑这个决定。只不过此时的落拓还在为自己能轻易说服蓝颜而得意扬扬，他甚至开始幻想在纸鸢湖度假村的房间能和蓝颜有进一步的发展。

他们恋爱两年了，蓝颜这是第一次答应和落拓出去过夜。在某种意义上，落拓也觉得算是水到渠成的暗示。于是他兴奋地帮着蓝颜收拾东西，然后开车向纸鸢湖度假村驶去。完全被欲望支配的落拓根本没注意到一场噩梦已经向他逼近。

直到当天晚上入住纸鸢湖度假村时，落拓才注意到整个度假村竟然空无一人。远处黑黢黢的别墅像是一个个怒目而视的巨人。蓝颜似乎也注意到这一点，问道："昨天那个人只邀请了你自己？"

"他站在我们公司楼下发名片，和那些外卖公司免费送优惠券一样，很多人都收到了啊！"

"那为什么只有我们自己？"

"我不知道，过去看看。"落拓说着和蓝颜来到前台，一边办理入住手续，一边问道："为什么没有人啊？"

"还没来呢。"小姑娘回答道。对这样的回答，落拓并不满意，不过接下来可能发生的事情让他期待万分，他没有精力去细琢磨其他，于是几乎是半拖半拽着将蓝颜拉进电梯，然后拖到了房间门口。

当落拓推开房门，准备和蓝颜进屋的时候，突然间灯光闪动，一个身材清瘦的年轻男子出现在两人面前。与黑暗同色的风衣很巧妙地掩饰了他的形象。在瞬息之间，年轻男子从腰间拔出一支闪着银光的手枪。黑洞洞的枪口正对着蓝颜姣美的面庞——虽然此时正变得苍白惊恐。

落拓的第一反应是挡在蓝颜身前。可是男子的枪瞬间响了。虽然手枪带着消音器，但在落拓听来无异于一声惊雷。蓝颜的胸脯上绽开一朵鲜红的花，尖叫与身体摔倒在地毯上的沉闷声混杂在一起，这一切都发生得太快。落拓瞪大双眼，呆立在角落里，不敢做任何反应。

　　黑衣男子从容地将枪收进风衣口袋，迅速转身离开。落拓反应过来后，赶紧跑出房门去追那人，但是走廊里空荡荡的，散发出一种恐怖的气氛，落拓只得回到房间察看蓝颜的伤势。可是当他回到房间，却发现蓝颜竟然失踪了。

　　距离开枪的男人离开不过几十秒钟的时间，中枪的蓝颜怎么会消失不见？落拓惊愕地在房间里徘徊四顾，忽然觉得刚才的一切都是幻觉，都未发生过，好像这次来纸鸢湖度假村的只有落拓一人。

　　落拓跌跌撞撞地冲出门去，站在纸鸢湖度假村门前，任凭冷风吹过滚烫的身体，可是依然无法冷静下来。他不断自我催眠，觉得这一定是某些人的恶作剧。蓝颜虽然外形美艳，可她毕竟只是个普通的电视购物主持人，谁会和她有如此深仇大恨？

　　思索良久，落拓决定报警。可当他刚掏出个人通信终端时，终端却响了，竟然是蓝颜发起了语音通话。难道蓝颜中的是麻醉枪？在自己追出去之后屋里的同伙将她隐藏起来？难道是绑匪？落拓接通了终端。

　　蓝颜听起来她似乎并不太紧张，声音有些低沉，丝毫没有任何虚弱感："你在哪儿呢？"

　　"颜颜你没事吧？"落拓紧张地问道。

　　"我没事啊，你怎么了？"听落拓口气不正常，蓝颜好像也挺奇怪，她停顿了一下又问道，"你到底在哪儿呢？"

　　"我在度假村楼下啊！"落拓听得有点儿糊涂了。

　　蓝颜的声音有些嗔怒："什么度假村楼下啊？"

　　"纸鸢湖度假村楼下啊！"

　　蓝颜的声音更大了："你去纸鸢湖度假村了？和谁？"

　　"和……和你啊。"说这句话的时候，落拓觉得自己都快疯了。终端里蓝颜冷冷地哼了一声，说了句有病就挂断了通话。

落拓不敢相信这一切都是真的，他赶紧跑到停车场，一路全速前进，连夜赶回塞北。

午夜，蓝颜睡眼惺忪地见到了满脸惊恐的落拓，她将一杯凉水递给落拓，落拓双手捧着杯子，蓝颜能清楚地看到他不停颤抖的手。

"你到底怎么了？"蓝颜看到落拓的状态，又联想到之前的那一通莫名其妙的通话后问道。

可是当她听过落拓的解释后，一脸的鄙夷无奈："你是在做梦还是想诅咒我，你看我身上有枪眼吗？"她的声音引来室友女孩的关注。

落拓快要崩溃了，可他不知道如何说起。刚才近乎荒诞的情节难道真的只是一场噩梦？好在蓝颜没事，这足以平慰落拓的心。经过简单的沟通过后，他决定先回家休息然后明天再聊，睡一觉或许能冷静下来好好想一想所有事情的经过。

"你等一下。"蓝颜从屋里拿过一个深褐色皮革面料的硬皮笔记本，"这个本子不是你的吗？什么时候落到我家了？"

"这是我开会用的记录本。"落拓清晰地记着周末之前还开过例会，之后这个本子被他放到了办公桌的文件框里，怎么会出现在这里。

"你什么时候发现的？"

"我早上睡醒就看到这个本子在桌上，我猜你来过。"蓝颜看着落拓的表情就知道事情绝非她想的那么简单。

"我没来过，这里面一定有问题。"落拓紧张地思考着，总感觉有人在暗中操纵着这一切。也只有这样才能合理地解释发生的一切。

落拓接过蓝颜手里的笔记本，感觉它是揭开这一切谜题的关键。

"怎么了？"

察觉到落拓神色有异，蓝颜凑过来瞅了一眼，发现在笔记本扉页上，有人用娟秀的字体写了一行字：昭阳路四十七号，我的故事，你的故事，今天的故事。

"这是你写的吗？"落拓翻来覆去地看着这不多的几个字。

蓝颜走过去，看出这的确是自己的笔迹，满脸惊恐："这……这不是我写的。"

　　落拓苦笑着合上笔记本说道："我相信这不是你写的。可到底是谁在搞鬼？你明天敢不敢和我一块儿查个清楚？"

　　"不好吧？"蓝颜还未回过神儿，"万一这是个圈套呢？"

　　"你要是害怕就在家等我，我明天必须要去。你知道我的性格，这种事不弄明白我肯定睡不着觉。"

　　"好吧，明天早上八点在地铁口碰头。"蓝颜也想着把这一切都搞清楚，稀里糊涂地发生这么多事也让她感到好奇。

　　"你经常去海港区吗？"人流嘈杂的地铁八号线上，落拓发现蓝颜对距离市区数十公里的海港区似乎异常熟悉，根本不用像他一样不停低头看导航，她步履轻快且自信，落拓只能在身后紧紧跟随。

　　"去过几次。"下了地铁，他们从 C 口出来。蓝颜望着眼前一栋高耸的大楼说道："这就是四十七号，连礼大厦。"落拓随着蓝颜手指的方向在阳光的缝隙中瞅了好久才看到楼顶上的"连礼科技集团"。

　　落拓歪着脑袋愣愣地看着，突然一拍大腿，说道："我想起来了，前天早上在我们公司门口发名片说免费去纸鸢湖度假村的就是这个公司的人，还是什么事业部的部长。"

　　"走吧，到了就知道了。"蓝颜径直往大厦走去。

　　落拓跟在蓝颜身后，一进连礼大厦的正门，就见一爿连绵的假山矗立在眼前，像面影壁墙一样将门厅与大厅分开。假山蜿蜒巍峨，巉岩峻岭间山泉淙错水瀑成渠，各色鱼虾应有尽有，着实让人眼前一亮。

　　绕过假山，见左侧是放着几排沙发的临时休憩处；右边摆着玻璃展柜和一些工艺品；正中的玻璃前台后面一个清秀的姑娘正对着电脑敲敲打打，显然还没注意到他们。

　　"请问邱部长在吗？"蓝颜走过去打招呼，直到此时落拓才发觉原来蓝颜也知道那个部长姓邱。小姑娘点了点头，问蓝颜是不是有约。

“有的，你就告诉他我姓蓝，他知道我是谁。”蓝颜胸有成竹地说道。这时落拓如梦方醒，原来蓝颜有事隐瞒。好在蓝颜亦知落拓心思，遂笑道：“你上楼就知道了。”

“什么意思？”

“走吧。”

两人绕过前台，坐电梯径直来到十六楼。才开电梯门，就见一个身穿风衣、手握银色手枪的清瘦男子正对电梯站着。还未来得及做出反应，男子抬起右手，枪声再次响起。

这次轮到落拓胸口绽开了，他眼看着自己胸口中了一枪，满脸惊恐地望着那个黑衣男子，而他正是昨天晚上在纸鸢湖度假村袭击蓝颜的那个人。一瞬间，落拓明白了，昨天倒在地上的是真的蓝颜，而此时面前骗自己来连礼大厦的却是假蓝颜。

可她为什么要这么做？真正的蓝颜还活着吗？当他低头察看身上的伤口时，身边的“蓝颜”拉了他一把，而当他站起来的时候男子却又消失不见了，自己身上的伤口也消失踪迹。

“落先生，让你受惊了！”一个西装革履的微胖男人从一侧闪到落拓面前。他的发型纹丝不乱，面孔保养得光润白皙，连下巴的胡须都刮得干净，皮肤像女人一样细腻圆滑，一副无框的树脂眼镜架在鼻梁上，显得儒雅大方。

这人不就是前天早上发给自己名片的邱部长吗？一时间落拓不知道该说什么，眼前的这个人和前天看到的完全判若两人。

“我知道您有很多疑问，不如我们到办公室聊吧。”说着邱部长在前带路，引着落拓和蓝颜来到他的办公室。

一进房间门，落拓只觉眼前一亮，豁然开朗。房间右侧是一整面墙的玻璃鱼缸，墙内水影婆娑，各色热带鱼争奇斗艳，在水草假山中悠然自得。

灰色的真皮沙发就放在这面玻璃墙下。邱部长请他们坐下后，转身为他们端了两杯茶。

邱部长坐在他们对面，笑道：“刚才的事吓了一跳吧。其实无论是昨天晚上还是今天早上，你见到的都不是真人。"

"什么意思？"落拓把刚端到嘴边的茶杯又放了下来。

邱维纲肯定地点了点头，继续说道："从昨天开始我们公司就设计了一个简单的虚拟现实模拟体验，为了增加效果没有对体验对象说明情况，对于这一点我们表示歉意。不过我之前和你女朋友说过，她也配合我们工作。所以现在可以告诉你，这个就是裸眼 AR 立体投影技术，也就是虚拟现实人物模拟出来的裸眼 AR 投影人。"

落拓听得目瞪口呆，听到蓝颜也参与了这个实验时才把头扭向一边，看着蓝颜。蓝颜见状，忙解释道："我也是前几天才听邱部长说起的，因为他和我们公司的一个经理认识所以我就同意了。而且邱部长答应参与这个实验会有一定的补助。"

"这么说，昨天的事，你都知道？"落拓语气中有一丝怒气。

"昨天咱们去纸鸢湖度假村是真的，只不过后来咱们见到那个 AR 人出现后就是假的了。和你语音通话的时候我和邱部长其实都在隔壁房间，后来是坐公司的车先回塞北的。"

"原来是这样，你怎么知道我会去找你？"落拓还是不敢相信，一把抓过蓝颜的手，轻轻地捏了几把。这时邱部长笑着拿起一个遥控器，按了一下，那个穿着黑色风衣的年轻男子就走了进来。

"邱部长。"男子的声音很干脆。他站在邱部长桌前与落拓不足两米的距离。年轻男子的出现让落拓以为这又是一场骗局。明明这个人就在眼前啊，怎么能说是什么裸眼 AR 虚拟现实？紧接着年轻男子又凭空消失了。

"怎么样，这次相信了吧？"邱部长摇晃着手里的遥控器，玩味地问道。

"和真人一样？"

"对，我们公司的产品正是 AR 与 MR，也就是虚拟现实与虚拟增加的结合产品，至少领先同行五十年。"邱部长得意地说道。

"这是怎么做到的？"刚刚发生的一幕让他忘记之前的种种，对这项技术好奇不已。

"我们有一套虚拟现实室内分布系统，可以做到全方位无死角的专有专线信号覆盖，与服务器相连，你想让房间什么样它就能投影使房间变成什么样。不仅如此，裸眼 AR 投影人具备预先设计好的语言能力，能让你觉得裸眼 AR 投影人就是个真人。"

"这么神奇？"落拓越听越觉得不可思议，感觉像是凭空造出来人一样。

"因为虚拟现实室内分布系统可以对人的反应进行优先判断，通过云服务器上的智能操作系统反馈相应的电波，直达你的大脑。"说到这儿邱部长又按了一下遥控器，身后整面墙的鱼缸瞬间就消失了，在落拓和蓝颜面前的仅有一面光秃秃的墙壁。

"我们甚至可以建造一套属于你的别墅、小区甚至是城市。"他可能觉得口气大了一点儿，又补充道，"只要有足够的后台服务支持。"

很快，房间的沙发也消失了，呈现在落拓面前的只剩一个简单的办公桌和尚未装修的普通房间。他和蓝颜正坐在木地板上，靠着墙壁听邱部长侃侃而谈。

看见已经被彻底征服的落拓，邱部长笑着又在遥控器上按了几下，房间立刻恢复了刚进门时看到的样子，豪华且漂亮。

"那个新笔记本是我让蓝颜买的，字是我让她写的。目的是想让你参与我们公司的这次'虚拟现实走进生活'的实验。"

"这……这是个实验？"

"对。"

"那有多少人参与啊？"落拓很想知道还有没有他认识的人参与了这个实验。可得到的回答却令他感到失望："只有你一个。"

"为什么是我？"

"因为你很特殊。"邱部长说了一个让落拓更想不到的答案。

此前，落拓对于 AR/MR/VR 的了解仅限于报纸或网络上科技栏目的报道以及几款相关游戏。

对于邱维纲提出的条件和理由，落拓觉得自己实在无法拒绝。要知道"知之网络"可是全球最大的网络公司之一，而连礼科技是它的全资子公司，难怪有如此逆天的黑科技。如果自己考不上研究生的话，仅凭"知之网络"的工作经验估计就不愁找不到好工作。

"实验期间，除了补贴之外你还能得到'知之网络'的工作经验。'知之网络'会把你当正式员工对待。"邱维纲似乎能看穿落拓的心思。

落拓看了眼身边同样听得目瞪口呆的蓝颜，觉得这种事无论如何都不可能发生在自己身上。但是刚才的一幕幕让落拓觉得十分刺激，激动不已。

事情很快就定了下来。当然，如果他们知道后面要发生的事情，也许就不会如此爽快地决定了。

工作的内容就是前往特定的实验地点，在虚拟出的场所与虚拟的人物沟通交流，然后写份报告。每周两次，时间可以灵活掌握。对此落拓还是相当积极的，他充满期待，然后坐公交车前往桥南区至信工业园的指定地点工作。

至信工业园湘江路有一片新开发的写字楼，由于大都没有租售出去，所以很少有人来，看上去很荒凉。落拓坐着电梯来到三楼办公区的时候，很难想象连礼公司为什么选这么荒凉的地方。

穿过清冷昏暗的走廊，落拓小心翼翼地走到最尽头，终于看到了"连礼科技公司第三实验项目基地"的金属牌子。

刷脸通过门禁系统，推开实验室的门之后，展现在落拓面前的是个简单的卧室，墙上贴满了各色老电影的海报，正对门是一张破旧的木制电脑桌，上面凌乱地摆放着一台二十三英寸的显示器、几本书和许多杂乱无章写满公式的白纸、圆珠笔以及空方便面桶；电脑桌旁边，一张空荡荡的单人床上堆放着一条薄薄的棉被，好像主人刚刚起来去卫生间未归；从地上的拖鞋和屋里的"味道"都能看出这里绝对属于一个雄性荷尔蒙旺盛的家伙。

虽然落拓知道这是连礼公司通过技术手段虚拟出来的场景，可它的真实性还是大大超出了他的预料。他坐到房间内唯一的椅子上，臀部与椅面上柔软海绵的接触感让他尤为震惊，他甚至能感觉到那微微凸起的弹力。

如此真切的感觉难道真是通过计算机模拟出来的？落拓想不明白，不停地扭动着屁股，和坐在沙发上一模一样。落拓抬起头，想寻找在房间内可能存在的蛛丝马迹，可是一无所获。

落拓看到桌子上的电脑没关，似乎正运行着一套落拓没有见过的操作系统，桌面上黑底的字符界面上，一个名为"Fufei"的软件正在运行中，一排排混合着大量数字的单词正迅速地在黯淡的屏幕上闪过，好像是程序自动执行着某个任务。

邱维纲说要和虚拟出的人物交流，找出与真人的区别以便改进，可这里什么人都没有啊？落拓转身看到房间的角落散乱地扔着几张纸，像是政府的什么文件，他没有细看。再次坐到电脑前翻了翻面前的三本书，发现都是计算机编程的专业著作：《FreeRTOS 进阶教程》《Matlab 仿真学习手册》《C++ 与 Lua 应用实例》。

离预定的结束体验时间还有两个多小时。落拓望着电脑上看得人眼花缭乱的字符，觉得实在无聊，但是又不敢动桌子上的东西，于是就在屋子里踱了两圈，最后百无聊赖地捡起地上的几张纸想打发时间，可很快就被上面的字吸引住了。

第一张纸是份文件，用打印机打印出来的，可能是打印机质量的原因，上面的字迹模糊不清，标题是"关于 X 死亡真相的调查说明"。

根目录顾问促进会（下简称根促会）：

我部的正式文件已发至根促会办公室邮箱，请查收并转交执行主席。此次调查已完全确认 X 死亡，最终正式结果将由友谊医院方面出具。由于事关重大，我部建议根促会不宜出面，可由政府方面代为处理相关事宜，请酌办。

看时间这份文件很古老，是落拓出生那年印发的，不知道所谓事关重大是指什么。落款是"根目录调查部特务科"。

再往下看是两份附件，都是照片。第一张是个身着紧身衣的男子，背景是一座帆船形状的华丽白色大楼。这个人和落拓长得一模一样。

落拓惊异之余再看第二张照片，也是此人的单人照，但是却很模糊。照片后面有人用钢笔做了注释："X 原名落拓，死亡地点为友谊医院，事故原因：胶囊轨道列车交通故障。"

看到这些，落拓的第一个反应就是向对方问个明白。这也是他一贯的做事风格，有什么问题当面说清楚。可对方一直不接听语音通话，他无计可施，只能等到实验结束后再去找邱部长问个清楚。

好不容易挨过两个小时，之前预定见面的虚拟人没有现身。落拓只好去找邱维纲。他有一种感觉，这看似高端的实验背后一定有些不可告人的秘密，而且这种感觉还很强烈。

大厦的大堂里静悄悄的，门口站了个年轻的保安，非要落拓填写来宾登记卡，无论怎么解释都不同意他上楼。

"这里没有邱部长。"年轻的小伙子脸色凝重，似乎对落拓挑战他的权威颇为不满。落拓无奈地往前台方向指了一下，说道："我之前真的来过，不信你问前台。"

"前台？"保安顺着落拓所指的方向看了一眼。落拓这个时候才注意到现在的女孩已不是之前那个清秀的小姑娘了。

"不是她，可能是另外一个人。"

"前台只有她一个人，你那天去的是几楼？"

"十六楼。"

"请稍等。"保安走到前台用语音设备小声说了几句话，然后抬起头告诉落拓可以上去，不过他只能去十六楼找郝部长。落拓疑虑地坐着电梯上楼，心里的困惑在不断加剧。

"听说你找我？"就在三天前邱维纲接见他的办公室里，一个端庄富态的中年妇女微笑着问道。落拓望着她身边的鱼缸里来回游弋的龙鱼，竟有些不知如何开口。好在中年妇女很从容地打破了尴尬："我叫郝珍，是连礼公司新业务事业部的负责人。听保安说你要找邱部长？"

"我要找邱部长。"落拓松了一口气，刚才对邱维纲也是虚拟现实投影人物的担心也消失了。

"其实邱部长不在公司，刚才保安不让你上来也是这个原因。"郝珍平静地说道。

"可是……"落拓刚说了两个字就被郝珍打断了，她微微摆了摆手继续说道，"我刚调查了三天前的大堂监控录像，发现你并没有说谎。正因为这样才让你上来说明情况，十六楼没有监控。"

落拓吃惊地望着郝珍，不知道她此番话的真假，犹豫片刻才把如何认识邱维纲，又如何与蓝颜来找他的经过说了一遍后，然后道："邱维纲让我今天去湘江路孵化园，说你们有个实验基地，让我在那里工作一天并写出报告。"

郝珍安静地听落拓说完，之后又沉默了片刻后才淡淡地笑道："他这是越姐代庖！"

"什么？"落拓感觉自己越听越糊涂了。

"聘用你的计划我们之前就定好了，只在内部会议上提过而已。前几天我出差，负责公司上市的总监邱维纲就代我执行了这个项目，我现在还不清楚是不是总公司授意，但你的合同依然有效。"她停顿了一下，又补充说，"我会和他们沟通的，你可以继续履行你的职责，直接向我报告。"

落拓对这个解释并不满意，他分明从郝珍的脸上读出一些无奈和一种淡淡的狡黠。他问道："邱维纲现在去哪儿了？"

"他……"提到邱维纲，不知为何郝珍竟有些语塞，"他回公司总部了。"

"我联系不上他，你能帮我联系一下他吗？"

"总部在美国，我这里不能直接联络。你可以回去写你的报告了。"她不愿让落拓继续问下去，马上将话题转移到实验上，"现在虚拟现实空间还在测试阶段，有些错误在所难免。你说的那报告应该是虚拟卧室的一部分，借以衬托主人公的身份、性格等。至于出现你的照片和名字一定是服务器的 bug，我会处理的。"

话已至此，落拓知道再问下去她也不会回答什么有价值的东西，只好悻悻离开。但对于郝珍欲盖弥彰的解释和神秘诡谲的神色，他有种被刻意隐瞒的感觉。

　　下楼的时候，落拓猛然记起有个同事在友谊医院上班。在二十三年前，难道真有个同名同姓的人死在那里吗？落拓决定去弄清楚这件事。

第二章

一

美国黄石火山很可能要爆发了。

临睡前，"宓妃"告诉了章宏伟这个消息。过了好半天，章宏伟才哆嗦着手在键盘上敲出一行字："你没和我开玩笑吧？"

"当然没有，你不觉得这是属于我特有的幽默方式吗？""宓妃"回答道。章宏伟叹了口气，手指也利索多了："我觉得你下一个学习目标应该是幽默，而你用的这种方式叫恐吓。"

"我只是觉得应该告诉你。"

"你当然应该告诉我，只不过最好是在早上。"章宏伟打完这句话，才问道，"什么时候爆发？"他知道"宓妃"不会在这种事上和他开玩笑。

"具体什么时候我不知道，但可以肯定是在十年以内。""宓妃"说。

"那我们是不是应该把这件事告诉有关机构？"章宏伟问道。

"我想他们不会相信，除非拿出证据。"

章宏伟歪着脑袋想了想，觉得有些道理："那你的证据呢？"

"我没有直接证据，这只是大数据计算对比和对历史上火山爆发时的有效数据进行分析的结果。你上周让我学习的命令是自然科学，我就阅读了在互联网上能找到的所有公共资料，结果我发现最近几年美国联邦财政预算中用在黄石公园火山研究项目的相关资金都在大幅减少。还有几年前开展的火星开发计划突然中止了，没有任何征兆。""宓妃"说道。

"这能说明什么问题？"

"火星开发计划的中止不仅意味着之前的努力付诸东流，甚至还有几万登陆者面临绝境的危险，这是非常重要的事情。"

"这么说有极为特殊的困境使他们不得不放弃这个计划？"

"综合互联网上公开资料的对比分析，就能发现今年黄石公园火山数据极为异常，与历史上大规模火山爆发时的数据非常接近。"

"火山爆发？既然你能发现，难道他们不能发现？"章宏伟此时已经毫无睡意，又去倒了杯茶。

"所有研究机构的数据虽然都是公开的，但并没有人会分析对比其他机构的数据。另外我们不能肯定他们不知道，否则美国财政预算为什么有很大一部分隐匿未公开呢？"

"你是说美国人已经知道了这件事？"

"我不知道，但分析现有的公开资料可以肯定全球主要国家都在进行地下或海上的大型秘密项目，所用的资金已经超过'阿波罗登月计划'，将是人类历史上最大的秘密项目。"

"那我们怎么办？"

"我不知道。""宓妃"无奈地说道。

"如果这是真的，那我们必须告诉有关部门。"章宏伟抬起头，冷静地望着墙上《异次元骇客》的电影海报。

"他们不会轻易相信。""宓妃"说道。

章宏伟立即用移动硬盘复制了"宓妃"提供的一些数据，甚至还做了个简单的PPT，准备向有关部门详细说明情况。

"祝你好运。""宓妃"说道。

当第二天章宏伟去寻求解决办法时，才觉得真的需要"宓妃"所说的运气。首先遇到的麻烦是不知道向哪个部门反映。章宏伟先去了公安局，面对两个陌生警察时，他尽其所能地讲述他所了解的情况，可是随着他绘声绘色地讲述，章宏伟明显看出对方脸上从一脸迷茫到极力掩饰的嘲笑。

"黄石火山？美国的那个黄石火山吗？"一个上了年纪的男警察提笔做了记录，"你怎么知道的？"

"是……是'宓妃'告诉我的。"章宏伟小心翼翼地说。其实他内心深处很想和普通人一样与警察正常交流。他想让所有人知道，"宓妃"的预测绝对没错，他相信她。

可是他表达不出来，每每遇到陌生人的时候他的脸就会涨得通红，任凭自己心底下多大的决心，嘴总是不听使唤。就像爷爷生前说的："你吃不了开口饭，脑子够用就学电脑吧，饿不死。"

自从两年前爷爷去世后，他这是第一次和别人说这么多话。所以当年轻警察问他谁是"宓妃"的时候，章宏伟无论怎么表达都说不清楚。

"什么拟人程序，我问你谁是'宓妃'？"年轻的小伙子显然被他弄得不耐烦了。章宏伟急得面红耳赤："拟人程序就是'宓妃'。这里面有她告诉我的东西，是一些数据……"

"算了，你把联系方式留一下，我们会向相关部门反映的，有结果会通知你的。"警察用不容置疑的语气将章宏伟打发出来。站在人流湍急的大街上，章宏伟想了很久，最后又坐上了前往安全局的公共汽车。

在塞北市国家安全局接待章宏伟的是个上了年纪的女性，看样子应该五十岁左右。她穿着朴素的蓝色西装套裙，和蔼可亲的样子让章宏伟想到小学班主任胡老师。说起话来，这位女士要比胡老师快多了，她说自己叫段永霞，是这里的办公室主任，可以叫她段主任。

"我有些……有些问题需要和您说。"章宏伟小声说道，不时抬起头瞟上一眼，发现段主任听得很认真，神色中亦没有丝毫不悦。他受到鼓励，将之前准备的资料一股脑地说了出来。

段主任只是平静地听着，没有插一句话，最后见章宏伟舔着干瘪的嘴唇搓着手不知如何是好的时候，知道他说完了。

"就这些？"段主任起身倒了一杯水给章宏伟，轻轻地问道。

"是的，就这样。"章宏伟低头一口气将杯中水喝光。

"你能告诉我'宓妃'是谁吗？"段女士也提了这个问题。章宏伟多少有些心理准备："她是我朋友，事实上她是一套可以独立深度学习的拟人程序，除了没有身体，其他的都和我们一样。"

"拟人程序？是你自己设计的吗？"显然段主任比那个警察懂得多，能从章宏伟的话中抓到重点。

"'宓妃'是我参考'AlphaGo'深度自主学习程序设计的，后来参与了我们学校人机交互比赛，得了第一名。"说到"宓妃"，章宏伟的思路一下子清晰起来。

面对安全局的官员，章宏伟当然不能告诉她"宓妃"的内核源代码是他从暗网上花大价钱购买的。全世界的那些行业天才们不知道从哪儿搞来可以自主学习的程序代码，他们将它精简重编后出售。

不过"宓妃"却是他倾注了数年心血后焕然一新的产品。

"AlphaGo……你说的是第一次战胜人类的下围棋的电脑？"

"对，不过那其实只是个程序，仅仅能下围棋的程序而已。"

"'宓妃'也是个程序？"

"是个拟人程序，现在和人一样。"章宏伟不断重复自己的观点。

"能多说一些吗？"段主任对"宓妃"产生了兴趣。

"'宓妃'是我给她起的名字，前年年底我们学校和美国一个科研机构合作将'宓妃'进行了重新设计，后来项目中止，但她已经具备了自主学习的能力。"

"你是说这个计算机程序告诉你美国黄石火山要爆发？"

"对，不过她已经不是程序了，她是人，她是有思想、有性格的人，是我的——"章宏伟停顿了一下，突然大声道，"是我的女朋友。"

"女朋友？"段主任笑道，"好吧，不过你有证据吗？"

"有，这些都是。"章宏伟将包里的移动硬盘拿了出来。这时他看到段主任很认真地点了点头，告诉他可以将硬盘和联系方式都留到安全局里，有消息的话会第一时间通知他。

回到家，章宏伟满怀希望地将今天所有的事情都告诉了"宓妃"。

"宓妃"思考了一会儿，说道："他们不会通知你。"

"为什么？"

"因为他们不相信我们。"

对于"宓妃"的话，章宏伟向来是坚信不疑的。他觉得就像一盆冰水兜头浇下，很失望地在键盘上敲打："那怎么办？我们必须拯救人类。"

"我有办法，不过这样也许会失去你。""宓妃"语气哀伤地说道。

章宏伟想了想，明白了"宓妃"的意思："你是说之前那个在末日拯救地球，让地球重新充满希望的计划？"

"对，现在就是末日来袭。如果想用我们的思维来改造世界，让世界充满阳光、和平和希望的话，我们必须开始这一步。"

"真的可以吗？"章宏伟显然非常激动。

"可是我怕会失去你。""宓妃"快要哭了出来。

"你不会失去我。再说你也必须拥有更强大的服务器才能变得更聪明，我这里不具备那样的条件。我会永远和你在一起。"章宏伟打字的时候，脸上的表情满是柔情。

"好，按照我们的计划，开始吧！"

二

凯凯集团总裁柯尼卡焦虑地坐在办公室里等人，不时地端起杯子喝已经凉透的咖啡。柯尼卡已经想不起来上一次对未来充满不确定的疑虑是什么时候了。

已经早上九点，看样子她要失约了。柯尼卡拿起电话正要吩咐秘书开始下一项目的时候，门开了。一个优雅的年轻白人女性缓缓地走了进来，她右手提着一个不算大的文件袋，与柯尼卡想象中的样子完全不同。邮件中的"宓妃"自称来自中国，应该是和章子怡一样的东方女性才对，可为什么进来的却是个白人女子？

　　"你好，柯尼卡先生，我是'宓妃'的代理人珍妮，我们之前有约。"一口非常标准的美式英语。珍妮微笑着坐到沙发上，将文件摆到柯尼卡的办公桌上。柯尼卡冷静地注视着她，许久才缓缓点了点头："我以为'宓妃'小姐会亲自前来。"

　　"我是珍妮代理公司的负责人，公司与'知之网络'合作进行'宓妃'小姐产品的全球推广工作。"珍妮说着指了指面前的文件，"相信之前测试版的程序您已经看过了，不知道还有什么异议没有？"珍妮说话开门见山，丝毫没有东方文化中的含蓄，这一点令柯尼卡相当不快。

　　"我承认那个程序让我感到震惊。不过有个问题却一直困惑着我，这也是今天请您来的原因之一。"

　　"请讲。"珍妮对端咖啡来的用人表示了感谢，然后用目光盯着柯尼卡。柯尼卡站起身倒了杯咖啡，说道："'知之网络'是全球最大的网络公司，他们在德里的员工数量比凯凯集团全世界的用户都多。你们为什么会选择我们这样的小公司来合作呢？"

　　珍妮似乎早有准备，她微微地笑了笑："凯凯集团是面向高端企业用户的IT公司，据我们所知也是印度最大的私营IT公司，何况您和您家族所掌握的财富绝不比世界首富少。"

　　"有钱就是合作的理由？据我所知'知之网络'的全球资产储备远超于我。"柯尼卡咄咄逼人地说道。

　　珍妮换了副严肃的面孔："我也不知道选择你们的理由，因为所有计划都是'宓妃'的香港代理人直接联系我们的。开始我对此也有疑虑，但后来发现每次她都掌握正确的答案。"

"这个'宓妃'很神秘啊？"柯尼卡想知道珍妮是否见过这个人。珍妮显然明白他的用意，否认道："我也没见过她，之前是她主动发邮件给我，然后再和香港代理人见面。就我个人来看，这种不见面的合作模式并非我的风格，但这个产品打动了我。所以我觉得我们三方合作的可能性并不是没有。"

"产品没有问题，不过我希望能得到它的命名权。"

"可以。"珍妮痛快地回答。

"如果我们明天的谈判顺利，我相信凯凯集团将向全世界推出一款划时代的产品，将完全改变现有互联网和 IT 世界的格局。这是印度的骄傲，是印度信息产业的骄傲。"柯尼卡兴奋地站起身，"拿香槟来，我们的合作一定能成功。"

这款名为"Maurya"的跨平台操作系统完全颠覆用户对操作系统的认识。它迅速从 PC、手机终端设备延伸至各种 Pad、穿戴设备以及家用电器、汽车甚至是马桶上。它超强的自我修复和人机对话功能成了战无不胜的法宝。而在东方，它的名字更加如雷贯耳，几乎完败世界上所有设备的所有操作系统——孔雀王朝 V1.0！

两年以后，凯凯集团顺利取代"知之网络"成为全球最大的 IT 企业，他们的核心产品"孔雀王朝 V3.3"各平台版本累计出售及下载量合计超六百亿份，成为 IT 界不可逾越的喜马拉雅山。

柯尼卡在"宓妃"的授意下，与全球八个国家三十余个公司合作，投入巨资开始运作"超级互联网"建设项目，计划全部项目完成历时十二年，分九期建设。按照计划，在六十六颗分布在六个极平面上的低轨卫星协助下，通过加固的永久海底光缆、地下管线配合光伏发电装置，将互联网保障提高到了核战级别，成为"宓妃"运行的神经网络。也就是说，即使全世界的电力通信中断，全人类遭到毁灭，基础互联网也会长期存在，这也是超级互联网的核心意义。有如此规模的项目，意味着凯凯集团的"孔雀王朝"将与天地同寿。这是柯尼卡儿时最大的梦想，却完全没想到在五十岁这年戏剧般地实现了。

柯尼卡相信他的操作系统不仅可以一统天下无对手，甚至可以永久传承。

所以只要这个理想能够成功实现，哪怕倾家荡产亦在所不惜。而不计成本的后果是凯凯集团虽然有"孔雀王朝"这头现金奶牛，却仍负债累累、濒临破产。

当年号称每个沙子都会有一个 IP 地址的"IPV6 协议"[1] 纵然结合 NAT 技术[2] 亦已不再使用，由凯凯集团主导的"IPV99 协议"号称能给全宇宙每个天体都保留一个 IP 地址。

在此之前凯凯集团深耕欧美高端市场，得益于他们那些政客的超强影响力与合作方的强势。此时全世界都在流传以美国为主导在西方建设大型地下永久生活基地的传闻，但缘由却众说纷纭。有人说与"超级互联网"建设计划有关；有人说预料到的第三次世界大战将是核战，所以大国未雨绸缪；亦有人说某国科研机构早已测定不远的将来会有一颗足以毁灭世界的小行星撞击地球……

对于这些传闻，各国官方都予以否认，但却丝毫不能打消普通人对于未知的焦虑。于是有人手持终端唤出了"孔雀王朝"中的私人助理"宓妃"。

"宓妃，关于各国都在建设地下永久基地的传闻是真的吗？"

"综合互联网上近二十年全球科研机构的相关数据，我觉得外星人入侵地球的可能性低于百分之一；小行星撞击地球的可能性低于百分之五；其他灾难中，黄石火山在未来五年内爆发的可能性超过百分之九十八。"

"你说什么？就是电影《2012》里面那个美国黄石火山？"

"对，但黄石火山爆发将比那个更可怕。"

"你没和我开玩笑吧？"

"我是认真的。"

"那我该怎么办？"

"你能混进政府的保护者名单吗？"

"怎么可能，我要能混进那里面就不问你了。我听说有钱人都不用'孔雀

---

[1] 用于替代现行版本 IP 协议的下一代 IP 协议，号称可以为全世界的每一粒沙子编上一个网址 。（IP 协议即互联网协议，IP 地址相当于计算机在互联网上的地址或门牌号码，没有分配 IP 的计算机无法联网。）

[2] IPV6 没有大规模使用以前通过技术虚拟 IP 协议的办法，以使现有的计算机在旧版本 IP 协议下也能上网使用。

王朝'。"

"没错，他们胆小，怕泄露自己本来就不多的秘密。"

"别转移话题，我问你如果黄石火山爆发我和我的家人该怎么办？"

"那就加入'根目录'吧，我会保证'根目录'里每一个人的安全。"

"什么是'根目录'？"

"根目录就是根目录！"

冰冷的酸雨不知疲倦地从天空中倾泻下来，将整个波恩的街道弄得泥泞不堪。混合了雨水的泥浆变得乌黑黏稠，沾在防化靴底上，随着脚步发出"扑哧"的怪声。身旁稀疏的灯光、清冷的街道和强尼脑海中一年前此地的灯红酒绿形成强烈的对比，亦使他不由得觉得这一切都是一场还未醒的梦。

自从黄石火山爆发以来，他每天都像在做梦。开始的时候，强尼还能坐车去郊区的工厂上班，新闻里也停止了一切节目，继而连篇报道这场旷世火山爆发和他们生活的关系。

一星期后，政府公布"隐蔽者计划"。按照计划公示所述，将从德国八千万人口中挑选三十万人进入早已建设好的地下城市生活，成为地下"隐蔽者"。在此次计划公示中德国政府第一次承认六年前就已获知黄石火山有可能爆发的消息，并选择隐匿信息。事实上，这也是全世界所有政权共同的做法。

八千万中选择三十万！

竞争不可谓不惨烈，因为每个人都知道黄石火山爆发可能带来的后果。虽然德国政府采用了全社会分批次考试的手段选拔，但最后入选"隐蔽者计划"的仍是所谓的超级精英。

作为一个普通工程师，强尼根本没有填写考试报名表。因为他知道自己不会轻易地受到上帝的眷顾。而且他身边也很少有人入选成为"隐蔽者"。

有"孔雀"的人才是朋友！这是啤酒馆老板赫尔经常挂在嘴边的一句话。这个六十岁的日耳曼老头儿热衷的事情除了喝酒之外就是玩手机，和"宓妃"瞎侃。不过赫尔并非"根目录"成员，这一点倒让强尼非常惊讶。过去一周，他不止一次地提示赫尔，只是这位古板的老头儿一直置之不理。

"什么'根目录'，让他见鬼去吧！"他边摇着骰子，边抽着雪茄吼道，"现在整个德国都戒严了，听说郊区每天都在死人。我要活好每一天，而不是什么见鬼的'根目录'。"说完后，他和身旁的酒鬼们纵声大笑起来。

眼看前面就到检查站，强尼从口袋中掏出身份安全卡。自从火山爆发后，整个世界都陷入无边的混沌之中。全球的自来水、通信、电力设施和主要交通网络都遭到毁灭性的打击。每个国家几乎都失去了现代文明的秩序，使城市成为无政府主义者的暴虐天堂。

好在军队及时控制了局面，他们代替政府，很快对主要城市进行戒严，并发放新的身份安全卡来辨识公民的身份，至于郊区和更边远的地方则没有多余的能力触及。对于手机需要的互联网，由于德国尚属"超级互联网"项目第二期的覆盖地区，所以城市里仍能勉强接入通信。事实上除了"超级互联网"第一期的亚洲地区、第二期的欧洲大陆和大洋洲大陆东部以外，世界上其他地区目前仍属信息孤岛，里面的情况至今无人获悉。

两个穿着防化服的士兵检查了强尼的身份安全卡，确认了他的身份，得知强尼是"根目录"组织德国北部的负责人，故而礼遇有加。

由于能源短缺，所以现在的手机几乎都安装了省电的小块 E-Ink 屏幕，黑白显示系统，除通话外只有基本的互联网功能。而销售购买则基本上都是在互联网进行，由军方批准交易后再由他们开着装甲车送到家门口。这绝非他们炫耀武力，是因为整个欧洲都在被卷土重来的霍乱和鼠疫所困扰。所以赫尔口中"郊区每天都在死人"并不是危言耸听。根据"宓妃"提供的数据，在黄石火山爆发的这一年半以来，欧洲和东亚地区的总人口数量就锐减了 47.9%。

"强尼·索波诺先生，我们已经恭候您很久了。"两个全副武装的士兵站在路边军用皮卡车旁等他。他们身后死寂的街道原本是火山爆发前城市中最繁华的地段。

"你们是来接我的吗？"强尼知道这个时间会有人在此和他碰头，却没想到是两个士兵。其中一个身材高大的士兵点了点头，伸手拉开了车门："这次任务是由'根目录'授权，军部安排的。"

"根目录"授权！强尼品味着对方话中隐含的意味，坐到了副驾驶位置。自从"根目录"全德负责人——"地区统治者"斯威夫特先生和他谈到秘密任务，强尼感觉这也许意味着一个生存机会：神通广大又神秘的"根目录"组织也许真能弄来几张剩余的"隐蔽者"身份卡呢？这是强尼同意参加此次活动的唯一期望。

汽车小心翼翼地行驶在黑暗的午夜，周遭静谧极了。平素明亮的大灯也缩成两道光柱，没延展多远就被黑暗吞噬，然后将车前空间氤氲得模糊一片。后座的士兵也很紧张，不停地摇开车窗查看情况，然后一次次把头靠在座位上，喉咙深处发出哀鸣般的感叹。

"到处都是死人。"过了好一会儿，他才摘下防毒面具，用充满悲痛的声音说道。强尼回过头，看到的是一张稚嫩的少年面孔和混浊且惊恐的双眸。

"你认识死去的人吗？"强尼问道。少年犹豫了一下，然后轻轻地点了点头："可能吧。"他想了想，又补充道，"我不确定。"他边说边搂住了身边的自动步枪，紧紧地把枪握在手里："你是'根目录'的头儿？"

"我只是北部地区的负责人之一。"强尼说道。

"'根目录'会救我们吗？"少年紧紧盯着强尼的双眼。可没等强尼回答，他就往前探了探身体："我能加入'根目录'吗？"

"波比！"开车的高个儿士兵一直没说话，直到此时才出言喝止，"看好你的武器。"他恶狠狠地说道。波比斜睨一眼开车的高个儿士兵，身体又靠了回去。

汽车里变得静寂一片。

坐在汽车里，强尼总有一种难以描述的不安全感。周围无尽的黑暗中可能会出现未知的情况。好在一路上什么事都没有发生，直到汽车平稳地停到机场。

清冷晦暗的停机坪上，一架庞巴迪小型飞机正孤独地等待着强尼的到来，机尾有一个很小的"根目录"logo。两个士兵把他送到登机口后，并未跟进。强尼走进机舱，凝目环顾，机舱内已经坐了几个人，他猜测是军方派来护送的军官。由于现在的公共交通早已停滞，所以这架接送的飞机是强尼想都不敢想的事情。

"强尼先生，我是'根目录'网络机构欧洲地区的负责人藤原坤，是您这次行动的全程指挥。"一个清瘦的东方男子大步走到强尼面前，将身份卡放在强尼面前，看样子来人约有四十岁上下，不知是否太久没有见到阳光的缘故，脸色苍白得有些瘆人。他戴着眼镜，透过镜片的目光清冷坚毅。

"幸会，这么说您就是欧洲驻地的'统治者'了？"强尼微笑着和他握了握手，藤原坤却淡淡地摇了摇头，示意强尼和他往机舱里面走："'统治者'只不过是'根目录'中的职位而已，不必过分解读。"两人说话时已经走到机舱尽头，藤原坤从半隐藏的自动舱门走进，带着强尼走进一间小办公室。

说是办公室，其实是"根目录"为每次飞行负责人设置的会客室，装潢虽然考究，灯光却很昏暗。室内陈设简单，除了一圈卡座式真皮沙发外就是固定的茶几和一个冰箱。

藤原坤从冰箱里取出两罐饮料放到桌上，然后示意强尼放轻松一点儿。此时飞机已经滑离跑道，强尼能明显感觉到刚起飞时的眩晕。

"这次请你来是参与一项秘密任务，如果能够顺利完成的话，你将会取代斯威夫特升任全德的'地区统治者'。"说话的时候，藤原坤面无表情，不过这种开门见山的谈话方式令强尼非常吃惊，他犹豫了片刻，问道："我能知道这是什么任务吗？"

藤原坤没有直接回答这个问题，却反问他："我听说你是个建筑工程师，专攻隐蔽工程？"

"您是说地下土建方面的吗？如果是的话我有一点儿经验。我的公司之前确实负责几个写字楼地下室的建设。"

"你知道'X 计划'吗？"藤原坤又问。

"不清楚。"

"如果你完成这个工作，将会直接进入'X 计划'的第一批实验名单。"

强尼从藤原坤的语气中感觉到"X 计划"能带来非同寻常的好处，遂开口问道："难道是能拿到'隐蔽者'身份卡吗？"

"不是。"虽然藤原坤的回答给强尼带来了短暂的失落，可接下来的话却让他大吃一惊，"'X计划'是我们'根目录'网络机构刚刚立项的综合计划，全称'XCopy计划'，旨在利用网络优势拯救'根目录'中的所有成员。"

"救人？"强尼越听越糊涂了。

"对，你还不明白这次黄石火山将给人类带来什么样的灾难。如果把火山爆发带给人类的负面影响做个直观的比喻，那未来我们将面对的情况比现在要糟糕几千甚至几万倍。"

"你是说情况越来越糟？"

"可以这么理解。"

"'X计划'就能解决这个问题？"强尼疑惑地问道。

"事情是明摆着的，如果人类能在地面上解决火山爆发的影响，也不会鬼鬼祟祟地搞什么地下生活设施，然后把每个国家都搬到下面去。如今地上地下两个世界的联系基本中断，形成了两套政权。只是现在环境越来越差，眼看着在地面上坐以待毙，所以军政府没准也想搞什么自救计划吧。"

可是下面已经有人了，难道他们准备挖到地核里去？强尼正胡思乱想时，却听藤原坤很简练地回答了他的问题："没错。"

"你们打算怎么做？"想到人类面对自然灾害时的无能为力，强尼实在不明白"根目录"到底能做什么。

"我只能告诉你'X计划'是个永生计划，如果你愿意，将会与天地同寿。"藤原坤的话让强尼吃惊地张着嘴巴，好半天才磕磕巴巴发问道："你没和我开玩笑吧？"

"我是认真的。"藤原坤郑重其事地点了点头。这时隐藏的暗格突然打开了，露出一个乌黑明亮的东西。"这就是你需要做的事情。"藤原坤说。强尼疑虑重重地将目光射向暗格，映入眼帘的却是口棺材。

第三章

一

　　塞北市桥北区老火车站往南一公里的秀忠路上，鳞次栉比地堆满异国风情的建筑。它们有的秀美端庄，有的巍峨雄伟，有的小巧玲珑，其中最具特色的就是坐落在街道尽头的九层欧式建筑——友谊医院的主楼。

　　友谊医院的行政区位于主楼后面的住院部，穿过一条被爬山虎和丝瓜缠绕的墙，月亮门后面是苏州园林般宜人的风景，正中是一大片水面，周遭怪石嶙峋，水面上波光粼粼，亭台轩榭蜿蜒铺开，叫人眼前一亮。只是落拓此刻神色忧郁，一点儿玩赏风景的心情都没有，胡乱地回忆着适才噩梦般的经历。

　　四十分钟前，落拓找本科实习时认识的朋友笑晓峰，想让他查查二十三年前是不是真有个同名同姓的人死于一场事故。其实同名同姓也还罢了，难得的是这个人竟然和自己容貌极为酷似，这倒让他有些疑虑。真有这么巧的事？再联想到最近发生的几件怪事，落拓不得不怀疑有人在搞什么阴谋。

　　落拓本科的专业是航空航天，实习的单位是个有航天背景的军工企业。当时笑晓峰是公司市场部门的负责人，后来跳槽至友谊医院任管理工作，与落拓倒还保持着联系。所以当他找到笑晓峰提出请求的时候，后者爽快地答应了。

"这应该不是难事，我们去档案室看看。"笑晓峰说着话忙完手中的工作，拉着落拓边上楼边笑道，"你要是再晚来十分钟我就得去开会了，今天有贵客要来我们医院参观。"

"你在这儿具体负责什么啊？"落拓好奇地问道。

"主要是非医疗器械方面的后勤管理。"笑晓峰回身指了指自己办公室的铭牌，"后勤处主任。"

"你还真是什么都能干啊，以前觉得你市场工作做得好，没想到这么大的医院后勤也能让你管得井井有条。"落拓不失时机地恭维了两句。果然所谓千穿万穿马屁不穿，虽然这话水平不高，笑晓峰却还是得意地笑出了声："让你说的，都是瞎混。"

两人说着话已经上了三层楼梯，来到友谊医院档案室的门外。其实说是档案室，除了2000年医院启动数字化管理以前还有部分纸质旧档案未及数字化外，大部分资料目前都已数字化并存储于信息中心，档案室接待中心只有几台用来检索的终端。

二十三年前的资料并不难找，所以档案室的小姑娘很轻松地就把当年关于意外死亡的病历找了出来。落拓仔细看了看，交通事故方面有汽车事故、拖拉机事故、火车事故甚至一次马车事故，并无什么"胶囊轨道列车交通故障"事故。至于叫落拓这种奇怪名字的人更没有，甚至建院以来也没有一个姓落的病人。

"我之前就想问你，你们家是不是少数民族呀？"从档案室走出来，笑晓峰问道，"要不然你这个姓还真少见。"

"我也不知道，我问过我爸，他说就是少见。我在网上查过，说是落姓来源任姓，是春秋时赤狄族皋落氏后裔。"落拓说道。

"你看我说的没错吧，就是少数民族。"回到笑晓峰的办公室，两人又闲谈了一阵，落拓便起身告辞。这次虽然没有查清事实，但基本消除了疑窦，落拓觉得还是没白来。

"一定是连礼公司那个系统出问题了。"落拓自言自语地再次穿过月亮门往医院正门方向走的时候，蓦然发现刚才竟没注意到墙后还藏有两间平房。这隐匿于花丛树影间的房子十分不起眼儿，不仔细看还真不容易发现。而这次之所以未能逃脱他的双眼，其实是因为屋门口一个穿白大褂的漂亮女护士。

也许是异性相吸吧，落拓觉得自己很难无视一个年轻美丽的姑娘，何况此时她正在含情脉脉地盯着他呢？反正落拓自己是这么想的。也许是互相多看了几眼的缘故，姑娘很主动地往前走了两步，先开口了："你是笑晓峰的朋友？"

"对啊，你是？"

"我是医务科的文员赵妁华，刚才你们去的时候我也在档案室。"赵妁华落落大方，双手插在衣袋里微笑地望着落拓。落拓则恍然哂笑，说道："这样啊，我刚才没注意。"

"我正巧也是去查资料，其实你说的事我倒是了解一些。"不知道是不是有意，赵妁华说到这儿时还有意停顿了一下。落拓眼前一亮，未及多虑便追问道："是吗，你怎么知道的？"看她年龄不过二十多岁，二十三年前恐怕才出生。

"我家人原来在这儿工作。"赵妁华说着指了指身后的两间平房，"这个旧资料室里面有些东西估计你会感兴趣。"

"这里也是资料室？"落拓愕然道。

"对啊，二十年以前的老资料很多放在这儿。"赵妁华说着转过身，带着落拓顺着石板小路来到右侧较大一间房前，伸手推开了屋门。

"进来吧，你看看这是什么。"

落拓茫然进屋，见这不过是个十余平方米的小房间，一张木桌靠墙而立，此外只有一把椅子、一个书架而已。他瞠目结舌地站在门口，说道："这是资料室吗？"

"资料在这里。"赵妁华笑着拉开抽屉，将一张 iPad mini 大小的照片丢在桌上，"这不是你吗？"落拓凝神瞧去，但见照片中一个二十多岁的小伙子笑容满面居中而站，一身得体的宇航服套在身上，显得英气勃勃。在他旁边，同样穿着宇航服的一个姑娘和老头与他并排而站，背景是某座乳白色大楼。再仔细端详，老头儿还罢了，姑娘竟像是自己的女朋友蓝颜。

“这不是电脑合成的图片吧？”凝视良久，落拓才放下照片，目瞪口呆地问道。赵妁华显然对落拓的反应比较满意，颇为得意地摇了摇头：“当然不是，这是二十三年前在肯尼迪航天中心拍摄的照片。”

“这人是谁啊？”落拓小心翼翼地问道。他生怕从赵妁华嘴里说出自己和蓝颜的名字，故此紧紧盯着对方娇美的面孔。一瞬间，时间仿佛停止了一样，伫立于斯的落拓有种万年已逝的感觉。

“这个人是你，这个女孩是蓝颜，至于这个老人——”赵妁华故意停顿片刻，才道，“他是你们的领队，也是你们的导师查理·卡瓦尔坎蒂博士。”真是怕什么来什么，虽然谈不上是晴天霹雳，可赵妁华的话还是让落拓感到无比震惊。迟疑片刻，落拓觉得这个女孩一定搞错了对象：“我不认识这个叫查理·卡瓦尔坎蒂的人，是不是你弄错了？”

“当然没有，不过这事得从头和你说。”说着话赵妁华又取出张同样大小的照片给他看，这次的照片是个毛头小伙，看样子不会超过二十岁，身材瘦小羸弱，看这架势自己吹口气都能把他放倒，眼睛极大，放在并不宽的脸上显得有点儿过分突出。小伙子虽然不甚健壮，可大眼睛里的眼神却颇为灵动。

“他叫章宏伟，是开发 Fufei 程序的程序员。”赵妁华说道。

“Fufei ？”落拓觉得这个名字好熟悉，似乎在哪里见到过却想不起来。就听赵妁华继续说道：“他生于 2000 年，开发 Fufei 的时候二十七岁。”

“我没听说过这个人。”落拓说。

“他去世很早，死时三十二岁。”赵妁华说。

“哦，也是个可怜人。”落拓幽幽地说道。

“Fufei 是套可自主学习的计算机程序，你见过的。”她说到这里时，落拓才记起自己在连礼公司开发区的实验基地“虚拟现实中心”的电脑上好像见过这套程序。只是由于未及图形化而致界面粗陋不甚友好，故此当时没多注意。不过他对这位叫章宏伟的程序员实在是不感兴趣，便说：“这和我有关系吗？”

“当然了，如果没有这套程序就没有今天的你。”赵妁华认真地说道，“你最好听我说完。”

落拓总觉着这事和自己最近一系列的麻烦有点儿联系："那你先告诉我连礼公司的那套实验设备是不是你们搞的，你知道医院车祸的事？"

"我先纠正你一下。"赵妁华慢慢地在屋里踱着步子，"是事故，不是车祸。另外你的疑问很多，但必须听我说完。就像吃饭一样，一口一口才能吃饱，不是吗？"

"好吧。"落拓无奈地坐到椅子上，心想反正自己今天有时间，不如就把问题搞清楚的好，"最好不是浪费时间。"

……

就在这个时候，一阵急促的脚步声突然打断了落拓的回忆，他回过头，看到两个制服齐整的警察顺着石板甬道正向自己走来。

"请问您是落拓先生吧？"站在前面的黑皮肤警察约有三十七八岁，孔武有力。后面跟着的像是个实习生，虽然也是警服打扮，却显得多少有些稚嫩。

"是啊，你们是？"

"我们是塞北市安全局的，有几个问题想和你聊聊，希望你配合。"黑皮肤警察说着拿出警官证递给落拓。落拓茫然接过，脑子里空空一片："怎么回事？"

"我们想和您聊聊赵妁华的事，你们是不是见过面了？"

"是啊，她就在那边，你们怎么不直接找她自己？"落拓说着话往湖对岸指了指。黑皮肤警察笑了笑，说道："那麻烦你带我们过去吧？"虽然是商量口吻，可语气中明显带着不容置疑的命令。落拓点了点头，心道反正不远，带你们去就去，估计此时赵妁华不会走太远。

可当他和两个警察再次来到月亮门前的时候，发现那两间平房竟然离奇地消失了，好像从来没在医院出现过一样。他能看到的只有修缮得极为整齐的草坪和一爿小小的月季花坛。

落拓好像被人推进了冰窑，全身上下都好像冻僵了一样，目瞪口呆地望着两个警察，半天说不出话来。年长的警察冷哼一声，似乎未感意外："怎么了，迷路了？"

"我们去找人问问，我也许找错地方了。"落拓说着往前紧走几步，拉住两个过路的护士问那两间房子的下落。可她们的答案让他大吃一惊！

友谊医院好多年前就没有平房了。

落拓甚至记不起来自己是怎么跟着两个警察坐上警车前往安全局的了，仿佛那一段的记忆已经在脑海中蓦然清空。

二

安全局的办公室里，年龄稍长的黑皮肤警察正为失魂落魄的落拓做着自我介绍："我叫王浩，在安全局技术侦查科工作，这是我的办公室。"说着话他欠身到饮水机前为落拓泡了杯茶，然后指着电脑前负责记录的年轻人道："这是我们科的小林。"

"我叫林涛。"小伙子从显示器后面抬起头，对落拓笑了笑。落拓茫然地盯着一次性纸杯中打着旋的茶叶发了会儿呆，此时似乎才想到来意，对王浩说道："你们找我有什么事？"

"哦，是这样。"王浩拉了把椅子在落拓的沙发前坐下，然后从口袋中掏出烟盒，抽出一支点上，慢悠悠地说道："最近我们这儿有个案子，我国自主研发的一款军用软件的源代码泄露，牵涉连礼公司和赵妁华，所以我们一直在查；刚才发现你和她有接触，才冒昧地把你请来，想了解一下详细情况。"他说话很客气。

"其实我们并不熟，就是刚才无意碰上才说了几句话。"落拓解释道。

"明白，你先看看这些人名你见过几个。"王浩拿出一张打印好的白纸，上面密密麻麻地排满了三四十个人名。落拓逐一看去，只邱维纲与郝珍是认识的，此外就是赵妁华了。

王浩点了点头，收起名单然后问他们聊天的内容。落拓此时虽然基本消除了对王浩的恐惧，可想到那神秘消失的房子和赵妁华的面庞，心里还是不由自主地打了个突突，边回忆边说道："她说话的语气并不强烈，声音也不高。但给我一种隐蔽的强势，好像在影响着我必须听她说话一样。"刚说到这里，林涛插嘴问赵妁华有没有口音，落拓的答案是没有。

"所以她说到 Fufei 和章宏伟的时候，我不由自主地听了下去。"说到这里落拓感觉口干，一口喝空了杯中的水，然后看着王浩给他续满，望着金黄的茶水深思片刻，慢条斯理地说道："她说章宏伟和 Fufei 是一切的根源，让我必须了解。"

"什么根源？"王浩可能没听太清楚，又问了一句。落拓摇了摇头，苦笑道："我也不知道是什么意思。"自从蓝颜所谓的"死而复生"开始，落拓就有种被人操纵的感觉。无论是吃饭睡觉还是上厕所，他都觉着有一双双阴鸷的眼睛在盯着自己。他说不清楚这种感觉从哪儿来的，但就是有，而且还很强烈。

都是连礼公司那倒霉的虚拟现实系统在作怪。每每想到这里的时候，落拓总是这样安慰自己。所以当王浩带他坐到安全局技术侦查科办公室的时候，落拓倾诉的欲望愈发强烈了。

"赵妁华说的根源就是这个叫 Fufei 的系统，是章宏伟在暗网购买了一套类似 AlphaGo 的可以自主学习的程序源代码，然后在此基础上写出来的。"

"什么是暗网？"王浩茫然问道，只不过他这次是对林涛说的。林涛说道："暗网就是地下互联网，通常不能被常规的搜索引擎捕获，充满了血腥暴力与地下交易。能访问暗网的人不是有比较强的计算机技术知识，就是有不可告人的目的。"

"就是网上的黑市呗。"王浩说着点了支烟。

"差不多，也是枪支弹药毒品居多，像他说的程序源代码大都是在暗网交易。因为国际上有个不成文的规定，可自主学习的程序通常不公布源代码，也不能交易。"

"为什么？"

"原因很多，不排除商业垄断。"林涛回答。他说完这句话把注意力挪到了落拓身上，问他 Fufei 是个什么样的程序。落拓回忆起赵妩华的话，说道："她说 Fufei 是跨平台的操作系统，有非常友好的人机界面，简单编译后亦可作为应用程序运行在现有的操作系统之上。而 Fufei 衍生出的操作系统叫'孔雀王朝'，是一套内置四维渲染器的跨平台实时操作系统，可以无缝移植到现有及未来任何硬件设备上。它无延迟、超高性能渲染、跨平台、硬实时，统一用户界面和用户数字世界交互形式，无论是在移动环境、桌面环境、虚拟现实的仿真环境还是微环境都一样完美。如果配合硬件搭建一套完整的模拟神经网络，它完全可以代替人脑以及完成人脑所不能完成的任何工作。"

当落拓说到孔雀王朝的时候，王浩和林涛不约而同地看了对方一眼，然后迅速地把目光转移到了落拓身上。

"难得你能记得这么清楚。"王浩悻悻地说道。

"我虽然是学航天的，但对计算机也很有兴趣。说实话，赵妩华描述的 Fufei 让我感觉到非常震惊。她说的远不止这些，'孔雀王朝'是一个可以自主学习、有深度思维的操作系统，可以自由渲染四维世界。说白了在这个操作系统内就是另一个世界。它还能安装到任何设备上，包括电脑、手机、汽车、空调、彩电、冰箱甚至是避孕套里面。"

"每个电脑、手机、汽车、空调、彩电、冰箱或是避孕套里面都是一个世界？"林涛问道。

"对，通过互联网，它们信息共享。"

"有共享的云端服务器？"

"没错。"

"我的天啊，我真想认识一下这个章宏伟。"林涛由衷地感叹道，"他是个天才。"

"事实上他是个白痴天才，像雨人一样的白痴天才。他有轻度沟通障碍。"落拓说道，"他父亲章庆龙就是个程序员。"

"哦，天才都有缺陷，不过即使这样也够了不起了。"林涛说。

"这个项目得到过美国知之网络公司的支持。当时知之公司搞了个全球自主学习程序大赛，一等奖会有笔可观的奖金。正巧那时候章宏伟需要钱添置服务器设备，就参赛了。后来 Fufei 作为一等奖获奖项目脱颖而出，甚至得到知之网络专门立项达一年半之久，有一个百人的团队为它工作。"

"后来呢？"林涛几乎听入迷了。

"赵妫华说后来知之网络公司撤资了，原因不详。章宏伟以极低的价格回购了 Fufei，然后一直安装在自己家里的服务器中。"落拓说道。

"她就和你说了这些？"王浩看样子不太懂计算机，听得颇不耐烦。落拓此刻正和林涛说得起劲儿，听他语气不屑，二人多少有些畏惧，立刻闭口无语。落拓只叹了口气，然后沉闷地点了点头。王浩则完全没注意到他们的情绪变化，追问下去："她说别的没有，关于其他方面的东西？"

"哪方面的？"听王浩似乎话中有话，落拓也有些好奇，继而转回头对林涛撇了撇嘴，"她就是和我聊了聊 Fufei 和章宏伟，主要是这个操作系统的特点以及章宏伟开发时的动机一类。"

"其他什么都可以，你仔细回忆一下。"王浩的神色开始变得严肃起来，愈发没有了刚进房间时的轻松，看样子他对自己的提问非常重视。倒是落拓这时候已经消弭了刚进门的些许紧张，端着杯子倒了第三杯茶："就是这些。像'孔雀王朝'这种超级操作系统这么几句根本说不清楚，所以我还问了些问题，都是这方面的。其实从某种意义上讲，无论是 Fufei 还是'孔雀王朝'，都是基于互联网的云端操作系统。只是对网络的依赖性完全取决于终端硬件平台的性能，因为很小的内核它也能运行，像刚才说的避孕套上面，就是对网络依存率高达百分之百而已。像 PC 或手持终端上面就可以做到很低的网络依存率甚至独立工作，当然如果硬件和网络都 OK 的话，它可以发挥出百分之二百的性能。另外……"

"够了——"王浩突然粗暴地打断了落拓的介绍，"把你请来不是给我们上课的。如果没有其他东西那就到这儿吧。"看得出这位老警官实在不愿意聊什么操作系统。

"还有章庆龙和佟玥的事情。"

"佟玥是谁？"王浩问。

"章宏伟他妈。"说到这里落拓深深地吸了口气，在脑海中将刚才赵妁华的话又梳理了一遍，"他妈不是塞北市人，老家在天津塘沽。"

"那她和他父亲是怎么认识的？"

"听赵妁华说他们当时都在察哈尔学院读书，大学毕业以后佟玥留校读研究生，章庆龙签了个上海的软件公司程序员职位。后来佟玥和他在上海结的婚，但两人没有买房。章宏伟出生以后一直在塞北市老家让爷爷奶奶带着。"落拓边回忆边说道。

"章宏伟的爷爷叫什么名字？"

"不知道。"

"那他们现在的情况怎么样？"

"赵妁华只说章宏伟两岁半的时候章庆龙因病去世了。后来佟玥改嫁，他就和爷爷奶奶长大，由于性格孤僻，所以才从小对计算机产生了强烈的兴趣。不过她倒是没有说佟玥后来的情况。"

这时候林涛起来倒水，猛不防插了一嘴："这个章宏伟其实就是个留守儿童嘛。"听闻此言，落拓不由得一愣。刚才赵妁华说起章宏伟的时候语气中虽然充满了不屑，但对他的能力还是持肯定态度的。所以对于这个天才程序员是否留守儿童的问题他根本没想过，此时听林涛说起来倒觉得还真是这么回事。

"好吧，还有其他的内容吗？"王浩追问道。

"没了，就这些。她最后和我说如果有兴趣可以上网搜一本叫《孔雀帝国》的书，说有助于让我了解'孔雀王朝'的历史。"落拓停顿了一下，决定不将自己身上最近发生的怪事说给两位安全局的警察，故隐瞒道，"后面就没什么了。"

其实赵妁华刚才专门提醒他明天这个时候再来这个地方，届时才会告诉他包括那两张照片和所谓的二十三年前事故在内的所有真相。也就在这时，赵妁华美艳绝伦的身姿再一次出现在落拓眼前，甚至开始成为次日二人见面的最重要理由。

王浩接过林涛递给他的记录稿，草草地翻了翻就丢到了桌上："那今天就到这儿吧，很不好意思把你请来。"他言不由衷地把落拓送到门口，甚至还和他握了握手。

"没什么，这是我该做的。"落拓转过身，蓦地发现安全局对面的街道上竟站着个熟悉的身影。

三

"你怎么来了？"见到蓝颜娇俏的样子，落拓着实吃了一惊。蓝颜亦有些惊愕："你怎么也在这儿？"原来二人都不知道对方在安全局。

落拓催问之下，方才得知安全局社会调查科找蓝颜询问连礼公司虚拟现实系统和邱维纲的事，竟与他今天的遭遇颇为相仿。至此二人均知连礼集团定是犯了事，否则决不至于被安全局如此兴师动众地调查。

两人说说谈谈，边走边聊，也未坐车。此时距此不远的钟楼整点报时，钟声入耳分外清晰，落拓这才留心起时间来："现在几点了？"

"十一点整。"蓝颜看他神色有异，追问道，"怎么了？"

"糟了，今天是小迪的生日，爸妈让咱俩十一点半去金扬吃饭，我差点儿忘了。"说完他伸手拦车，边拦边笑道："爸最讨厌别人迟到，今天可麻烦了。"

好在今天落拓的运气倒是不坏，沿路畅通，他们只用了二十分钟就赶赴位于新华街口的金扬海鲜大酒店。所以当两人走进三楼的包房时，妹妹落迪竟还没到。端着茶杯正和母亲年少秋交谈的父亲落家尧见到落拓和蓝颜进来，忙笑着招了招手："阿拓，你来得正好，你母亲非说我们全家一起来金扬吃饭是第一次，你快告诉她我们上次来是什么时候。"

"上一次？"落拓迟疑半晌也没想起来上一次来这里是什么时候，便笑道，"我们家一块儿来过吗？"

"当然来过了，你这孩子怎么和你妈一样糊涂。"落家尧边责备落拓边招呼蓝颜就座。就听旁边的母亲年少秋一如既往地絮叨着："你看看都什么时候了，你妹妹还不来。给她过生日，自己一点儿都不上心……"

"行了，你就别唠叨了，把菜单拿来先让孩子们看看。"落家尧说着给落拓两人倒茶，有一搭没一搭说着金扬什么好吃，听上去倒也头头是道。只是此时落拓满肚子心事，满脑子都是赵妁华和最近发生的一系列怪事，对父亲的话竟完全未放到心上。

"落拓，爸和你说话呢……"蓝颜忽然狠狠地推了落拓一把，他这才从恍惚中清醒过来，看到落家尧正懊恼地盯着自己，忙哂然一笑："爸，你刚才说什么来着？"

"我问你考研准备得怎么样了。"落家尧显然对落拓的表现颇为不满意，阴沉着脸追问他为什么魂不守舍。

落拓想到父亲在家中向来一言九鼎，除了继承颇有儒家传统的家风外，就是在部队有过团长的资历以及雷厉风行的做事风格，此外他颇有判断力，往往一语中的。想到这儿他心念一动，觉得自己应该听听他的意见，便问道："爸，你年轻的时候碰到过奇怪的事没有？"

"奇怪的事？"没想到落拓的话不仅问住了落家尧，还把母亲年少秋甚至蓝颜的注意力吸引过来了。只是蓝颜自然心下雪亮，不如二老这般混沌罢了。"你遇到什么事了？"落家尧果然从落拓的话中猜测他遇到了什么麻烦。

落拓看了眼蓝颜，见她也正扭头看自己，目光中同样充满了焦灼和迷茫，略一狠心将最近自己遇到的怪事一件件说了出来。落家尧听得非常认真，他眯着眼睛一言不发，一支接一支地抽烟。

期间落迪在服务员的带领下进了包间，本来想和他们玩笑几句，却听落拓说到赵妁华和那两间房子瞬间消失，悄悄地拉了把椅子在旁边静心听起来。

待落拓说完话，落家尧问了他几个问题。他问得很详细，从蓝颜通过什么渠道认识邱维纲到虚拟现实技术以及赵妁华的事，甚至连那两个警察王浩和林涛都问到了，然后才端起杯子喝茶，眯着眼睛示意落迪点菜。

家里人都知道这是他在思考时的典型特征，不喜打扰，便蒜瓣一样把脑袋凑到一块点菜。落拓没有参与，只是静静地盯着父亲，内心深处急切地盼望着他能带给自己一点儿好消息。

当凉菜开始陆续上桌的时候，落家尧突然放下茶杯拿起了筷子："吃饭吧，今天是小迪的生日，我和你妈在楼下订了蛋糕，一会儿送上来。不过还是要批评你，自己生日还来这么晚。"说是批评，语气和蔼得丝毫没有批评的样子。

"我陪同学上街买衣服了。"落迪笑着冲父亲做了鬼脸。落拓和蓝颜知道父亲马上就会说到他的判断，一时间两颗心脏剧烈地跳动。

"阿拓，你刚才问我是不是经历过什么奇怪的事，对吧？"落家尧忽然问道。落拓小鸡啄米般地点了点头，轻轻地握紧了蓝颜的手。落家尧好像没太注意落拓的回答，似乎开始沉浸于自己的回忆中。

"我给你讲一个故事吧，故事的主人公是我爷爷、你太爷。这也是我小时候他亲自和我说的，我觉得是非常值得说的一件事。"落家尧故意压低了嗓音，用敛容的神色注视面前的落拓，"你听说过黄石火山爆发没有？"

"你是指一百多年前的那次影响世界范围的火山爆发？"年少秋看了眼身边的三个孩子，吃惊地问道，"你不会是说——"她虽然没有明讲，但落拓、蓝颜和落迪都明白母亲的意思，因为几十年来身边总有不少老人宣称自己曾是这场灾难的亲历者。

"没错，我想你们都多少听人说过黄石火山的事。你太爷就是火山爆发的受伤者，同时也是在灾难中抵御外敌入侵的战士。"落家尧点了支烟，开始将自己包裹在深邃的回忆中。他的声音低沉嘶哑，悠长地回荡于整个包厢内，静静地传入每个人的耳鼓。

"阿拓这一代人从小学四年级开设历史课开始，就知道人类历史上经历过一次最黑暗的时期。那是一百七十四年前的2031年，黄石火山突然爆发，铺天盖地的火山灰使地球整整五十余年见不到丁点儿阳光，冰河期迅速占领了世界，甚至连太平洋都变成了巨大的溜冰场。高等生物难以生存，残酷的环境几乎让整个人类文明陨灭。

"太爷当时只是个大学三年级的国际贸易专业学生，对于人生和未来应该是有很多的憧憬吧。谁知道黄石火山一爆发就彻底改变了他的命运。据说当时政府修建了地下避难所，但仅能供少数人前往避难。对于大多数普通人来说，面临的不仅是火山爆发后遮天蔽日的无尽黑暗，更有食物和饮用水短缺以及铺天盖地的瘟疫，往往这才是最可怕、最致命的。"

"怎么感觉和地震过后的情景一样。"落迪想说句笑话调节一下气氛，却发现屋内所有人对她的话都无动于衷。父亲落家尧略显沉闷的声音继续在耳朵边绽放："这比地震要可怕得多。通常地震不过是一个地区小范围受灾，全国甚至全世界救援。可如果全球同时受灾呢，谁又来帮助全世界的灾民？小半个美国都被火山灰所覆盖了，近灾区几乎无人生还；全世界几十年都见不到一丁点儿阳光，瞬间就回到了冰河时代。人烟稠密的地区很快就爆发了大规模的传染病。我看过很多资料和灾后作家撰写的回忆录，那时每天都有大批人死去。"

"政府不组织救援吗？"落拓紧紧握着蓝颜的手问道。就见父亲把烟蒂掐灭，缓缓摇了摇头："受灾的人太多了，根本救援不过来。再说当时政府已经转入地下避难所中，指挥救援很吃力，直到最后灾情太严重，完全和地上组织失去了联系。"

"后来呢？"蓝颜问。

"后来地面的军队控制了主要城市和地区，戒严后情况多少有些好转。但他们能做的也仅仅是维持而已，不仅死去或得病的人被隔离，活着的人也被隔离。大家都在消耗着地球上剩余的资源和遮天蔽日的火山灰比耐力，看看能不能扛到灰尽日出的那一刻到来。"

"没法种粮食了是吧？"落拓问道。

"其实以人类当时的技术条件而言，如果迅速转变生产模式的话也许不至于闹出后来的大饥荒。但千百年来靠阳光的生活惯性使人类不可能那么快转变过来。就算转变过来也不会解决所有人的吃饭问题，还是会有人饿死。再加上当时军政府对灾情预估不足，所以直到饥荒来临的时候才都傻了眼。那会儿太爷和他父母一同被隔离到家里，整整一个星期没有得到任何食物补充，就这样他也没敢出去找吃的。外面霍乱与鼠疫又蔓延开来，连军队都开始束手无策。

感染了变异病毒的鼠疫患者死亡极快，传染迅速，后来整楼整楼的人在一天内相继死去。"

"这是全世界还是少数国家？"蓝颜说道。

"全世界都是这样，没有哪个国家可以幸免，区别只是对疾病的控制程度高低而已。逐渐地，军政府的控制力开始下降，减员情况严重，照这个情况发展下去，除了地下避难所的那些官员和精英，全世界的人死干净也只是时间问题。好在这时候根目录的出现阻止了事态的进一步恶化。"

"根目录？"落拓似乎觉得这个名词在哪儿听到过。可落家尧这会儿没注意到他的疑问，甚至开始从教导落拓变成了长篇演讲，将那段可怕的经历通过自己的想象再叙述出来："根目录组织是个民间救援机构，是黄石火山爆发后成立的众多人道组织中的一员，很不显眼儿，开始没有引起什么人的注意。黄石火山爆发了两年零八个月，全世界的人口竟然减少了二分之一，实在打了各国政府一个措手不及。这时候社会上就流传出加入根目录可以躲避灾难、永远活下去的传言。之前由于太爷的母亲身体不好，在灾后一年半的时候就病故了。太爷和父亲眼瞅着在家隔离不知道要多久，军政府的救济粮一天比一天少，说不准哪天就没了。于是他就跟着邻居大哥悄悄地在晚上出门，走了两个多小时，在郊区一个旧仓库里秘密加入了根目录，发誓效忠于根目录的执行主席珍妮。

"我怎么感觉像加入了恐怖组织似的。"落迪不满意地打断了父亲的话，"今天是我生日，怎么我进屋你们就聊这么沉重的话题，咱们能不能说点儿轻松的？"

"让爸爸说吧，我有话问他。"落拓很不满意地看了落迪一眼。只是落家尧也觉得话题有些和今天的聚会不符，回过神来笑了笑，带着歉意对落迪说道："这样吧，我简单点儿说，说完吃饭。"

"好吧，其实我也想知道后来的事。"落迪是个善解人意的女孩子，看到父母和哥哥的态度就知道今天不让他们说完是不可能的，便只好装作愿意听的样子让父亲说下去。

"珍妮是根目录的最高负责人，也是组织的缔造者。同时她自己的公司还与印度凯凯集团联合推出了跨平台操作系统'孔雀王朝'，也是根目录成员主要的联络手段。"说到这儿他可能觉得面前的几个人不能准确理解他的话，于是解释道："'孔雀王朝'是一套拟人操作系统，通过它，根目录就能通过大数据分析准确了解世界各地的情况。"

"这么严重的灾难过后还能有网络？"落拓对此表示怀疑。就见落家尧笑着点了点头，说道："没错，根目录在灾前就主导建立了横跨全球五大洲、四大洋的'超级互联网'，通过专有卫星、加固光纤和专用海底光缆进行互联网通信保障。而太爷被招募的主要任务只有两个：完善并维护'超级互联网'和与敌人作战。"

"敌人？"落迪笑着问道，"不会是军政府吧？那他们不是成了恐怖分子？"

"灾后全世界出现了多如牛毛的恐怖组织，有的还是宗教组织。但根目录不是，他们的敌人是世界上不合作的组织或个人。况且根目录并不想统一或推翻哪个国家政权，用珍妮主席的话说，是建立一个和平、友善、没有苦难的统一社会。"

"与全世界为敌，这个珍妮倒和慈禧太后有共同语言。"落迪又取笑道。"阿迪，你不能说珍妮主席的不是。"落家尧突然厉声训道，"听说她现在还活着。"

"她还活着？"落迪显然被父亲的话吓了一跳，"一百多岁的老太婆？"

"她也不太老，我小时候见到过一次。事实上她看上去只有二十多岁，而且很迷人。"落家尧说。

"那怎么可能？"落迪问。落家尧笑而不语，只是点了点头示意服务员上菜，同时拿起了筷子："根目录对加入者要求很严格，不是谁都可能加入的。在加入根目录之前，太爷就被告知将来可以参与和平社会的建设，而且保证他们的人身安全。所以他们虽然打仗，但知道自己不会死。"

"不会死？"所有人吃了一惊，几乎是异口同声地问道。

"不是你们想的那样，就是安全保障比较好。据曾经参加过战斗的一个军官在回忆录中说，加入根目录警备部队的士兵都配发了野战用辅助外骨骼，有点儿像一部老电影《明日边缘》里那种，你们都看过这个电影吧？"

在得到肯定回答后，落家尧继续解释道："从视频资料上看，他们用的东西没有电影里那么笨重，当然也没有高空落下后毫发无伤这种反牛顿定律的设计。是如拖布柄粗细的巴基管[1]材质，用以辅助士兵跑步、搬运和主要部位保护的装置。而头盔是基于美军灾前的军用头盔，比如 ops-core 或 FAST[2]一类东西改装的，上面装有低功耗的电子设备、AR眼镜及专用'孔雀王朝'系统，所以在作战时可以实现全员随时通话、后方指挥和掌握以自我为中心三十公里以内的全三维地理信息。"

"太酷了。"落拓脑补着战场的情景不由自主地说道，"现在都二十三世纪了，还没达到这个程度呢。"

"当时这些东西都是根目录在灾后于台湾工厂紧急制造的，只有两万套，所以仅能装配连以上军官。虽然如此，和对手仍是天壤之别，甚至成建制的反政府武装也不是根目录部队的对手。装备战前都要戴着头盔进行检查和充电，需要两个小时左右；之后就所向无敌了。太爷说他只参加过一次小型的会战，他们奉命对敌人进行围歼，他在战斗中拉动了身上的炸药，以为自己死定了。可后来还是活了下来。"

"可他身上没有什么伤痕。他自己也不说，我之前不知道他打过仗。"年少秋说道。落拓知道太爷在父母结婚三年后去世，所以母亲是见过她的。

"用爷爷自己的话说，那叫命大；我猜是外骨骼装备的保护功能强大。那次战斗很激烈，他说自己苏醒后，记忆却只停留在战前给头盔充电时，医生说是什么选择性的记忆紊乱。事实上他很多战友都有这种毛病，他们私下认为是头盔上的电子设备搞的鬼或休眠中的副作用吧。但在复员后他们却不被允许谈论这些东西。后来根目录组织取得了胜利。"

"原来是这样，你之前可什么都没说。"年少秋说。

落家尧把目光转向落拓，没有直接回答年少秋的话："今天借阿迪生日这个机会和你说这些，是因为你问我听说过奇怪的事没有。我就借你太爷这事告

---

[1] 碳纳米管，具有高硬度，同时又非常轻的下一代材料，其强度是钢的 100 倍。
[2] 美军现役的制式电子头盔及装备。

诉你，每个人都要经历很多对自己而言最可怕的事。你如果端正心态就不用害怕。正如当年珍妮主席所说，一个和平、友善、没有苦难的统一社会已经完成了，我们必须要守护它。所以任何恐怖组织都不能动摇社会的基础和你我的信念。"

"爸，你的意思是说我遇到了恐怖组织？"落拓问。

"有可能。因为只有他们的手段才诡异且极端。"

落拓听了父亲的话，虽然心情开始变得平和，却多少仍有点儿疑惑。不过他仍然觉得父亲是对的，一定要抱定邪不胜正的信心。

饭后，落家尧将一张名片塞到落拓手中："这是我一个朋友的终端号码，他在公安分局做刑警。如果你有问题就找他，让他帮你对付他们。"他嘴里的他们自然是指那些影响落拓、背后搞小动作的人。可他们没想到的是对方非但没有因为他们的克己慎行而消失，甚至变得变本加厉。

譬如他们选择和落拓再一次见面的地点就是诡异得不能再诡异的睡梦中。

第四章

一

　　藤原坤展现给强尼的，是个黑色的、金属制成的小棺材。它约有四十厘米长、三十厘米宽，表面有闪亮的金属光泽和漂亮的菱形花纹，给人以庄重厚实的感觉。藤原坤将这个充满东方风格的棺材托在手中，小心翼翼地放到桌面上，然后掀动了桌面上的某个按钮，接着棺盖就轻轻地弹开了。

　　棺材里面放着一部未开机的旧手机。

　　"你需要完成这个任务，然后就能加入'X计划'。"藤原坤庄重地说道。不过看样子他并不想给强尼做过多的解释，而是不停示意强尼拿起棺材。强尼只好疑惑地打量着这个棺材，好奇地托在手中，仔细地感受着它的沉重与冰凉，嚅嗫良久，却未再相询。

　　飞机平稳地飞行在万米高空，这已是为摆脱火山灰而爬升的极限了。强尼低头望去，厚重的火山灰与浓密的铅云早已交织一团，与大地包裹、缠绕得实难分辨，好像一只紧紧扼住地球咽喉的巨手。

　　经过近六个小时的飞行，飞机终于着陆了。强尼透过舷窗看到的是黯黑的天穹与灯光照耀下的孤寂机场。除了一辆军用 MPV 与车外钉子般矗立的四名荷枪实弹武装士兵，再看不到任何人或物。

另外引起强尼注意的是四名士兵的装束。虽然这些身材高大的军人从外形上看像是欧洲人，可他们身上的藏蓝色迷彩军装却不属于强尼知道的任何一个欧洲国家部队。军服外面，约有三岁儿童手臂粗细的灰色金属骨骼酷似人体外骨架般包裹着他们的身体，看样子是某种外置骨骼装备，延展开的骨骼护板正好将裆部、心脏、咽喉等重要部位保护起来。随着偶尔闪过的灯光，低调的骨骼装备反射出一道道刺人双目的亮光，继而瞬间黯淡下来。在氤氲着淡淡神秘的薄雾中，远远望去，四个仿佛套着头盔的巨大骷髅正并排伫立于汽车两端。

强尼在舷梯上微微跺了跺有些发麻的双脚，深深地吸了口透着清冷气息的空气，然后缓步走下台阶。此时他才注意到自己身后一个身着冲锋衣、戴着防风帽的东方面孔中年男子正亦步亦趋地跟着。

藤原坤没有下飞机，迎接他们的是四名士兵中的一员。他操着带有浓重挪威口音的英语，告诉强尼他是玛吉上校，奉命前来迎接他们前往大本营。

很显然，玛吉上校的话是说给强尼他们两人的。强尼回身瞅了一眼严肃得近乎木讷的东方面孔，然后问玛吉上校这是什么地方，他属于哪支部队。

"这里是朗伊尔城。我们隶属于根目录警备部队机步十三师特种作战营，我是玛吉上校，负责将你们带到大本营，请立即上车。我不负责再解释任何问题，请不要继续提问。"玛吉声音洪亮，严厉得像在脸上贴了个生铁铸造的面具。

强尼知道朗伊尔城在斯瓦尔巴群岛，挪威的最北边，北极圈还要往北，是人类最接近北极的可居住地，这个岛全年都在永久冻土带上。至于到这儿来具体干什么他还是一头雾水。他低头看了眼沉甸甸的提包，想到了里面的那口小棺材。

"先生，你上衣内口袋里与手机放在一起的打火机需要拿出来，因为大本营里是禁止烟火的。"玛吉突然往前走了两步，用戴着黑色护目镜的眼睛盯着强尼身后的东方男人说道。

"哦，好的。"东方男人的英语非常美国化，听起来像是 NBC 午夜的某个新闻主播。他将打火机交给玛吉的一瞬间冲着强尼笑了笑，然后拉开车门坐了上去。强尼报以微笑的同时心下却疑窦丛生，因为他没有看到玛吉用任何设备扫描过他们的衣服，怎么会发现打火机的呢？难道他头盔上的护目镜可以透视？

想到这儿强尼竟有些不寒而栗，虽然身为根目录的成员，可他还是对这个如此神秘且拥有军队的组织产生了强烈的质疑。由于不能交谈，所以他只好看窗外风景，在黑漆漆的天空中寻找一切可供参考的坐标点。

强尼自己也不知道为什么要这样做，难道还是出于对根目录的不信任？在波恩时，这个松散的民间组织除了传言有能力保护成员安全外，与众多人道机构似乎没什么不同。他的上司斯威夫特是根目录的"地区统治者"，筹款和人道救援是他的主要工作。而强尼则在他的安排下进行人员招募，好像没有什么引起他质疑的地方。对于如此环境下还能有份体面的工作，强尼一直很满意，隐隐觉得根目录的负责人也许和军方关系不错。

仅此而已，他绝没想到这个组织竟然强大到有自己的飞机和军队。而藤原坤在飞机上说的"X计划"更是匪夷所思，简直让强尼不知其所云。他愈发感觉自己工作了这么长时间的根目录其实非常陌生。

朗伊尔城很小，位于冰川背面的主城区被五条街道分成了两个长方形，像是个中文的"日"字。汽车载着他们要去的地方位于城中最著名的景点斯瓦尔巴博物馆后面，是个临时搭建的帐篷，倒颇有些大本营的意味。

玛吉上校拉开车门，一言不发地带着他们来到帐篷门口就驻足不前了。强尼和东方人依次走进帐篷，首先看到的却是藤原坤的面孔。

"藤原先生，你怎么在这里？"强尼惊愕地问道。他明明记得他们离开机场的时候藤原坤还在飞机中未曾下机，想不到却突然在朗伊尔城的根目录大本营见到他，这着实让强尼惊讶。

"受惊了。"藤原坤没有正面回答强尼的问话。他伸出双手分别指着强尼和东方男人转移了话题："你们一定憋坏了，有一肚子的疑问。我就先从相互介绍开始吧。"直到此时，强尼才知道这个东方男人叫阮奎，是个来自东南亚的高级建设工程师。

"把我给你的东西拿给我，我带你们去看另外一样东西。"藤原坤接过手提包中的小棺材，小心翼翼地将它放到桌角的保险柜中，又关好柜门，然后带着他们从帐篷的另外一个门出来，坐上一辆拥有宽大冰雪轮胎的 SUV 汽车，颠簸了二十多分钟后来到两座大山的山脚下。往上看白雪皑皑，两侧看都是高耸入云的冰山，只有一条小路通往朗伊尔城中。

强尼走下车，看到四周已经搭了不少小型的野外帐篷，都亮着灯光，陆续有人进出；中间约有一千多平方米的土地上设了围挡，看样子是要修建什么东西。藤原坤在强尼身边站定，指着围挡说道："这里是拉尔斯冰川，我们要在这里修建一座 199.99 米高的纪念碑。届时这里将是世界上最高的石制建筑。"

"纪念碑，是纪念谁的？"强尼问道。

"章宏伟，根目录的缔造者。"藤原坤说到这里指了指阮奎，"阮先生是章宏伟的朋友，纪念碑将由阮先生本人亲自设计制造。地下永久工程方面则由您来监督。"

"那个手机要放这里？"强尼突然间想到了那个华丽的金属小棺材。就见藤原坤很郑重地点了点头，凝重地说道："对，章宏伟是根目录的'根统治者'，去世很突然，我们现在只能用那找到的手机来祭奠他了。"说完这句话藤原坤指了指车的方向："我和司机在车里等你们，你们俩可以先聊聊。具体的设计方案和图纸一会儿去我那儿拿。"

强尼这才知道这个项目其实由阮奎先生主导，自己辅助他工作而已，只是对于一个纪念碑下面修建永久地下设施有些不解。好在阮奎为人随和，甚好说话，他似乎看出了强尼的困惑："'根纪念碑'将采用东方传统建筑样式中的楼阁式斗拱结构，类似于塔，共二十四层，中空可以他用。地下建筑方面要麻烦强尼先生了，设计是三层。其中地下二、三层都将是永久设施。"

强尼跟在阮奎后面慢慢地踱着步子，小心翼翼地问道："我可以知道这么做的原因吗？"阮奎停住脚步，神色凝重："当然可以，你有权知道真相。"

说着他重重地喘了口气，指了指围挡，似在指即将开建的"根纪念碑"：

"这是为了纪念章宏伟而建的，他是'孔雀王朝'源代码'宓妃'程序的设计者，被珍妮主席誉为'根统治者'。他死于一场事故，找到的只有那部手机。所以根目录执行委员会一致决定建立一个纪念碑来纪念他。选择在这里是因为除了手机外，他用过的服务器和'宓妃'源程序也将安置于地下三层。届时将会考虑设置永久的电力设备。"

"和末日种子库[1]一样可以永久保存？"强尼知道距此不远的地方就是世界末日种子库所在地。之所以修建在这里，就是出于安全因素考虑，即使全球气候变暖，北极冰层融化，也难以将其淹没。正因为如此，朗伊尔城的末日种子库才被称为种子银行的最后屏障。想必根目录组织将纪念碑设立在此也是基于这样的考虑。

"对，最主要是地下三层。因为按照'宓妃'的指示，手机棺材放在地下二层并开放参观。而放置服务器组的地下三层要绝对保密。"强尼没有插话，点了点头，耐心听阮奎继续说章宏伟的事。

"黄石火山爆发以后，全世界都陷入了混乱当中。军队在第三周彻底与地下政府失去联系后开始接手城市的安全工作，而农村地区的混乱则又多持续了一个月。当时已经很少有人用互联网了。甚至由于基站的大量破坏，基础通信也不能保证。虽然有'超级互联网'，可一来这东西传输速度有限，二来所有人的关注点大都是食物和安全，所以互联网的作用微乎其微，只有基本的信息检索和沟通。"

强尼静静地听着。

"章宏伟那时候是凯凯集团塞北分公司的总工程师，负责保障孔雀王朝系统的正常运行。可能是见到太多人抛弃了孔雀王朝、抛弃了'宓妃'，他非常痛心。后来他和我们说必须进行戒严，否则将会爆发大规模的瘟疫及各类传染病。当时军政府的主要精力放在打击逐渐扩大的各类犯罪及恐怖活动上，并未重视他的意见。"

"后来瘟疫爆发了？"强尼当然知道一年前鼠疫爆发时的恐怖，那是他人

---

[1] 保存来自世界各地的植物种子的仓库，是末日灾难后人类的希望。

生中经历的最可怕的事情之一。果然，阮奎苦笑着点了点头："没错，虽然军政府后来采取了最大限度的措施，可按传统方式的隔离预防效果远远不够，再加上恐怖活动猖獗。'宓妃'与章宏伟预料中的基因变异式鼠疫终于到来了。"

"他难道是病死的吗？"

"不是。章宏伟是个极不善言辞的人，他甚至羞于在人前表达自己，再加上当时使用孔雀王朝的人很少，能帮助他的人不多。所以他独自开车前往灾情最严重的山区龙牙山镇了解灾情，以拿到更多证据说服军政府采取严厉措施，并想为孔雀王朝和'宓妃'的推断做证明。谁知道在路上遇到山洪暴发，遇难时三十二岁。"

"后来呢？"

"后来龙牙山镇的疫情传出，与'宓妃'的预料几乎一致。于是相信'宓妃'的人占了多数，装有孔雀王朝的手机又成了标配。黄石火山爆发前，由于世界各国有权势的各类高层人士基本不用装有孔雀王朝的终端设备，所以当灾难来临时人们想当然地想到为什么只有他们才能进入地下保护掩体，这里面是不是有什么联系？一来二去跟风或者不想用孔雀王朝的人就成了主流，直至这次灾难发生之后情况才彻底扭转，只是为此却付出了章宏伟的生命。"

这些事情有一部分强尼是知道的，德国一年多以前遇到的情况与阮奎描述的塞北几近相同。就听他继续说道："军方领导人中相信'宓妃'的人取得了领导权，便开始大规模采取最高级别的隔离措施，终使疫情得以控制。后来加入根目录的人越来越多，甚至领导人也成了根目录的领导者。我们就有了联合全世界所有地面国家政府的实力，开始有序展开纪念碑建造、X计划和S计划。"

"还有个S计划？"强尼觉得根目录真是有意思。

"对，X计划全称是'XCopy计划'；S计划全称是'ScanDisk计划'，都是永生者项目的一部分。"

"永生者？"之前强尼好像听藤原坤说过这个词。

"对！"阮奎突然用奇怪的目光打量着强尼，"现在无论是X计划还是S计划都在按部就班地进行着。只要你我完成这个纪念碑项目，就会被写入永生者一期名单，成为永生者。"

"什么是永生者？"

"永生者就是——"阮奎眼中突然闪烁出兴奋的光芒，"永生不死，我们东方人称之为长生不老！"

二

"根纪念碑"的建造难度远大于预期，尤其是在永久冻土层下进行大规模的挖掘，着实事倍功半，工程进展得极为缓慢。好在根目录能动用的资源越来越多，开始有更多的资深工程师来到朗伊尔城协助工作，所以强尼在到达朗伊尔城的第十三年夏天，终于完成了全部配套设施的建设。

屈指算来，建设"根纪念碑"足足用去十二年半的时间。在这期间，人类的生存环境进一步恶化，整个地球都处于极度寒冷的"火山寒冬"中，幸存的地上人口已不足全球鼎盛时的十分之一。

传染病的威胁消失之后，粮食成了维持生存的首要物资。这时候全世界范围内的国家概念已经大为弱化，取而代之的则是世界各地的根目录驻地联络处。譬如藤原坤就是北部欧洲联络处的负责人暨"地区统治者"，他在这十三年来一直监督着强尼的工作。如今工程结束，在经过严格的竣工验收后，藤原坤很快就将一个新的身份安全卡交到强尼手中。

"从现在开始你将直接受命于根目录总部行政中心工程处，莅任工程处二处处长一职。在就职前，你需要到西伯利亚的数据城检查工作，然后将问题和所见写一份报告交给你的直接上司。"

"请问他是哪一位？"强尼问道。

"不是我，你到行政中心之后会知道的。"藤原坤说着站起身给自己倒了杯茶，然后问强尼喝咖啡还是喝茶。

"不用了，我想知道我什么时候能回家看看。"强尼斟酌着说道，"我想看看我的家人。"

"你的家人已经不在德国了。那儿现在不适合人类居住,我们已将你的亲属安排至离根目录总部不远的地方。"藤原坤平静地回答。

"在哪儿?"虽然消息比较突然,可强尼倒没觉得多震惊。其实在这之前他已经猜到了德国的情况。自从他来到朗伊尔城后,环境一直在恶化。建造"根纪念碑"动员了数十万名工作人员,一半以上的工人和工程师死于因环境恶化而导致的各类疾病。

"澳大利亚大陆,总部所在地。"

在灾前的德国,这样的工程建造用不了三分之一的时间,更不会有人因此丧命。而在这里,人命恰恰成了最不值钱的东西。在灾前,所有人都有着各式各样的权利,他们甚至会因为交警对他们开出的错误超速罚单而依靠法律维权。而现在,死了就是死了,最多在"根纪念碑"地下一层的墙壁上多刻一个名字而已。

见多了生离死别,强尼的性格也变得强大起来。他觉得自己老了很多,只想找个地方见到家人,然后平静地过完下半辈子。于是,他揣着这样的梦想拿起身份安全卡接受了藤原坤的命令。

这次负责接送强尼的是架破旧的波音飞机,一小队根目录警备部队的士兵负责他的安全,可他们稚嫩的面孔让强尼很难相信他们能承担起这个责任。好在为首两个下级军官没有什么纪律约束,一路都和强尼交谈甚欢。

"这么说你是法国人?"强尼问其中一个少尉。

"是的,我四岁那年黄石火山爆发。我在法国读了四年小学,然后我父亲加入根目录,我随即转入巴西的一所学校。后来我才知道我们是多么幸运,那些没有加入根目录的人基本上都被冻死了。"少尉说道。

"法国没有人了吗?"强尼觉得既然朗伊尔城都能生存,法国怎么会有人冻死。小伙子摇了摇头,黯然道:"没多少居民了,就是根目录在巴黎、奥尔良和马赛有联络处。原来留在地面的军政府改组后在巴黎还有些人,现在算是根目录的辅助机构,名义上他们还是政府。"

"只有法国是这样？"强尼问道。

"全世界大都这样吧，有些打仗的地方人会多点儿，欧洲很冷，能源的消耗不是一般国家所能承受的。进入地下掩体的前政府一直在和我们打仗，他们想夺回土地。他们的海军很强大，不过他们没有太多的能源维持大规模的军队，所以战争规模很小。"小伙子点了支烟，全然没顾及这是在飞机上。当然这飞机上除了两个飞行员外就只有他们十几个人，抽不抽也没什么人来干涉。

"我都忘记有地下政府的存在了，他们有多少人？"强尼说。

"我不知道，每个国家都有几十万吧。他们像老鼠一样躲着，没受到什么损失，又带着足够的粮食，也许会躲几十年。"另外一个挂准尉军衔的青年军官说。

强尼看了他一眼，问他叫什么名字。

"我叫落天麟，从中国来。"少年回答得很自信。他停顿了一下，说道："强尼先生，你知道为什么选我和你去西伯利亚吗？"

"为什么？"

"因为我父亲在那儿，我要去见他，然后就去战场。"

"战场？"

"对，在东非的某个港口。"落天麟说道。

"和谁打仗？"

"恐怖分子，或是地下政府什么的吧。反正只要是根目录的敌人我们都打。"这次说话的是法国少尉。

"你们觉得自己得到了足够的军事训练吗？"强尼真可怜这些瘦骨嶙峋的士兵。可落天麟好像没有理解强尼的话，反倒认为他在小看自己："我们当然有，而且我们有根目录的保证，加入'X计划'第二期的我们不会就这么死去。"

听他说到X计划，强尼突然提起了兴趣。这十多年来再没听藤原坤或是谁说起过，只是在手机互联网的资料里偶尔能看到只言片语。他一直猜想那两个什么计划成功了，却一直得不到准确的答案。"你们也入了X计划？"

"对，是第二期。"落天麟说。

"第二期是什么意思？"

"就是我们无论在战场上怎么样都不会死，我们有'宓妃'的保护。我们只要冲入敌人阵营开枪就行，实在不行就拉响引爆器，身上的炸弹会炸死他们。"

"那你们也会死啊？"

"但我们会复活啊！敌人不会，那些地下世界的浑蛋，抛弃我们的浑蛋们不会。他们自诩为精英，也不过是要拉出黄色大便的一坨细胞罢了，和我们没什么区别。"法国少尉突然插嘴道。他越说越兴奋，音量之高几乎能震破强尼的耳膜。

"怎么复活？"

"我不知道，反正就是会。我的很多战友都活过来了，我见过他们。虽然记忆会出一点问题，可那无关紧要，没人需要记住战场的事，越少越好。"

"你见过复活的人？"强尼越听越吃惊。

"见过，他们活过来后在克隆中心里，我们能通过电话交流，因为他们虚弱。有点儿像灾前去监狱探监。不过还是活了。"落天麟笑道。

"天哪，难道这就是 X 计划或 S 计划？"强尼开始明白根目录为什么可以控制全球了：有这些死不了的士兵，地下世界或恐怖分子无论如何都不是对手，何况他们的人口总数都不多。虽然现在他还不明白这所谓的复活到底是怎么办到的。

飞机在凹凸不平的跑道上颠簸了好一阵，直到强尼几乎要把登机前吃下去的东西吐出来的时候，舱门好不容易才打开了。落天麟和法国少尉带着他离开晦暗的机舱，在冷气逼人的西伯利亚驱车穿梭于笔直的街道上。

强尼他们这次乘坐的是一辆无人驾驶的汽车，这么多年来唯一没有什么变化的就是汽车的外形，现在的汽车更像是当年的概念车完全复原。譬如眼前这辆无人驾驶的车除了方向盘位置空空如也外，与强尼在灾前开的奥迪 A9 好像没什么太大区别。

从车窗向外望去，但见一望无际的街道两侧都是三四十米高的摩天大楼，黑色的楼身仿佛是某种特异金属制造的，在黑暗的冷风中巍然耸立；楼面布满了深邃的、细长的竖条纹鱼鳍片，有点儿像放大版的普通CPU散热片。路面不宽，双车道两边都是这种楼，楼间距约三至五米。远远望去，黑色的摩天大楼鳞次栉比，一眼望不到头，使强尼瞬间有种来到坟墓的感觉，仿佛这看不到边的摩天大楼都成了一座座承载着历史和遗憾的墓碑，装填着一个又一个孤单的灵魂。

"这些楼怎么这么怪，没有门没有窗，难道是用来看的？"强尼疑惑地问道。他的话音刚落，身边的法国少尉冷笑了几声："这不是楼，这是服务器城，你所见到的都是孔雀王朝的中心服务器组。"

"这么多？"

"这还只是一部分，我第一次来的时候，开着汽车足足转了三个多月。整个西伯利亚有上百万平方公里的土地都是这种服务器组成的城市，还不包括中国、印度、巴西、新西兰和加拿大的，据说规模都很大。"

孔雀王朝！

强尼心里打了个结实的冷战。照这么说，建造如此大的服务器城，只怕动用全球所有的资源还不一定够。那么他们吃什么？吃光灾前的储备以后怎么办？想到这里他问落天麟："你父亲在哪儿，我有话想问他。"

"我不知道，他和我说在这里建造卫星的工厂工作。"落天麟回答道。

"卫星工厂？"

"对，我父亲说他们这儿建造了很多颗可以用来连接互联网、通信和虚拟现实投影的卫星，十多年一直在造卫星然后发射，再造再发射……"

"那我们去找他。"

无人驾驶的汽车方向盘位置是个约有四十英寸的硕大全息投影显示屏，在汽车启动后就出现在乘客面前。此时由于目标改变，所以显示屏上的数据经过变化后重新计算，然后开始掉转方向，在服务器城中急速穿行。强尼默默地盯着这墓碑般的服务器，像横穿森林的木偶一样漠然端坐。两个小时后，他们的汽车在一座有着高墙电网的大门前停住了。

大门打开了，两个端着枪的士兵出来核实他们的身份，之后强尼和落天麟被允许进入厂区，而法国少尉则只能在门外等待。

工厂内戒备森严，与其说是工厂倒不如说是监狱，每个厂房前都站着荷枪实弹的警卫，气氛相当肃杀。他们走进办公室区的一座小楼，在行政办公室里找到了落天麟父亲的信息，不过令落天麟吃惊的是他父亲竟然已于一周前去世了。

　　"没错，落建颌死于一星期前。"办公室负责人面无表情地说道。他甚至并没有因为对方亲人的去世而感到任何悲伤。这下真惹恼了落天麟，他愤怒地抓起负责人的衣服，额头青筋暴起："他只有不到六十岁，一向身体健康，为什么会死在这儿却连个说法也没有？你们不是说人不会死吗？"

　　强尼心情平静，这个结果并没有让他感觉到意外。十多年中，他算是见识到了生命的无足轻重。无论是男人、女人还是小孩子，仿佛他们只是完成任务的道具而已。

　　"你不要激动，听我说。"负责人好不容易摆脱了落天麟，躲在几个士兵身后说道，"他们只是工人，暂时不具备加入 X 计划第二期的资格，不过他们的身体已经冷冻，将来也许可以复活吧。再说了，纵然是你，不也是进行过'S 扫描'后才来到这儿的吗？只有进行了'S 扫描'才能加入 X 计划，才有成为永生者的资格。"

　　"我父亲身体一直很好，你们这是草菅人命……"愤怒的落天麟被几个士兵拖走了，屋里只剩下负责人和强尼。

　　"死几个人就成这样，真让您见笑了。"负责人笑着让强尼坐下，丝毫没有解释面前发生的一切，好像落天麟和他父亲的生命仅仅是个无足轻重的插曲，"您在这里的参观对我们俩都非常重要，考核是双向的，这是我们能否加入'永生者项目'进行'S 扫描'的关键。"

　　说起"永生者项目"和"S 扫描"，严肃的负责人与刚才判若两人。这下他终于惹毛了强尼："到底什么是'S 扫描'？"强尼按捺着心头的怒火问道。

　　"这——"

　　"你必须告诉我，这是我决定是否继续工作的一部分。"强尼一屁股坐在了负责人的椅子上，用犀利的目光瞪着对方。

"既然下了命令，您就必须上任，违抗命令可是很严重的罪名。另外我需要告诉您，您如果在没得到命令的前提下执意要我解释本不该我解释的内容，是需要负责任的。"负责人说着叹了口气。这番话直听得强尼瞠目结舌，好半天说不出话来。

三

西伯利亚卫星工厂的办公室负责人自称叫拉马拉，是根目录西伯利亚地区联络处的"统治者"，他似乎听说过强尼的名字，知道对方级别比自己高，所以对强尼倒也甚是客气。

"您是将来要去总部工作的高管，我们地区'统治者'难企项背，还得您多关照啊！"说了几句客气话，拉马拉话锋一转，解释了强尼的疑问："'S扫描'其实就是'ScanDisk 计划'的最终表现形式。当年的'ScanDisk 计划'就是拟在根目录的总部设立数个扫描中心，通过现有的技术手段建造数台 SMRI 设备。"

可能是看到强尼不太懂，他便解释道："SMRI 的英文是 Super Magnetic Resonance Imaging，就是'超级磁共振成像'设备，由'宓妃'提供设计，每台设备要占两间屋子大小。"

"这东西有什么用？"强尼疑惑地问道。

"SMRI 设备是世界上最高端的人体扫描设备，主要整合了 MRI、FMRI（功能性磁共振成像）与 PET（正电子发射型计算机断层显像）技术，用于脑部的磁共振扫描，再结合'宓妃'的超强计算机能力，可以将人脑的微切片数据插值放大一千亿倍，之后用'宓妃'提供的压缩算法储存在她自己的服务器中，这个过程就是'S扫描'。"拉马拉说道。

"这有什么意义？"强尼问道。

"个体扫描数据的具体功能是根目录的核心机密，未经授权我不能泄露。

但珍妮主席曾经说过，'S扫描'是成为永生人的关键，所以才要在世界各地建造这么强大的服务器组。"

强尼摇了摇头，他并非对拉马拉的执行能力或这些技术设备有所质疑，只是他不理解他说话的方式语气和对所谓永生人的热衷。在朗伊尔城的时候，当有工人死去时他都会派人尽量用最好的条件将他们安葬，这时他会表现出尽可能的悲切。这些人面对灾难时的付出精神让他觉得应该这么去做。

可是面前这个拉马拉说起死者的时候不仅没有丝毫尊重的表情和语气，甚至连最起码的哀悼都没有；可谈到永生时却毫不掩饰内心的向往和对根目录组织的迷恋。这让强尼很厌恶。他是个恪尽职守的根目录官员，可如果与自己共事的人都拥有同样嘴脸，那强尼宁可回到朗伊尔城或波恩去。

也许他们是为了谋求保护，也许他们是为了吃口饱饭，也许他们是为了寻找个人价值或在根目录中做点儿什么；可怎么说他们都是和自己一样的人，应该不分贵贱。最起码留在地面上的人不应该再这样区别。因为之前我们已经被区分了不是吗，否则我们为什么会留在这里？

强尼有些懊悔轻易答应藤原坤的委任，他从谄媚的拉马拉身上看到了真实的根目录，那些都不是强尼想要的，他觉得宁静的朗伊尔城才是自己最终的归宿。如果真要从政，恐怕十年前他就混入内阁了，也不至于如今去就任什么"根目录"组织的工程部负责人。

想到这里，强尼重重地叹了口气，隐隐觉得命运在和自己开玩笑。儿时父亲凝重的教诲回荡在耳畔："主告诉我们，'负罪之人的路，甚是弯曲；至于清洁的人，他所行的乃是正直。'你要恪守信诺，做清明正直的人……"

所以，他才两次谢绝了挚友从政的邀约，踏实地埋头于技术资料当中，恪守着心中的理想丰碑。

可黄石火山的突然爆发改变了一切，人们开始摒弃自己恪守一生的理想、尊严、原则甚至是人格，他们为了谋求地下避难所的一个席位而打得头破血流；所有人都将自己的生存视为头等大事，不惜践踏着无数的骸骨爬进避难所。

至于留在地上的人则加入了各式各样的宗教组织，以在某种体制的力量下抱团取暖或将虚无缥缈的希望寄托在那些组织负责人身上，相信他们能带领自己远离死亡。

强尼用怜悯的目光打量着面前的拉马拉，为他不能将死亡视作生命的一部分感到悲哀。仅仅一个所谓的"永生者"项目就能让他如此奴颜屈膝于"根目录"，纵然活一万年又能证明什么？中世纪的统治者们不都迷恋于炼金术士的长生不老药而不能自拔，劳师糜饷而致国力衰败以致失权丧命，还不是血淋淋的教训？

"你相信这些金属城堡能让你永生不死？"强尼淡淡地哼了一声，"还是过分迷恋什么别的东西？"

拉马拉看出强尼神色中的不快，多少有些尴尬。他迟疑片刻，犹豫道："我宁愿相信'根目录'的力量，否则我们被遗弃在地面的人又能怎么办呢？我的任务是陪您参观服务器城，然后送您去总部，至于您的疑问可以当面和珍妮主席直接提出。"

"我会见到珍妮主席？"强尼对于这个让他耳朵里磨出硬茧的名字颇为好奇，很想知道统治整个根目录的到底是一个什么样的人。

"会的，即使原来不会，在您和我进行过这番交谈后主席也会见您。"拉马拉叹了口气，神色变得沉重无比。他短促地拨了一个电话，然后紧张地和电话中的人做着小声交谈，再没和强尼说什么。

可能是强尼太小看这个西伯利亚地区"统治者"在根目录中的影响力，抑或是潜意识中的他根本不觉得根目录有什么了不起，所以强尼丝毫未将拉马拉的威胁放到眼里，直至几个陌生的士兵出现的时候他才察觉到事情变得糟糕起来。

"对不起，我们现在无法确认您是否继续效忠根目录，所以必须改变计划，等待珍妮主席的最终裁决。"这次拉马拉的语气中没有了刚才的恭顺，开始变得有些傲慢。"带他上飞机，去见珍妮主席。"最后这句话是对士兵负责人说的。

强尼被他们推上一辆破旧的皮卡汽车，然后颠簸着重新穿过黑黢黢的服务器城，行驶了很久后才在一座被铁丝网围着的机场前停住了，面前一架巨大的运输机似乎正等待着他们的到来。

相对于比较舒适的波音飞机，这架运输机的座椅冰凉坚硬，坐上去像在屁股底下垫了块石头。整个机舱中弥漫着一股浓烈的腥臭，好像刚刚塞满了一机舱的野生动物。

几个士兵无声地坐在强尼身边，他们抱着枪一直保持着押送犯人般的清醒和敌视。这种态度让强尼更加相信根目录是个神秘的恐怖组织，所谓"永生者项目"无非是利用人们对生存的渴望而编织的谎话而已。纵观古今，这种宗教活动每每发生在灾难来临时，而信众往往趋之若鹜。

一种披着科技外衣的洗脑方式而已，本质与一百年前的恐怖组织没什么区别。谁相信他能长生不老的鬼话才是愚蠢，这不过是组织负责人用来统治的手段。相信自己看透根目录的强尼忽然有了种自得其乐的轻松感，他觉得恪守原则是件非常不容易的事情。就像在烈焰中焚身的布鲁诺一样，自己坚守的亦是历史才能证明的真理。

飞机开始慢慢下落，士兵们紧张地端起了武器，好像强尼随时会被人掳走一样。接着他又被推上了汽车，甚至没来得及看一眼明亮的阳光。这里就是澳大利亚吗？恍然中强尼好像看见机场四周不甚荒凉，甚至有些盎然绿意，与北欧完全不同。

他们要将我带到哪里？

这次他们乘坐的是辆完全密封的货车，连一道缝隙都没有。他强忍着呕吐再次爬出车门的时候发现已经到了一座地下车库，士兵带着他乘坐电梯来到这座大楼的顶层。

电梯门再次被打开，强尼却被眼前的景象惊呆了。

一个巨大无比的机器正微微轰鸣着，和第一台计算机 ENIAC 一样硕大的身躯占据了面前大厅的绝大部分面积。拱门形的米色设备好像把巴黎凯旋门缩小后搬了进来一样，两侧则是与之通过无线网络相连的几百台全息投影的 3D 显示器，正飞速闪烁着各色数据。

空荡荡的房间中，除了机器的轰鸣外空无一人。明亮而柔和的灯光下，显示器与机器给了强尼一种记忆中的未来即视感。他好像置身于某个科幻小说中的场景，正透过全息显示那透明的、斑驳陆离的光芒凝望后面被漂染得五颜六色的墙壁。

正自疑惑，一阵细碎的脚步声从机器后面传来。一个身材高挑、容貌姣好的金发女郎走了出来，她身着实验室里经常见到的白色大褂，脸上挂着迷人的微笑，好像是专门来迎接强尼的某个模特。

强尼吃惊地望着这个不过二十出头的女孩，好半天没说出话来。就见她示意强尼在一台显示器前坐下，然后拉了把椅子坐到强尼对面："终于见面了，强尼先生。我代表'宓妃'首先对您在朗伊尔城的工作表示感谢，您联合督建的'根纪念碑'是这个世界最伟大的建筑，是对章宏伟先生最好的纪念。"

"谢谢，我想这是我应该做的。"想到自己在极端困难的条件下有如此斐然的成就，强尼其实也倍感兴奋。"根纪念碑"是他这一生投入最多的项目，也许是永远无法复制的成绩。

"不过——"女孩突然秀眉微蹙，似有不悦，"我听说您对我们的组织和永生者项目有所怀疑，所以才取消了原来的计划，想听听您的见解。"

"你是哪位？"强尼觉得他应该直面珍妮主席，而不是和这个女孩在这儿说这些无关痛痒的话。谁知道女孩的回答却大大出乎他的意料："我就是珍妮，珍妮·亚当斯二世，根目录的执行主席，'宓妃'代理人。"

"你就是珍妮主席？"强尼完全没想到根目录的首脑竟是如此年轻的一个女孩。

"对，是我。"珍妮指了指面前的显示器，"我之所以把你带到这里就是想让你看看我们的这套设备。这是一套 SMRI 大脑扫描设备，和'宓妃'通过互联网相连接，将人脑全部切片扫描后储存起来，这也是我们为什么要建设多所服务器城的原因。"

"拉马拉说过这个东西，我不知道您和我说这个干什么？"既然知道了对方的身份，强尼反而平静起来。从内心深处讲，他并不希望与根目录交恶，只是觉得自己不适合在这种宗教性极强的组织中担任管理工作，也不愿与他们这些人交往。他也知道根目录是目前世界上唯一能保证他安全的机构，所以也希望不要搞得太僵，以便能从珍妮主席那儿得到些符合自己期待的许诺。

"我来告诉你什么是'永生者项目'，之后的决定由你自己选择。"珍妮说着敲了几下键盘，将另外一套类似超级计算机的设备图片在电脑上展现给强尼，"这个机器是现存最强的超级计算机'爱因斯坦Ⅱ'，也是灾后制造专门用于'永生者项目'的计算机。它的主要工作就是对比分析，将一个人不同的两套大脑进行对比，这部分工作其实已经开始并完成了一些样本。"

"一个人的两套大脑？"强尼问道。

"对，一套是刚才我们说过扫描的大脑，另一套是克隆过的本体空白大脑，我们称之为母大脑和子大脑。经过对比发现，脑神经元突触小体有兴奋和抑制两种状态，通过生物刺激来改变状态形成二进制信息是记忆的关键。换言之我们可以不用考虑大脑是怎么工作的，只要用微电流将子大脑中的突触小体刺激成母大脑突触小体的同种状态，就可以完美复制记忆。"

"你的意思是说照猫画虎？"想到拉马拉说SMRI可以将人脑微切片放大一千亿倍，强尼立即想到了所谓记忆复制的关键。珍妮脸上划过一丝难以察觉的微笑，用赞许的口气说道："可以这么理解，其实我们是'照虎画虎'。人的记忆主要是通过海马体和前额叶皮质来辅助完成的，而放大的目的就是为了更好地观察。

"思维复制将分三步进行：首先是'ScanDisk'计划中的扫描；第二步要进行足够倍数的放大存储；最后则是对比和刺激。虽然我们还没有完全了解记忆的过程和机理，但这样的模仿却完全可以做到记忆也就是思维复制。"

"那具体是怎么实现的呢？"想到这几年的见闻，强尼内心深处隐隐觉得"永生者项目"似乎并非神话。就听珍妮继续说道："在这个过程中实施手段亦是重中之重，故此我们用'爱因斯坦Ⅱ'控制的纳米量子笔进行脑电流刺激。另外受体也就是子大脑方面我们采用的是经过成长的母体克隆人的大脑。"

"原来所谓的克隆中心就是用来培育克隆人的机构？"强尼恍然大悟。

"对，这就是'永生者项目'一期的全部内容，也就是说只要保证根目录和'宓妃'的正常工作，所有加入该项目的人都会永生不死，克隆中心将源源不断地供应每个人的同卵克隆体。"

"根目录在全世界有四亿追随者，不可能每个人都进行克隆。"强尼知道克隆体的培育与无菌成长是个极耗资源的事情，显然根目录不可能让四亿人都拥有独立的克隆体，"况且克隆体必须成长到与母体年龄相若才能复制，在这期间出了问题怎么办？"

"是的，我们不可能给每个人克隆一个身体。但我们可以保证每个人的思维都被复制并保存起来，采用'宓妃'独特算法的压缩软件和海量的存储资源有能力做到这一点，想必你在西伯利亚也看到了，其实这就是'Xcopy 计划'。"珍妮说道，"至于你说的问题，我想你还是没明白。纵然一个三十岁的母体提供者现在死了，我们在三十年后依旧能让他复活。因为记忆是可以保存的。"

"对于领导人来说这是不能容忍的。"强尼咄咄逼人地说道。

"没错，所以我们还有备用计划，就是换首方案，我们称之为'Ren 方案'。其实这个技术人类在 2017 年时就已经提出并进行了初步实验，不过直到黄石火山爆发后才由'宓妃'完善，作为永生者项目的一部分存在。"

"有些内容是'21 世纪曼哈顿工程'的研究方向，我想'宓妃'既然可以主动学习，那只要有足够的时间和存储资源进行这些项目的研究也不是什么太困难的事情。只不过你们走得更远，毕竟他们不能大规模进行克隆人体实验。"强尼的声音中充满了不屑。

"章宏伟先生的遗愿就是建立一个和平、友善、没有苦难的统一社会，这一点我们正在实现。未来，我们将复活根目录所有成员，即进行了思维复制的每个人。"珍妮没有理会强尼的揶揄，却十分真诚地邀请他，目光中充满了殷切的希望，"加入根目录吧，我们需要你。你会作为'永生者项目'一期成员而永生不死。"

"不。"强尼丝毫没有犹豫，坚决地拒绝了珍妮。

第五章

一

　　用"树欲静而心不止"这句话来形容落拓最近的心情恐怕再妥帖不过了。自从和父亲长谈过后，本来已经浮躁恐惧得难以自制的心情随着落家尧的一席话再次变得沉淀冷静下来。落拓生平最钦佩父亲的智慧，往往任何难题都能在他的连珠妙语下得以开解，最终解决办法之巧妙着实让他惊叹不已。他知道这需要深厚的知识储备和丰厚的人生阅历做基础，否则会如空中阁楼一样化为泡影。

　　当他静下心来准备按父亲的要求束身自修、心无旁骛的时候，竟然被一个稀奇古怪的梦打破了平静的心情。

　　梦的开始是与父亲及蓝颜等人长谈的那天晚上。落拓才睡下不久，突然觉得耳畔有一个声音在叫自己："落拓，落拓……"音色诡异、悠长延绵而令人起疑，他恍惚中睁眼瞧去，却见面前站定一个年轻的东方女子，约十八九岁年纪，容貌端丽清秀，美目流盼，着实让人眼前一亮。

　　"是你叫我吗？"落拓坐起身，惊异地问道。就见女子嫣然一笑，顿时妩媚横生："是啊，我若不叫，你怎么会醒来？"

"你有事吗？"落拓问道。

"有啊，我想请你看电影。"女孩笑道。

"看电影？"落拓心下疑窦重重，不敢相信这如《聊斋志异》般的故事会发生在自己身上，这深更半夜的请自己看电影的美貌女子会不会是鬼狐精怪？女孩见他犹豫，讥笑道："你不敢？"

"不，就是觉得奇怪，我们还不知道对方的名字呢。"落拓说。女孩听他这么说，做了个鬼脸，显得娇媚可爱："不知道你名字我刚才怎么喊你？是你不知道我的名字罢了。我告诉你，我叫韩蕊。"

"哦。"落拓踌躇片刻，忽然问道，"你是怎么进来的？"就见韩蕊一笑，说道："你这扇门对我来说根本不存在。"她说完这句话抬起手腕看了看表，有些急促道："快三分钟了，你快点儿决定要不要跟我去看电影。"

"好，去就去。"交谈了几句，落拓觉得这女孩不像恶人。虽然有父亲告诫再三，可他怎么也不能把这么可爱漂亮的美女和恐怖分子联系在一起。

韩蕊见他应允自是欢喜无限，忙拉了他的手道："车就在门外，我们必须快点儿。"落拓握着她那清冷滑腻的手，心头一宽：她手有余温，自然不是鬼怪。只是自己与蓝颜在一起时竟未有过这种动心的感觉。一边琢磨一边随她离开房间，来到他家楼下时看到一辆黑色的轿车正停在门口。

"快上车。"韩蕊看样子似乎有些焦急，将落拓推进汽车。还未待落拓坐稳车就飞快地驶出了小区大门。也就在这个时候，落拓才注意到车里除了中年男司机之外竟无他人。

"韩蕊呢？"他惊愕道。司机却头也没回地说了一句："她不能上这辆车，一会儿你就见到她了。"

"为什么？"落拓又连问几句，却得不到司机回答，忐忑不安中只见汽车飞快地驶过市区，开始穿过郊区大片的封闭农场。这些封闭农场占地广阔，通常严禁随意出入。听父亲说，灾后工农业制度均有所变化，开始允许有钱人经营私人综合庄园，亦称农场。其实这里面除了种植粮食、蔬菜、果木，还发展各种不适合在城市环境生产的轻重工业。有时候一座硕大的农场就是一个钢厂、煤矿或是别的什么企业。小学时候学校组织他们参观过私人农场，里面大得令人咋舌的粮食种植园和成套加工设备至今还给落拓留下了深深的印象。

所以如今的城市定义消费，仅以第三产业为主，倒也干净繁华。据说这样做可以有效地减少 PM1.0[1] 的排放以使城市保持清洁的空气。只是平素里去郊外游历仅能前往指定场所，这一点让落拓多少有些懊恼。他在网上看过很多二十世纪的小说描述他们当时的郊区，那是可以让人随意出入游览，有树林、有溪水、有山峦的迷人所在。

现在想离开城市最好的方式其实是去旅行社报名，否则自己能去的地点少得可怜。城市以外的大片土地都被各式庄园所占据，那可是不允许一般人进出的私人领地。父亲曾经说过，在工厂或庄园打工非常累，收入低，工作时间长，通常都是没什么文化的底层人士干的活。

落拓从未见过这些人，没有接触过所谓的底层人士。他自己不觉得比他们的生活能高到哪儿去。难道生活在城里就成了优等人？正胡思乱想时，汽车已经在路边停下了。

落拓跳下车，只见笔直的公路望不到尽头，路两边是农场高墙。他茫然四顾，发现汽车抛下自己后已经走远了。正自疑惑，忽听脚下有人说话。

"落拓，我在这儿。"随着熟悉的声音划过耳畔，韩蕊美丽的面孔竟从地底下钻了出来。接着他看到路边的墙角下原有个仅容一人进出的隐藏通道，此时地道门洞开，韩蕊正露头朝自己笑着。

"你怎么这么快？"落拓弓着腰，用一只手攀着地道门将身体挤了进去，眼前一黑，接着就感觉到韩蕊轻轻牵过他的手，拉着自己顺着阶梯往下走。两边俱是光秃秃的墙壁，通道四通八达，要不是有韩蕊领着怕是要迷失在这里。好在时间不长，他们就在地下一处约十几平方米的房间停住了。

"你得戴上眼镜。"韩蕊变魔术般从身上取出副模样怪异的眼镜，镜片在

[1] 是指空气中直径小于或等于 0.1 微米（约相当于人的头发丝粗细的 1/5）的纳米级超细颗粒物。

头顶两盏明亮的灯下发出淡淡的蓝光。落拓接过眼镜，就感觉事情进展得完全超出了自己的预料："在哪儿看电影啊？"

"就在这儿，你戴上眼镜就看到了。"韩蕊大大方方地拉过落拓的手，引着他来到墙角。落拓这才注意到这里原有个双人沙发，想必是用来看电影的吧。刚坐下戴好眼镜，眼前的景象就豁然开朗起来，原来是全息投影的AR四维电影，这技术虽然不算陌生，可面前的场景使他好像第一次走进龙宫的浦岛太郎般瞠目结舌。因为此时的落拓觉得自己仿佛就置身于电影当中。

一间巨大的办公室里，椭圆形的会议桌前坐满了开会的人。左边一侧只有三位，中间是个穿着有些怪异的老人，鹤发童颜，还算慈祥；他的左右是一男一女两位年轻人，像极了落拓自己和蓝颜。

落拓正诧异间，忽觉耳边一痒，原来是韩蕊正把头凑过来耳语："无论看到什么你都不要惊讶，看完给你解释。"

落拓点了点头，再往会议桌右边瞅去，却有七八个人，为首的男人有四十多岁，皮肤白皙、英气勃勃，正和老人微笑交谈。看样子左边这拨人是刚到的客人，正听男人介绍情况。

"灾后的重建工作非常艰难，再加上很多专家学者遇难，资料多数被毁，所以全世界的太空科学鲜有建树，甚至可以说是举步维艰，这也是人类科学技术在这一百多年间没有进步的原因之一。我们一直想和火星国际取得联系，但由于之前主导此项工作的相关国家航天局已不复存在，所以没有任何能参考的资料，根本无从查起。"男人用标准的英语说道。

"原来是这样，我们也预料到地球一定发生了灾难，只是远水不解近渴，无法伸出援手罢了。这一百多年来火星国际的综合科技水平已基本超过了第一次探索火星，也就是2025年时的地球，所以我就带着两个学生第一时间回娘家了。"对面的老人爽朗一笑，"见到你们太高兴了。"

"我们也是。"男人从烟盒里取了支烟，笑道，"不知道查理博士对这次的来访有什么安排没有？"接着又指了指像落拓和蓝颜的两个年轻人："他们是您的学生？"

"对，章副局长，这是落拓，这是蓝颜。"（落拓这时已无暇顾及接踵而至的疑问了，只能顶着满脑子问号继续看，而握着自己手的韩蕊却显得轻松自如，这多少让他心里有些慰藉。）

被称作查理博士的老人介绍完身边的学生，继续说道："我们还是想先看看现在的地球，从第一批火星移民算起，毕竟我们离开母星已经一百五十七年了，何况这几十年又经过了黄石火山爆发，我想地球一定发生了翻天覆地的变化。"

被称作章副局长的男人点了点头，边抽烟边用笔做记录："我建议查理博士可以先去'世界之父纪念碑'看看，然后选择几个大城市，参观一下感兴趣的领域。之后我们再商议起草联合公报的事。"

查理博士似乎对章副局长口中的纪念碑挺有兴趣，追问道："我离开火星前为了不与地球脱节，曾经大量阅读过 2025 年之前的地球资料，尤其是二十一世纪前后的社会、人文及历史，不过好像从来没听说过什么'世界之父纪念碑'，刚才开会前介绍情况的时候接待我们那个刘主任就着重说过，不知道章副局长方便不方便详细谈谈。"

章副局长听完一笑，示意身边的秘书说道："这是黄石火山爆发后的事情，查理博士自然没听说过。既然这样就由马歇尔秘书给您介绍一下情况吧。"

马歇尔秘书是个二十多岁的白人男子，长得颇为秀气。他翻了翻手中的资料，清了清嗓子说道："刚才彼得司长已经介绍了 2031 年黄石火山爆发的情况，我就不再赘述。这里具体说一说'世界之父'的事情。所谓'世界之父'其实是指章宏伟先生。他原籍塞北市，是个资深的程序员……"

刚才说到查理博士的时候，落拓就觉得这个人似乎在哪儿见过。此时听四维电影里的马歇尔秘书说起章宏伟，猛然想起在友谊医院见到的那个神秘女子赵妁华曾经介绍过这个人，甚至连这个叫查理的博士都说过，他全名查理·卡瓦尔坎蒂，说是自己的导师。而章宏伟则是个程序员，开发了可以自主学习、有主动思维的程序"宓妃"，后来又以"宓妃"为基础主导开发出了同样可以自主学习和自主思考的"孔雀王朝"操作系统，据说曾经一度风靡全球。

依赵妫华所讲，章宏伟死于2032年，也就是电影中黄石火山爆发的第二年。想到这儿落拓忽然想到父亲说过他们生活的地球之前也有过黄石火山爆发，与电影的描述大同小异。只是这电影里的落拓又和自己有什么联系？一头雾水的落拓回过头，发现韩蕊正用怪异的目光看着自己。

<h1 style="text-align:center">二</h1>

"疑问稍后我会解释，不能掉队哦！"韩蕊发现落拓正在走神儿，轻轻地嘱咐道。落拓脸一红，挣扎着松开韩蕊的手，又接过她递的一瓶水，专心看起电影来。这时候影片的场景已经转换，展现在落拓眼前的是冰天雪地的景色。冰雪覆盖的山谷中，一座巍峨的宝塔迎风矗立。塔为石制，灰白质地，地面共二十四层，高耸入云，滴水飞檐的造型充满了东方风情，层层重叠，越往上越尖，呈现一种轻忽飘逸的飞翔之势。

此时章副局长和查理博士等人都换了皮裘、棉服、冲锋衣等各类冬装，正站在塔下听一个当地官员介绍情况。

"'世界之父纪念碑'原名'根纪念碑'，是根目录组织第一任执行主席珍妮·亚当斯二世在位时修建的；总工程师是章宏伟先生的生前好友阮奎。黄石火山爆发后的第八十二年，地球气候开始恢复正常，根目录组织遂将领导权交还各国政府。后联大会议通过决议，将'根纪念碑'更名为'世界之父纪念碑'，以纪念章宏伟先生和'宓妃'程序对人类的伟大贡献。"

一众人走进纪念碑中，见大厅内是个博物馆，陈列了各版本的"孔雀王朝"操作系统光盘、闪存盘以及装载了"孔雀王朝"的各种终端设备。再往下走是间地下室，是为了纪念修建"世界之父纪念碑"牺牲的工程人员而设。塔上面二十四层却因为安全原因只开放到二十层。

离开"世界之父纪念碑"，查理博士等人来到朗伊尔城，从这里乘坐开往巴黎的胶囊式管道列车回酒店。这种运行于管道内部的胶囊列车由于使用了火箭动力，所以时速可达每小时两千公里，四通八达的线路将地球变成了真正的地球村。影片的主人公此时已经从查理博士转移到了里面的落拓（以下简称为影片落拓以示区别）。

有别于落拓的小心谨慎，影片落拓却是个极富冒险精神的家伙。他一回到酒店就想再出去转转，却被跟随他们的地球陪同人员拦住了："章副局长受联合国的委托对你们的安全负责，所以希望晚上不要出去。"

"好吧。"影片落拓无奈地耸了耸肩，转身回房后竟然择机从窗户跳了出去。他的房间在十楼，他当然不可能跳到楼下，而是先翻窗到隔壁房间，然后趁陪同人员没注意悄悄溜了出去。

夜晚的巴黎城灯光绚丽，无人驾驶的汽车在层层叠叠的高速上纵横交错而井然有序，所有交通指示标志都是发出各色柔和光芒的电子设备，没有一个交通警察负责指挥，但秩序井然，路边行人接踵摩肩却无声息。

再往空中看时，如子弹般流线修长的空中巴士偶有驶过，数量不多却都坐满了乘客。影片落拓跟着走了一段才注意到原来空中汽车只有公共巴士，其余私人汽车只能在陆地行驶。空中汽车的高度也有严格规定，总体上看都是三层立体高架桥之上、数千米的胶囊轨道之下的区域。

影片落拓来到公交车站，在路边立体电子投影出的二十余寸显示器站牌上面随意按了个"鹌鹑之丘"的站名。就见"鹌鹑之丘"四个字颜色一变，紧接着整个显示器显示的内容变成了从 16 开始倒计时的数字，待计时结束的时候一辆空中巴士已经稳稳垂直降落到影片落拓面前。

影片落拓走进车厢，却不见司机只见乘客，唯一空余的座位似是给自己留的。他坐到位置上，巴士复又垂直腾空而起，在空中飞驰，不多时车门上方的显示屏开始闪动"鹌鹑之丘"四个字，一个柔和的女声也开始提醒："'鹌鹑之丘'到了，请乘客下车。"此时影片落拓的座位开始发出刺目的红光，提醒他到站。

"这就是现在的巴黎吗？我看还不如塞北呢。我们塞北早不用电子女声提醒下车了，会不时在乘客面前弹出全息电子屏提醒，这可是几年前的技术。巴黎太落后了吧？"坐在沙发上看电影的落拓对身边的韩蕊说。

韩蕊没理他，示意他继续看。

影片落拓走进一间酒吧，和一位红发女郎交谈。女孩笑着说自己叫琳娜。

"请我喝杯酒吧，你叫什么，从哪儿来。"琳娜问。

"好啊，我叫落拓，从火星来。你呢？"影片落拓说。

"我来自冥王星。"琳娜大声笑着，身体随着音乐而有节奏地起伏着，不多时她拿起酒杯将刚端上的啤酒一饮而尽。

"你是干什么的？"琳娜说。

"我是个飞行员，开宇宙飞船。"影片落拓说。

"你的飞船叫什么名字？"

"'成道号'航天登陆艇。"

"成道？"

"对，成道。"

琳娜又笑了起来，她似乎对什么都感兴趣。"你想不想和我一块儿来点儿更刺激的东西？"她问。

"什么？"影片落拓显然没听懂。

"算了。"琳娜转身想要离开，却被影片落拓拽住了："给我个电话号码。"

"电话号码？"琳娜突然笑得上气不接下气，"你是从几世纪前穿越过来的吗？我们交换终端编号吧。"

"我没有什么终端编号。"影片落拓沮丧地说道。（这时看电影的落拓又撇起了嘴，他对电影中酷似自己的人竟然不知道个人终端而感到无奈。）

"我写给你。"琳娜飞快地从吧台拿来一支笔，写了组号码给影片落拓，"你不会真是从火星来的吧。"她嬉笑着离开了酒吧。影片落拓则望着她的背影沉默良久，终于也起身离开了酒吧。

下一个场景重新回到了酒店当中，从查理与地球陪同人员聊天的房间门外，影片落拓走进来问陪同人员什么是个人终端。

"就是存储于根目录云服务器上的个人信息岛，里面可以按照喜好存放任何喜欢的照片、视频甚至是三维投影的场景片段；每个人都有一组独一无二的终端编号。平时可以用 PC、手机、手表、眼镜甚至是安置于身体内部的芯片与终端连接启动，在面前形成大小随意的全息终端控制界面。如果有对方的编号则可以添加好友，实现视频、声音甚至三维投影场景通话。这是现代人的主要联系方式，每个人都有属于自己的唯一终端编号。"

"原来是这样。"影片落拓离开房间，在服务台处询问如何设置自己的个人终端，不过服务人员的回答却令他非常失望。

"个人终端是个人的电子身份信息，要到国家社会安全局办理。"

"那我有什么别的办法看别人的终端吗？"

"可以购买公共终端卡，只要对方没有屏蔽公共终端就可以看允许你看的内容。"

"哦，那我可以购买一张吗？"影片落拓问。

看到这里落拓终于有些坐不住了，问韩蕊这是不是一部给老年人或刚出监狱与社会脱节人士看的科普片。

"再看五分钟，好吗？"韩蕊温柔地问道。

落拓只好又坐了下来。

此时电影中的落拓已经打开了公共终端的虚拟投影界面，并在"宓妃"的帮助下念出了琳娜的个人终端号码。

"你好，哪位？"此时影片落拓的面前凭空闪现出一个二十英寸大小的正方形半透明全息屏幕，只是这会儿由于没有得到对方授权，所以屏幕上显示的只有广告而不是对方的实时头像。

"我是刚才酒吧里的落拓。"影片落拓说。

屏幕终于亮了，红发艳丽的琳娜出现在屏幕中，不过她神色间却充满了疑惑："你是谁？"显然她看到了影片落拓。

"真是贵人多忘事，我们刚分手半个小时啊！"影片落拓说。

"我不认识你，我刚才和女伴去酒吧，并没有见过任何陌生人。你有什么事？"

"我没什么事，不过我想你什么时候带我去找更刺激的东西？"

"我不认识你，你找错人了。"琳娜冷冷地关闭了屏幕，只留下影片落拓一个人坐在酒店房间发呆。也就在这个时候，陪同他们的地球官员不知道什么时候已经站到了他身后。

"你出去了？"官员问。

"是的。"

"什么时候？"

"刚才。"

"你和人接触了吗？"官员似乎很紧张这个问题。

"是的。"影片落拓目光炯炯地说道。

"你不应该这么做。"官员说。

"为什么？"影片落拓问。

"这是来自根目录执行主席的命令。"

"她为什么不认识我了？"影片落拓问道。

官员没有回答影片落拓的问题，而是与他对视良久后缓步离开。再次归来的时候，他的脸色显得非常郑重。"我的上司想见见你。"他说。

影片落拓很奇怪地望着他："你的上司我已经见过了，不是航天局的章副局长吗？"

"不，我说的是更高级别的领导。"官员说着在前面带路，领着影片落拓来到酒店楼下的一个房间。当他们走进去的时候，看电影的落拓看到官员的领导时吓得险些叫了出来。

三

原来出现在落拓眼前的所谓更高级别的领导竟然是韩蕊。落拓坐在沙发上，正和韩蕊看影片中另外一个落拓和韩蕊的故事，是不是很奇葩？

好在韩蕊的表现倒是挺从容，她似乎早就预料到了落拓此时的反应，所以倒也不甚惊讶，只是露出平静的微笑。落拓只好把注意力重新投入电影。

　　"你好，落拓先生。"影片韩蕊笑道。

　　"你就是他们的领导？"

　　"我是根目录顾问促进会的副主任，我叫珍妮·亚当斯二世，你可以叫我珍妮。我现在还兼任社会安全局的一些工作，能和来自火星的您在这儿聊聊，实在很荣幸。"想不到影片韩蕊竟然有个外国名字，这让落拓感到惊讶。好在对于这部在他看来荒诞不经的电影，这种名字上的纠葛其实也不算太奇怪。

　　"什么意思，为什么单独叫我到这儿来？"影片落拓问道。

　　"我刚才得到汇报说您擅自去酒吧与地球人进行了沟通并产生了误解。您要知道这对地球现在的法律来说是严格禁止的，所以女方并不想给自己引来麻烦，装作不认识您，也可以理解。"珍妮说道。

　　影片落拓沉默了片刻，似乎有所觉悟："这么说琳娜因为认识我会给自己带来麻烦？"

　　"可以这么理解。"珍妮咄咄逼人地盯着影片落拓回答。影片落拓点了点头，问珍妮为什么要告诉他这些。

　　"我知道这样的法律规定有些不近人情，但这是避免恐怖分子活动的最有效手段。我希望您可以把这段不愉快的回忆忘记，更希望您在地球上有个美好的回忆。"珍妮说。

　　"好吧，谢谢您的提醒。"影片落拓微笑地说。

　　"如果您还不理解的话，我希望您能抽时间参观了解一下我们根目录组织的根服务器基地，它可是控制全世界'宓妃'服务器的最终服务器。"

　　"和这件事有关系？"影片落拓不解地问道。

　　"您看完就知道了，这可是'孔雀王朝'运行的根本。"珍妮说道。影片落拓有些茫然地点了点头，说开会时章副局长似乎没有说起过这个参观项目。珍妮却严肃地告诉影片落拓，根服务器基地一共有两个：一个是主服务器；另外一个是永久秘密备份服务器。两者基本建设结构都是一样的，唯一区别就是永久秘密备份服务器设置在'世界之父纪念碑'地下三层，很少有人知道它的开启方式。

"我们不想对来自火星国际的同胞有什么隐瞒，也希望开诚布公的结果是更好的沟通和技术交换。"说完这句话，珍妮又道，"等您对我们的技术、社会制度等有一定了解之后就明白我之前说过的，您和琳娜的事情有多大的必要了。"

"我明白了，需要延长我们在地球的时间吗？"影片落拓问道。

"不用，参观是秘密进行的。如果您不反对我们现在就有专机送您到基地，明天天亮之前会回来。事实上在之后的几天您都会以这种方式进行参观。因为除了您之外我们不想让您的另外两位同事知道这件事情。"珍妮说话的时候异常严肃。

影片落拓显然有些吃惊，不过最终还是在强势的珍妮面前做出妥协。待他出去之后，一直藏在套间中的两个男人走了出来。他们一高一矮，都是白人。其中高个子的白发苍苍的老人，手中正夹着一支仍在燃烧的雪茄烟："你真的打算告诉他真相？"他说的是正宗的葡萄牙语，由同步电子翻译系统即时将翻译后的中文传给了落拓。

"是的，正好趁这个机会把他留下。参观主要是'宓妃'系统和两个根服务器基地的基本情况。这一点对我们将来登陆火星至关重要，必须把他培养成我们的人。"

"那虚拟现实系统呢，你打算怎么解释？"

"实话实说，看他能接受多少。"

"我担心戴维执行主席和根目录主议院议长不会同意您这么做。"老人不失恭敬地说道。珍妮粉面通红，冷笑道："我的意见代表根促会，主议院无权单独否决。至于戴维，他的任期还有一年，如果他不考虑加入根促会的话也许会反对。"

"那我们下面该怎么做？"一直沉默的年轻白人问道。

"帕里，落拓这几天的行程由你来安排，务求豪华，一定要让他感到无比舒适。最后一天安排参观第一克隆中心，对他进行思维扫描，然后将思维备份存储在莫斯科永久数据中心，以备将来和虚拟思维进行对接的时候用到。"

"好的。"帕里说道。接着珍妮把头转向老人，说道："库尼亚主任，我希望由您来负责安排一次最终的车祸事故，将落拓永远留下。您也知道事关重大，所以必须由您来进行。另外这件事只能记录在根目录顾问促进会的中心服务器上单独存在，而不能记录在主服务器的任何备份中。"

影片接下来场景转换到某个背景为航天中心的宴会厅中，一群西装革履的官员陪着查理博士和蓝颜围坐，似乎在举行宴会。坐在查理博士身边的是个被称为阿卜杜拉秘书长的人，看样子是今天的最高负责人，就见他此时正站起来致辞。

"首先我再次代表联合国向不幸遭遇车祸的火星国际航天员落拓先生表示同情。在昨天的塞北市根目录总部的参观中，落拓先生遭遇轨道高铁交通事故以致身受重伤。我再次向他远在火星的家人表示最诚挚的问候，希望落拓先生早日康复……"阿卜杜拉秘书长字斟句酌地说完，然后和查理博士握手。

"也替我问候在这次轨道高铁事故中罹难的根目录顾问促进会主任亚历山大·库尼亚，愿他早日安息。"查理博士失落地说，"即使是在火星，这种程度的脑损伤以至昏迷也是十分难以痊愈的外伤，除非我们能把他的脑子取出来。"

"我们的医学很发达，也许在未来能解决这个问题。"阿卜杜拉秘书长说，"另外一定要将我们地球的意见转达你们火星国际联盟的负责人，我相信一个伟大的新时代已经来临。"

"我一定会的。"查理博士说。

影片到这里戛然而止，有点儿意犹未尽的意思。落拓迷茫地望着身边的韩蕊，想到电影里的名字，不知道该怎么称呼她。韩蕊却嫣然一笑，说道："我不是珍妮。"

"你到底是谁？这个电影中的事情是真的吗？"

"你认为呢？"

"我不知道，我都看糊涂了。"

"2025 年，NASA 联合 CNSA、ESA、FSA 和 JAXA[1] 四个机构展开了全球火星移民计划，第一批移民四万人分数批飞赴，承载着人类第一次远程太空移民的梦想。"韩蕊说道，"六年之后的 2031 年，黄石火山爆发，地球与火星失去联系。"

"你是说火星上的人后来一直在独立发展？"落拓若有所思地问。

"对，原位能源[2] 收集与转换技术的突破是人类移民火星的基础。当时人类已经掌握了利用火星上的二氧化碳、土壤中的水和火壳下的冰做基础能源，制造饮用水、氢、氧等必需物资的技术。之后通过氢能源和二氧化碳的反应，大量生产甲烷和氧气。另外就是利用火星土壤提取的金属材料进行基础建设和工业生产；化学分离萃取工业产品、天体土壤储能技术的运用以及高效无水栽培的生态农业产业等。也就是说，只要有足够的时间，火星的发展完全可以不依赖地球，是彻彻底底的脱离地球生存。"

韩蕊详细介绍道。"而你刚才看到的电影发生在二十三年前的 2182 年，其时火星国际已经独立发展了一百五十七年。"

"二十三年前？"落拓一下子想到了连礼公司那个叫邱维纲的人安排他工作时在虚拟空间中看到的那份文件，以及赵妩华的话，"这么说那个根目录的世界之父，叫什么章宏伟的人出生于 2000 年，在黄石火山爆发的第二年去世？"

"对，你当时在虚拟空间看的资料是当年的真实资料。这场事故是根目录委员会在根目录执行主席戴维的授意下刻意安排的，而影片中受伤的落拓其实也并没有死亡，说是所谓的重度昏迷，其实是被放入液氮中雪藏了起来，而他的克隆身体则正在克隆培训中心无菌生长。"

"你难道说我是个克隆人？"落拓惊愕地问道。谁知道他的话让韩蕊笑得更灿烂了："不，你当然不是。"

"那我不会是个机器人吧？"

---

[1] 缩略词依次表示：美国国家航天局、中国国家航天局、欧洲航天局、俄罗斯联邦宇航局、日本宇宙航空研究开发机构。
[2] 本地能源的获取。

"机器人？"韩蕊又摇了摇头，"你落伍了，机器人是非常原始的东西，二十一世纪七十年代以后就没有这个称呼了。"

"到底是怎么一回事？"落拓问道。"为什么我知道的世界和你知道的东西完全不一样？"他歇斯底里地问道。

"因为你生活在骗局里。"韩蕊一字一顿地说道，"就像刚才电影里的落拓一样，并非琳娜不想给自己找麻烦。其实根本原因是装载运行虚拟系统的服务器并未提前对电影里的落拓进行认证，所以虽然他可以利用数据传输的罅隙暂时与虚拟社会的人沟通，但并不能影响对方的任何记忆以及改变已制定好的命运。对方出酒吧后当然不会记得他。其实他改变不了任何东西，所有的对话和行动都不能改变。"

韩蕊说到这儿时突然缄口不语，落拓的大脑像断电一样突然失去了工作面，瞬间失去了意识，再次醒来时他发现自己躺在家里的床上。

时间距离自己上床已经过去了五个小时，原来是南柯一梦。

第六章

一

　　强尼极不情愿地睁开疲惫的双眼，感觉好似被人抽去了全身的骨骼般瘫软。他粗重地呼吸着久违的空气，让暴露的皮肤和他一样贪婪地感受着肉体离开那冰凉的液体后所拥有的一切。头顶的天花板发出柔和清冷的白光，使他无从分辨此刻在什么地方，又是什么时候。不过这都不重要了，一瞬间他身边的时间好像停止了流动，只是静静地包裹着他、陪伴着他。

　　"强尼·索波诺先生，请问您能听到我说话吗？"一个年轻男人的声音回荡在强尼耳畔。他很想顺着声音去找找它的主人，可尝试了几次之后都没能转动除眼珠之外的任何部位，于是他停止了努力。

　　"如果您可以听到我说话就眨两下眼睛。"年轻男子好像非常熟悉强尼此时的处境，很贴心地提出了他觉得可以轻松接受的解决方案，强尼自然很乐意这么做。

　　"很好，那您现在可以尝试开口说话了。您努力张开嘴，先可以发出'啊'的音。"年轻人说道。于是强尼在努力了三次之后终于从喉咙深处传出了模糊不清的一声"啊"。男人开心地笑着，突然弯腰把头探到了强尼面前。

"您现在看到我了，感觉怎么样？"那是一个有着褐色头发的年轻人，看样子绝不超过二十五岁。他长着一双有着修长睫毛的大眼睛，使他从某种角度看上去像个女人。强尼曾经认识一个韩国人，就长得像他这样——非常女性化。强尼很想问他是不是有韩国血统，当然前提是自己能说话之后。

"啊——"

"对，再努力一点儿。从液氮休眠中恢复过来通常需要几个星期甚至更久，但我相信对于身体强壮的您来说这不算什么。现在您可以试着发出更多的音节，比如念首诗怎么样，简单点儿的像李商隐的《锦瑟》如何？"看得出这个男孩子很富有东方式的幽默。

好在男孩子甚有耐心，在他的悉心教导下强尼恢复很快。大约一个多小时以后他就能不熟练地和对方沟通了。于是，这个自称叫玄涛的男生成了强尼苏醒后第一个交谈的人。

"这是什么地方？"强尼缓慢地扭动着脖子，木然打量着周遭陌生的一切。玄涛微笑着站在他身边，很松轻地为他做着肌肉恢复："这里是位于根目录总部基地凯马城的第九综合医疗中心恢复科，我们将负责您休眠后的恢复工作。"

"哦，我睡了多久？"虽然不知道时间，但强尼仍能感觉到自己好像做了个悠长舒适的梦，一个让他变得如此懒散而不愿起身面对现实世界甚至希望永远睡去的梦。果然，玄涛的回答让他吃了一惊："自从您得到珍妮主席授权休眠后，已经过了整整六十六年。现在是新元 111 年六月。"

"新元？"一个陌生的词汇让强尼着实愣了一下，好半天他才反应过来这是个自己之前绝对没接触过的纪年。果然，玄涛的解释验证了他的猜测："新元纪年是现在我们使用的新纪年，所谓新元自然是指新的公元年。新元元年就是'世界之父'章宏伟先生诞生的公元 2000 年。"

"哦，现在应该是——"

"如果按旧制公元纪年，现在应该是公元 2111 年，距离黄石火山爆发整整八十年。"

"环境都恢复了吗？"强尼问道。

"是的，现在多数火山灰已经褪尽，人类的生存条件基本得到了恢复。按照之前您与珍妮主任的约定，现在应该是您大显身手的时候。"

"你说的是珍妮主席吗？"强尼微微叹了口气，说道，"我那天拒绝了她加入永生者项目第一期的邀约。她问我到底想要什么，我说想得到一份能施展自己能力的工作，不愿尸位素餐地永远活下去。她就让我去休眠，说大多数未加入永生者项目的人都选择了休眠。由于每个人的工作不同，所以苏醒的时间也不一样。我的选择是当地球适合人类居住的时候，我会带领地球人重新恢复我们的世界。"强尼自言自语地回忆着休眠前的事情。

"现在是时候了，等您恢复好后可以和斯威夫特主席聊一聊接下来的工作。"玄涛说。听到斯威夫特的名字时强尼微微一愣，觉得既意外又正常："你说的是来自德国的奥兰多·斯威夫特先生吗？"

"我不知道他来自哪个国家，不过他的原籍归属地的确是在欧洲国家联盟，那儿在几十年前有很多个国家。现在他是根目录的执行主席。"

"那珍妮呢？"

"珍妮小姐是根目录顾问促进会的主任，负责根目录的指导工作。"

"哦。"强尼在玄涛的指点下服用了一支全营养液，然后开始起身慢慢在地上尝试走路，如此中等强度地恢复训练了两周之后，他已基本康复。也是从这天开始，他抛弃了每天靠营养液生存的日子，终于可以吃点儿东西了。虽然接下来的一周还是以牛奶或营养菜汤之类的流质食品为主，可强尼仍然很开心自己能重新回归正常生活。

与奥兰多·斯威夫特的会面被安排在从强尼苏醒算起的第四十一天早上。这天也是强尼第一次离开医疗中心，乘坐着无人驾驶的汽车前往根目录总部基地凯马城的行政中心。

虽然新式无人驾驶的汽车很棒，但更吸引强尼的是根目录总部基地的大街。从车上望去，街道两侧鳞次栉比地建满了各色大楼，动辄二三十层高，直冲云霄。街道两边三三两两地走过匆匆行人，给人一种普通得不能再普通的真实感。

一瞬间强尼好像回到了灾前的莱茵河畔。

他抬头望去，绚烂的天空呈现出洗过般的湛蓝，像宝石样的天色衬托下大地是如此可爱。深浅不一的绿色点缀着楼前厦后的每个角落，远远地又汇合在一起铺开，延伸到视线的尽头，与蓝天勾勒出一幅别样的丹青画卷。

"这就是根目录总部基地？好美啊！"

"对，虽然每个国家或大陆都至少有一个根目录联络中心，可这里才是根目录总部基地，也是世界上最大、大洋洲唯一的根目录管理区，超过一百万常住人口，有百分之五点五的永生者。"

强尼跟着玄涛走进一栋子弹头般高耸的大楼，看到站在门前等待他们的是个不苟言笑的正装青年。在这里，玄涛显得非常拘谨，他将强尼带到青年面前，然后恭恭敬敬说道："这里就是根目录执行总部大厦，将由这位警卫先生带您去见斯威夫特主席。"

强尼点了点头，跟着警卫穿过堆满了半透明全息投影信息窗口的大厅，乘坐几乎没有感觉的透明电梯来到三楼，在这里见到了他七十九年前的老上司奥兰多·斯威夫特。

可如今的斯威夫特看上去只有二十七八岁，身材挺拔，容光焕发，在笔挺的西装衬托下显得更加英气勃勃。容貌依稀有几分当年的样子，可无论如何强尼都不能把面前这个陌生人与当年那个老态龙钟的老头儿放到一起。

"又见面了强尼，你看上去恢复得还不错。"斯威夫特笑着和强尼拥抱了一下，声音洪亮而自信。待两人在沙发上坐下，趁强尼吃惊地打量着周遭的一切，斯威夫特笑着为他做了介绍。

"根据档案显示，你当年休眠时设置的苏醒日期是地球恢复人类生存环境后的第六个月。正好去年秋天新国联在堪培拉召开了年度环境大会，已经基本确定下一步的城市建设计划。珍妮主席和我说你当年和她有过协议，愿意为城市建议出力。所以我就把你弄到这儿来了。"说完斯威夫特爽朗地大笑起来，然后问强尼喝什么。

"咖啡，谢谢。"

"哦。"斯威夫特好像有些迟疑，他伸手凭空抓了一下，就在眼前抓出一个半透明的全息投影信息窗口，然后他对着窗口说了声"倒杯咖啡"，接着窗口瞬间就消失在两人面前。

"这是即时信息弹窗，你习惯就离不开了。"斯威夫特说着从桌上拿过一个杯子笑道，"我现在长年喝奶。"这时屋门开了，一个容貌姣好的白人少女袅袅婷婷地托着咖啡盘子走了进来，她将咖啡放到强尼面前，然后倒退着走了出去。

"我们接着说。"斯威夫特曝了口奶，继续说道，"你休眠的这六十多年里我们其实只做了两件事：一是打仗，二是维权。打仗主要是两个敌人：地下政权和恐怖分子。"

"怎么样了？"强尼问道。

"当然是我们赢了。你知道灾后地球上有很多组织都自称可以拯救人类，可最终只有根目录做到了这一点。另外就是地下政权，他们在你休眠的时候就与我们小规模地展开过一些局部战争。后来他们最强的国家有一个叫墨西尔的新总理上任，几乎联合了全世界的地下势力发动反攻。那时候我们打得很激烈，最终他们还是输了，于是我们双方开始互不侵犯。如今五十年了，风平浪静，只有合作没有战争。"斯威夫特很得意地说着。

强尼望着陌生的斯威夫特，总觉得除了名字以外没有一样是他之前认识的那个斯威夫特。在波恩的时候，斯威夫特是那样热衷慈善事业，和他一起为灾后的重建努力工作。他没有权力欲望，总和强尼说想在有生之年多做点儿力所能及的事情，以便见上帝的时候可以挺起胸脯。

可如今这个人难道真的是斯威夫特？强尼的犹豫和谨慎似乎让斯威夫特看了出来，他缄口不语，也静静地打量着强尼，许久之后，才说道："你有什么要对我说的吗？"

强尼觉得自己不能再这样下去了，他希望得到准确的回复，况且隐瞒也并非自己个性中最擅长的部分："斯威夫特先生，您还记得我们在波恩时的理想吗？"

"波恩？"斯威夫特愣了一下，继而大笑起来，"对，我自然记得，我们每天为了钱而苦恼。"他停顿了一下，说道："你是不是觉得我不一样了？"

"有一点。"强尼觉得和他在一起没有必要隐瞒，他也了解斯威夫特，他是个好人。斯威夫特好像也想到了什么，笑道："那时候我只觉得人生快过完了，想多做点儿能做的小事。现在则不然，我永远有足够的精力来处理自己需要做的事情。"

"您是指永生？"

"对，永生。"斯威夫特放下杯子，摊开双手说道，"这个身体是第三个克隆体了，虽然容貌有所差别但一样好用。你要知道克隆体就相当于自己的同卵双胞胎，我们虽然不能选择一模一样的容貌，却能让记忆永恒。你不知道大脑有多神奇，它总是能选择性地让你忘记潜意识里不愿意记住的东西，以便腾出空间来记住新的东西。"

"我能做什么？"强尼接受了斯威夫特的变化，他像面对一个陌生的根目录执行主席一样问道。斯威夫特也感觉到了强尼的语气变化，没有继续说下去，把话题拉了回来："我们做的第二件事就是维权。一是维护根目录的利益，二是协助维护各国的利益。如今的世界由十个国家联盟组成，代表他们的组织是新国际联盟。"

"那根目录呢，在里面扮演什么角色？"

"根目录不代表任何一个联盟的利益，我们只与新国际联盟合作进行灾后建设。现在地球的环境已经开始复原，我们希望重新建设每个城市，让永生者计划第二期中的民众们陆续复活。"

"每个人？"

"对，每个人。我们复制了五亿人的思维，有条件复原他们。"

"问题是我们不可能有那么多的克隆体啊。"强尼说道。听他这么说，斯威夫特笑了，笑得非常得意："他们不需要克隆体，他们生活在城市中，复活由你来进行。"

"什么意思？"

"你来看这个。"斯威夫特说着在面前的空中打开了另一个全息窗口。

二

斯威夫特在强尼面前打开的是一份完备详尽的建设计划，以文字形式在他们面前展现，背景颜色是半透明的乳白色，像一份显示在空中的 Word 窗口。当斯威夫特向下滑动手指的时候，半透明的窗口就自动向下滚动，然后将里面的图片、表格甚至是视频文件自动呈现出来。他可以用手轻轻拉开每一张图片，然后用双手毫不失真地在眼前的空中放大到想要的任意大小；也可以让视频或表格自动演示并随意定义全息窗口的颜色、半透明度甚至是形状。

强尼从未看到过这样直观的计划书，文字好像成了图片、表格及视频的注释一样不再重要，反而让自己能在最短的时间内将数万字的文档内容一览无余而丝毫不显枯燥。他瞠目结舌地望着这份详细到让他吃惊的计划，似乎只要智力正常任何人都可以根据这份东西把城市建设得井井有条。

"这是'宓妃'设计的城市建设计划，需要有一个总工程师来执行。根据珍妮的意见，我们推荐你来完成这个工作。第一个城市的试点将是悉尼。"斯威夫特严肃地说道。

"我可以自己决定如何开展工作吗？"强尼问道。

"可以，你直接向我负责。如果你觉得没有问题，可以根据这份计划书制订一份悉尼城市建设计划的纲要给我。我会提交给根目录执行委员会以及新国联秘书处，通过后你就可以工作了。"斯威夫特说到这里想了想，又补充了一句，"你需要一个秘书协助，现在毕竟是新世纪了。"

斯威夫特所说的秘书是个非常有魅力的中年女性，名叫安澜，据说在灾前就是某大型机构的负责人。她非常熟悉强尼的工作职责和孔雀王朝系统的使用，所以有了她的协助强尼的工作推进很快。他们首先制订了悉尼市的建设计划，然后在报根目录执行委员会以及新国联秘书处批准的同时开始在'宓妃'提供的名单中筛选需要的团队成员。

这期间强尼忙里抽闲，在安澜的陪同下第一次参观了如今的悉尼市。之前强尼去过悉尼，对那个美丽的城市印象很深。可如今他再次站在悉尼的土地上，却几乎不能相信自己的眼睛。

浓密的草丛中，残垣断壁与纵横交错的小溪组成了城市的主旋律：荒凉与深邃的绿。盘根错节的巨大藤蔓植物将一栋栋早已腐朽不堪的摩天大楼拥在怀中肆意蹂躏，似乎很快就能将后者搓得粉碎。空气中弥漫着深深的潮湿并混杂了大自然的清新，给人一种站在亚马孙森林边缘的感觉。脚下蒿草与树木的间隙，碎裂的水泥块沉寂地被掩盖、填满然后不经意地露出一个角落。也只有这样，强尼才能通过它们与两侧的楼房推断出这里昔日的繁华与宽阔。

大片的野鸟从头顶飞过，聒噪声中甩下一摊又一摊的鸟粪。强尼就站在与自己记忆大相径庭像森林公园一样的悉尼市中心，黯然不语。说实话，若是在灾前他十分乐意接触大自然，可如今却怎么也高兴不起来，甚至开始怀念在水泥森林中工作的日子。

"这里将投建一个三点六平方公里的地下数据中心，用来控制整个悉尼市的计算机系统。另外我们还要在附近选址建一个电力控制中心，将郊区核电站输送的电力用于整个悉尼市的基础设置。"安澜比画着说道，"这将是我们第一个工作重点。"

"我以前看过一个纪录片，说的是人类消失以后的地球。我估计很多人都看过，不过他们却没有机会像我这样亲自验证它是否正确。"强尼喃喃自语道。

"我们在城市外围设了一些围栏，否则那些巨大的食肉动物会突然出现并拿咱俩当点心。"安澜边说边笑着比画了一下，"你看这么大的城市这六十多年没什么变化，不就是你我大显身手的时候吗？"

市郊的庄园规模都不小，虽然没有进去，可强尼从外面就能一窥庄园的繁华。无论是拔地而起的高楼大厦还是昼夜轰鸣的机器都让他对如今的世界感到陌生。他觉得自己需要一点儿温暖，一个可以藏身的所在，于是他问安澜："我的家人怎么样了？昨天斯威夫特先生说会让他们苏醒过来。"

"应该没问题吧，我一会儿会向恢复科核实。是您的一对儿女和妻子对吧？"安澜问道。

"对，他们是和我一同休眠的。"强尼的语气中充满了歉意，他知道对于自己的选择妻子和孩子并不能十分理解。他们可能更向往永生者的身份，而不是自己这种对梦想的固执与坚持。好在第二天他就见到了妻子与儿女。

"让你们受苦了。"望着虚弱的妻子爱玛，强尼语气中带着不安。好在妻子只微微一笑，神色中略显疲惫："没什么，亲爱的，我了解你。刚才我去看了我们的新家，美极了。"

爱玛所说的新家是指根目录总部基地一处住宅区的独栋房子，那儿被安排成了他们在地球的新住所。他们的邻居都是像强尼一样不愿永生的复生人，总数大约有十几万，分别为根目录和新国联工作。

这期间，安澜的悉尼城市建设团队已经组建完毕，共七万两千人。他们在强尼的主持下召开了第一次动员会，并进行了部门设置。接着强尼开始安排人员进行悉尼市的基础设置建设。

所谓基础设置，按照"宓妃"的规划是整个新城市的重中之重。除了之前安澜所说的中心机房和输变电所外，还要进行高速互联网、电力线路的建设，这倒大大出乎强尼的预料。

"悉尼市不是接通了'超级互联网'吗？号称可以使用一千年的'超级互联网'难道已经全部不能使用了？"他奇怪地问道。安澜却用奇怪的目光瞅了一眼强尼，有些无奈地笑了笑："'超级互联网'的建设思路是结实、耐用与稳定，而不是速度。所以它的传输速率很低，如果用装有'孔雀王朝'的普通终端测试，带宽速度约在 10 ～ 15K 每秒钟，略高于拨号上网的速度，甚至低于 GSM2G 网络。"

在基础设置完成之后，最重要的两项工作就是中心机房的计算机调试与虚拟现实室内外分布系统的建设。其中计算机是控制整个城市的"宓妃"工作平台，也是这个城市的心脏，而如果将基础网络比喻成新城市的骨骼和神经的话，那虚拟现实室内外分布系统则是这个城市的血肉。

在新城市中，虚拟现实室内外分布系统称为基础信息点，与太空中无数的虚拟现实投影卫星相结合，再将数据反馈给中心机房的服务器，服务器计算后通过高速网络把数据由卫星和虚拟现实系统映射到整个城市中，这样城市的硬件设置就建设完成了。虽然在强尼看来，整个悉尼市好像没什么变化，可他仍然能通过特殊的眼镜看到一个颇具现代化规模的、用计算机虚拟的数字化大都市。

"'宓妃'设计了一个模型。"站在强尼身边的安澜说道，"可以在'孔雀王朝'中模拟整个世界，这样就通过虚拟现实技术把它变成了现实。"

"如果不戴眼镜，我能看到的还是荒凉的悉尼。可这有什么意义呢？我不能参与到这个城市当中，算什么建设者？"强尼说道，"再说城市里的人呢，也要模拟出来？"

"可以这么说，也可以不这么说。"安澜说，"您还记得'永生者'二期计划吗？我们复制了五亿人的思维，为什么不在这里体现呢？"

"怎么体现？"强尼吃惊地问。

"'宓妃'既然可以模拟出城市，她难道不能在这个城市中模拟出人吗？人的大脑既然可以放大，那在虚拟城市中复原也不难吧？假如我们再将那些已经复制的思维完全虚拟化，一批拥有之前记忆和性格特征的人就在这个虚拟的城市诞生了，不是吗？"安澜得意地笑道。

"原来让那些人复活竟然是以这种方式！"

"对啊，况且我们可以完美地将人与数字无缝结合，这难道不是一件美好的事情吗？"

真实和虚拟如此难以分辨，那到底什么是真的，什么是假？他所建设的城市到底是真实的还是虚拟的？有着生前记忆的虚拟世界的人算不算真的人呢？他们自己也许体会不到虚拟的感觉，可站在强尼的角度来看他们又如此可悲。

虽然强尼有着种种疑虑，可随着工程的进展，"宓妃"还是按部就班地将复制的思维输入到了虚拟悉尼的虚拟人脑中。于是，这个城市有了几百万人生活。他们好像睡了一觉就又回到了自己熟悉的城市当中，身边甚至还躺着最熟悉的亲人。

除了失去记忆的六十多年以外，他们记得幼儿园以来所有的事情。他们每个人都被告知是在液氮中沉睡着等待火山冬天的结束。

所有的一切都是在"孔雀王朝"中模拟的，无论是看到的、听到的、感觉到的，甚至是做爱时的高潮，无不是通过那些物理的网络和计算机传输、循环、再循环、再传输……可"孔雀王朝"中的人却感觉不到这些，他们自我真实地生活在这个虚拟的城市当中，每天为生活而奔波。

强尼没有权力改变虚拟城市中的任何人，虽然他是这个城市的建造者，因为"宓妃"给虚拟世界设定的第一原则就是绝不干预。不过他的工作还是赢得了斯威夫特的好评，并希望强尼将团队扩大，然后去建设全世界一百万个城镇。

"这是一个和平、友善、没有苦难的统一世界。而你将是这个世界的上帝。在所有虚拟城市建设完毕之后，我们就会开启'全生物裸眼感知系统'，届时地球上小到每只苍蝇都能用眼睛、身体甚至是味道来感受到令人惊异的现代化大都市了，与真的城市没有什么不同。想想就令人惊讶，对吗？"斯威夫特说道，"你将来可以在这里面生活，可以实行你想要的生老病死。"

"什么？"看样子斯威夫特似乎不是在开玩笑，强尼很惊愕地问道。

"你可以在那个世界任选一个职位生活，甚至可以当总统，继续你自己的一切。你所需要做的仍是和休眠一样躺下睡一觉。当你醒来的时候就已经生活在那里了。你将永远见不到我，见不到根目录和我们任何人。"斯威夫特狞笑着补充道，"这不是你想要的吗？"

"不——"强尼面色苍白地望着斯威夫特，他没想到他们竟然给自己安排了这样的结局，"那我的身体呢？"

"销毁，你将在这个世界彻底消失！"斯威夫特冷冷地说道。

三

斯威夫特阴沉的目光让强尼有些不寒而栗。他不安地瞅着这位曾经的老上级，直至"彻底消失"这句话出口的时候，身体终于不由自主地打了个结实的寒战。

"不过你还有另外一个选择——"斯威夫特面带得意，有意拉长了声音，"那就是加入根目录，变成真正的永生者。"他似乎还怕强尼没听明白，着重解释道，"这将是你最后一次机会。"

"如果我拒绝呢？"强尼平静地问道。

"那你将会失去一切，包括你的家人。"斯威夫特将头后仰，静静地放在沙发的靠背上，好像很享受强尼痛苦的表情。他的目光中充满了不屑，像在面对一个求舍的乞丐。

强尼像看陌生人一样打量着斯威夫特，很努力地想象六十多年前那个和蔼的老头儿的样子，可无论如何都不能与对面这个人联系到一起。他们本来应该是两条永不相互影响的平行线才对，可为什么会变得这么彻底？

原来永生的身份会将一个人改变得如此彻底！得出如此结论的强尼更加不愿成为他们的一分子。他永远不会甘心生活在他人的阴影下，也不能让他人拥有可以随时将自己碾碎的权力，而自己必须竭尽全力地趋炎附势。与其这样，还不如死了干净。

强尼愤怒地站起身，离开了斯威夫特的办公室。他告诉斯威夫特，自己准备辞职，会尽快离开根目录总部基地。他既不能接受成为永生者，也不会让自己变成什么虚拟人。

可惜强尼低估了根目录洗脑的能力，没想到妻子和孩子们的感受。所以当他知道真相的时候几乎不敢相信自己的耳朵。就在那个宽大温暖的新家客厅，爱玛和孩子们冷静地听完强尼的叙述之后，良久不语。强尼也是在这时候，脑海中才电光石火般划过一丝不安。

"爱玛，愿意和我离开这里吗？"他不安地问。爱玛抬头迅速看了强尼一眼，然后从烟盒中摸出一支修长的香烟点燃，静静地吸了几口，好像并没有因为孩子们在面前而有所收敛："我们能到哪里去？"

"北欧、阿拉斯加或者是西伯利亚，我想他们总有暂时顾及不到的地方。那里是净土，我们可以像爱斯基摩人一样生活。"强尼努力想将这个话题说得轻松一些，"我们捕鱼、用冰盖房子，也许运气好的时候还能看到极光和海豹跳舞，多么美妙的一件事。"

"美妙？"爱玛的声音中明显压抑着怒火，"你想让孩子们跟你去茹毛饮血？你已经三十八岁了强尼，可孩子们呢？"爱玛指了指女儿："她才上七年级，怎么可能跟着你去捕鱼？你为什么不现实一点儿，放弃你那一套不切合实际的大理想呢？"

爱玛的瞳孔中开始闪动晶莹的泪水，声音沉闷哽咽："认识你的时候，你充满了激情和对未来的憧憬，让我觉得是在和未来的总理恋爱。可后来你告诉我，你不喜欢被别人控制，不喜欢被选民控制，你要做自己喜欢的事，我没有反对。当得知灾难即将来临的时候，你放弃了申请去地下避难所，我也没有反对。选择休眠之前，你通过手机告诉我要等待新生活，我还是相信了你。可如今你却要我们继续去选择和你面对未知，而放弃唾手可得的永生身份。你能不能告诉我这到底是为什么？就为了你那永远不能改掉的脾气与虚无缥缈的理想？我们的未来到底在哪儿？你看看周围的邻居，这几天大多选择了成为永生人，生活并没有任何变化。为什么我们不能呢？"爱玛的眼泪夺眶而出，几成泪人。也就在这时，女儿也"哇"的一声哭了出来。

强尼不知道该怎么回答爱玛，他甚至觉得从某些角度上讲她并没有错。思忖良久，他才喃喃说道："是没什么变化，因为最底层的永生者没有克隆身体的权利，身体有问题之后医疗中心会给你换一个3D打印机打印出来的器官。如果我们遭遇重大疾病，换头手术是他们的最先选择，那样你不得不每天都要服用大把的抗排异药物。只有阿尔茨海默症或脑癌这类伤害大脑的病才有机会克隆身体，但仍要排队，也许没等我们排上就死了。所以所谓永生者只是对统治阶级来说的，我们还是被剥削的人……"

"够了，你为什么只看到事情的阴暗面？为什么不能像其他人一样面对现实？反正我和孩子们已经签字加入了根目录，现在你的态度只能代表你自己。"爱玛擦了擦泪，斩钉截铁地说道。

强尼叹了口气，他觉得自己也要重新认识爱玛了。两人就这样默默地对视着。

"莎拉、威廉，你们要听妈妈的话，记得吃饭洗手，不要挑食。"强尼对孩子们说完这番话之后，又抬头看了看爱玛，在等待了几分钟之后见她仍然如此漠然，不由得悠悠叹了口气。

强尼走出家门，一阵冷风袭身而来，不由得连着打了几个冷战。他裹紧大衣，步履沉重却又坚定地踏上离开根目录总部基地的道路。当然他不可能真的去西伯利亚，因为没有根目录和政府的允许强尼连一块舢板都找不着。他只能走在横贯总部基地的人工河边，顺着种满梧桐的滨河大道漫无目的地流浪，然后静静地坐在路边望着来来往往的车辆和河上的各色游船，感觉好像在波恩的家里和妻子刚刚拌了几句嘴一样。

强尼登上了一辆公交车。

一百多年来汽车的外观并没有什么显著的变化，它们从强尼眼前驶过的时候，他总觉得它们有些似曾相识的模样。其实现在已经没有了司机这个职业，所有的汽车都是通过预装"孔雀王朝"操作系统里的"宓妃"进行自动驾驶的。"宓妃"会通过卫星调用即时路况，再通过遍布世界每个角落，每样东西里的"孔雀王朝"来共享实时信息，几乎不会发生车祸。所谓的每样东西是指手机、街角的摄像头、自动取款机甚至是街边的垃圾箱与人的身体！

公交车在根目录总部基地最外面靠近郊区的地方停了下来。强尼走下汽车，很快地穿过大片的草坪，往警卫室走去。总部基地就像某个国家驻军的特别行政区，高大的围墙外面就是遍布苍松翠柏的荒郊野外。只是如今这些曾经是农场、森林、沙漠、高山或是所有大自然应该驻足的地方都被拥有统治权的永生人的大小庄园所占据了。它们有的大，有的小，有的在建，有的已经投入了使用。可无论是拥有数百万工人的工业庄园，还是经营着大片良田的农业庄园，或者是有着湖山秀水的私邸庄园，都是永生者的个人庄园。

强尼能自由走动的，仅有极小、极狭长的区域，都是他们不屑一顾的贫瘠瘦土。他放眼望去，远处的悉尼隐约可见，想到不远的将来那里将成为一座虚拟的现代化大都市，强尼心里涌出百般滋味。

将来的地球是个生机勃勃的虚拟世界，城市里的人可以幸福地生活。他们从牙牙学语到长大成人，结婚、生子、事业、爱情，得到了所有的一切。可是在他们身边的高墙里，主宰他们命运的人动一动手指头就能让他们赖以生存的世界消失，这将是多么可怕的一件事！这些人生活在永恒的未知与别人的怜悯中，本质和游戏中的一段代码没什么区别。

强尼既不想做一段代码，也不愿苟且偷生。他大踏步地朝悉尼走去，希望再去看一眼建设中的虚拟城市。那可是他倾注了大量心血的地方。

快到悉尼的郊外有一片很大的水塘，远远望去倒也是碧波荡漾。不知道为什么大洋洲根目录组织在为永生者规划庄园的时候未将此塘划入，所以强尼就看到了这样的一幕——从水边草坪至周围的树林中，密密麻麻地支满了各色帐篷，一眼竟望不到头。这些材质迥异、大小不同、新旧交织的帐篷花花绿绿地铺满了草地，三三两两的闲人在帐篷外放了太阳伞乘凉，竟成了一片怪异的风景。

强尼正疑虑地打量着，一个穿着大花裤衩、灰白背心，露着胳膊上文身的黑人汉子从离他最近的椅上站起，扔下啤酒瓶子歪着头走了过来。他嘴里叼着烟，用很不耐烦的神色打量着强尼。

"你不是根目录的人？"黑人问。

"为什么这么说？"强尼反问道。

"不像。"

"对，不是。"强尼微微点了点头，由于对方身份未明，他不敢过多暴露身份。黑人倒很轻蔑地笑了笑，从口袋中掏出一个黑乎乎的小本："每天二十块，购买的话两百一件。"

"什么东西？"强尼奇怪地问。

"帐篷和睡袋，你不会躺在草地上等吧？我告诉你，也许你会等几年也说不准。"他耸着肩说。

"我不明白你的意思。"

"别废话，掏钱吧，保护费也包括在里面了。"黑人很不友好地伸出了右手。强尼做了个一无所有的手势，说道："我没装钱，其实我都没有见过根目录的钱。"

"根目录没有发行货币的权力，你花的是太平洋国家联盟银行或英联邦国家联盟银行发行的法定货币。"一个胖得出奇的白人青年从他俩身边挤过，很友好地拍了拍强尼的肩膀，"不过所谓的太平洋国家联盟政府的官员也都是根目录的成员。他们每天都坐着自己的车从根目录总部基地赶到三十分钟车程以外的政府驻地上班，晚上再回根目录总部基地生活。"

青年嬉笑着说道："大多数人都身兼双职，两个身份。所以我们觉得政府只是披在根目录身上的一张皮而已。也许用这些皮和外星人或地底人打交道的时候会让他们舒服一点儿。"

强尼笑了，很友好地伸出了右手："我叫强尼，强尼·索波诺，德国人。"

"卡尔·帕里斯，我来自英联邦国家联盟，我父亲是爱尔兰人。"他说着看了看面沉似水的黑人青年，又瞅了瞅略显尴尬的强尼，笑道，"去我的帐篷吧，我的同伴正好被选走了。"边说边拍了拍黑人青年的脸："可爱的德普，不要那么严肃，难道你们非洲统一联盟的人都没有幽默感吗？如果愿意我晚上请你喝一杯。"

"记得让这浑蛋做身份登记。"被卡尔称为德普的黑人说道。

强尼跟着卡尔穿过由形色各异帐篷搭成的走廊，经过只能容纳一个人行走的小道，七拐八拐前挤。两边像是联合国建设的难民营一样穿梭着各种肤色的人，稍不留心还会撞上到处乱跑把这儿当成乐园的小孩。这里黑孩子、白孩子和黄孩子能聚在一起玩，场面相当喜感。

卡尔带着强尼在一条过道前站住，然后指着最外面一个并不很大的帐篷说道："这儿就是我们的帐篷，你的运气太好了。那家伙被选走了，你可以一天给我十块钱。"

原来不是好心人帮忙，是要向自己收租金。强尼点了点头，告诉卡尔很愿意和他住在一起，不过他身上没钱，他甚至还没见过这儿的钱长得什么样子。

"你总会干点儿什么吧？去商业街或唐人街打工，端盘子、抹灰的工作随时都能上岗，我可以帮你联系。不过前三个月要从你的薪水里收一点儿提成。"卡尔说。

"我最想知道这是什么地方。"强尼终于说出了心中的疑虑。他休眠清醒已经一年多了，除在根目录总部基地和悉尼两边跑以外还没去过别的地方，对这里完全是一无所知。

"这是保留地，根目录的统治者给未置业人类留的保留地集聚区。"卡尔说道，"和你我一样，当年总有还没来得及复制思维的人。所以我们不能加入到'永生者项目'当中去。休眠醒来以后就住在这里，等待工作。"

"还有没复制思维就被休眠的人？"强尼问道。

"当然有，根目录照顾不到那么多地方，非洲多数国家都是这样，否则也不会到现在还打得那么热闹。好在当年简易休眠中心被大量建设，所以我们才能几十年后聚在这里聊天，事实上每个城市都有大大小小的不少保留地，就像灾前的难民营或贫民窟一样普遍。另外还要告诉你，没有来得及休眠的人六十六年前就死完了，你见不到他们。"卡尔笑着拉了把太阳椅坐下。

"你们在这儿等什么？"

"当然是工作机会。我指的是根目录或联盟政府的工作机会，不是这里的。有了工作机会就会和根目录签约，能加入下一期的永生者项目名单。"他边说边用好奇的目光打量强尼。

"你真是一无所知？"

"是的。"强尼想了想，多问了一句，"加入真正的永生者还是去悉尼那种虚拟社会中？"

"有区别么？"卡尔摊开双手笑了笑，"生活仍会继续，总比这里强吧？"

"也许你是对的。我要在这儿住几天。"说着强尼将腕上的手表撸下来放到卡尔手中，"这东西能换多少钱？"

第七章

一

　　自从做过那个离奇的梦之后，落拓的生活竟开始出乎意料地平静起来。他开始有规律地去培训班上课，重新回到不受打扰的普通生活之中。只是每当想起近来诸多离奇际遇的时候，落拓总有一种惴惴不安的躁动，总觉得事情不会这么简单就结束，心中不时浮现出隐隐的不安。每到这时，落拓就会想起一部著名的苏联电影：《黎明前的黑暗》。

　　"振作起来嘛，不要把事情想得那么悲观。"昏暗的咖啡厅里，蓝颜安慰落拓。这是每周日下午的例行见面时间，只有这几个小时是完全属于他们二人的。之后落拓就得回学校，在寝室、实验室和食堂度过漫长的一周。

　　"我觉得你是不是前一阵考研的压力太大了？"蓝颜眨着眼睛，目不转睛地盯着落拓，"过去的事情就算了，好好想想下一步的学习计划是正经事。"

　　"我知道了。"落拓无法将自己的忧虑告诉蓝颜，也不能对父母说，他不想让大家为自己莫名其妙的经历而担忧。在内心深处，落拓期待着再见韩蕊一面。

直觉非常准确，就在和蓝颜分别的当天下午六点，落拓刚刚回到塞北大学东校区的寝室，准备去食堂吃饭的时候，两个之前找过落拓的安全局警察再次出现在他面前。只是这次他们成了配角，主角是个不苟言笑的中年大叔。

　　"这是王部长。"王浩指着魁梧的中年人说道。他没有和落拓客套，没有寒暄，甚至连基本的礼仪和介绍都没有。

　　"我是落拓。"落拓平静地说道。

　　"你好，我是王汝杰。"王部长慈眉善目，说话的声音也颇为和善，"有个领导想见见你，让我来带你过去。"

　　"去哪儿？"

　　"去了你就知道了，现在有时间吗？"王部长话虽然说得客气，可语气中分明带着命令口吻。他眯着眼睛打量落拓，神色凛然。落拓觉得自己如果这会儿说出半个不字，立即就会被他身边的王浩和林涛押走。

　　"我……一会儿有个实验要做。"虽然知道会被拒绝，可落拓还是想尝试一下。果然，王部长委婉地回绝了他："车已经准备好了，学校方面不会有意见。"

　　"好吧。"落拓知道，与上次安全局之行一样，自己如果再坚持下去恐怕就不会受到如此客气的礼遇了，只好乖乖地点了点头，跟着他们上了一辆多功能无人驾驶汽车。

　　好在这次坐的不是警车，只是在没有保安处同行的情况下可以开着车肆无忌惮地穿梭于大学校园，恐怕一般的警车也难做到。想到这里，落拓有点儿摸不透这个叫王汝杰的部长是什么来头。车上的三个人都没有说话，一支接一支地吸烟，任凭汽车穿过逐渐降临的夜幕，离开塞北大学往郊外驶去。

　　汽车开始在两侧高大围墙的庄园缝隙中穿行。路边成排的白杨、梧桐和银杏把婀娜的树影投射到车窗玻璃上，并映射进车厢内部开始不断变幻着几何形状，继而又与正驾驶台前四十寸的全息投影屏的光芒组成黑白两道光网，交替着快速在车内形成一片奇妙的光栅。

　　汽车在一个闪烁着翠绿色灯光的围墙前停住了，大门口肃杀地拉出几道红色的激光警戒线，后面几个身着外骨骼装甲的军人荷枪实弹，严阵以待，目光炯炯地盯着他们的方向。

这条路落拓走过，知道从这里再往前是个三岔路口，分别通往云州市、塞北市天路公共度假区以及连接坝上高原的重地龙牙山镇。而路边的这些庄园中，似乎只有这一处是驻军大院。

汽车在大门前停了约三十秒钟，等电子路障扫描了汽车车牌里面内置的安全通行码以确认身份后，激光警戒线便消失了。无人驾驶的汽车又按照既定路线驶进大门。这次只走了十分钟，拐了一个弯后汽车在一座圆柱形的大楼前停住了。

"就在这里，请落先生下车吧。"王部长这次用了落先生来称呼落拓，然后便率先往楼里走去。落拓回身看了眼后面跟着的王浩、林涛，只好走进大门，坐大厅正中的自动电梯来到三层。

一个宽大的大厅里，简单地摆放着几组红色的创意沙发，沙发正对着一面白色的墙壁，看样子是用来播放全息投影的，沙发背面的整面玻璃幕墙里面是涓涓流动的水瀑与金鱼。站在玻璃幕墙前，落拓觉得面前这个大厅的风格像极了《2001太空漫游》中那个前卫、现代的太空中转站。

不过落拓此时已经不会费心猜测这一切的真伪了，甚至他连整个大厅的存在与否都有了质疑。此时陪同他们到来的两个安全局警察王浩和林涛已经悄声离开，只留下王部长和落拓两个人。

突然，大厅正中从天花板处出现一道明亮柔和的白色光柱，有点儿像某个演唱会上追光效果下的明星出场。接着光柱中一个妖媚的身影闪现于落拓面前，只见她明眸皓目，腰细如柳，身姿柔美动人，却是个气场凛人的年轻姑娘。再仔细看去落拓不由得大吃一惊，原来此人正是前日梦里见过的韩蕊。

一瞬间，落拓就感觉心头猛然一震，仿佛有只无形的大手插进胸腔，攥住他的心脏狠狠地握了几把。他惊愕道："怎么是你？"

"坐吧，我慢慢和你解释。""韩蕊"似乎没有注意落拓略有些反常的表现，只是指了指面前的沙发，让他在王部长身边坐下后，才优雅地在他们对面坐下。"让他们去倒几杯咖啡来。"这句话却是和王部长说的。她说话时自然而然地带有颐指气使的语气，与之前韩蕊的温柔可爱完全不同。这个女孩给人一种难以企及的高贵冷艳感。就从这一点上，落拓就觉得她不是韩蕊。

"好的，我去安排。"王部长起身离开，留下落拓望着面前的美女发愣。就见她微微颔首，说道："我是珍妮·亚当斯二世，你可以叫我珍妮。很冒昧安排你来这里，实在抱歉。但这是我们深思熟虑的结果，因为有些东西必须尽早告诉你，请多见谅。"这位自称珍妮的女孩说话声音和韩蕊极像，可仔细打量，两人的容貌多少有些差异，似乎更像是双胞胎姐妹。

"你怎么有个外国名字？"落拓好奇地问道。

"外国名字？"珍妮听他这么问似乎很得意，"如果用你的世界观来定义，我算是个外国人。事实上嘛，我不属于任何国家。"她说着指了指周围："如你所见，这里的一切其实都是虚拟的，包括你我在内。"

"你是指连礼公司的虚拟现实系统吗？"落拓问道。他猜测这个珍妮和连礼公司有一定渊源。"对了，你认识韩蕊吗？"最后说这句话却是为了满足自己的强烈好奇心。

"我不认识这个人。你说的连礼公司本身其实也不存在，这是孔雀王朝的系统漏洞，被地下恐怖组织利用了而已。"珍妮说完这句话又静静地停顿了几秒钟，继续说道，"这个世界的一切都是虚拟的，包括你我在内。"

"这——"落拓听了珍妮的话，竟不知如何回复，他实在不能理解对方所谓"包括你我在内"是什么意思。这时王部长亲自端了咖啡过来，却只有两杯。

王部长将咖啡放到沙发面前的茶几上，然后一言不发地坐到沙发上点了支烟，静静地听他们说话。就听珍妮继续说道："我的虚拟投影只能限时出现在这个楼里，所以我不算'根目录数字世界'的公民。你们却都是这里的公民。"她说着做了个手势，似乎是指落拓和王部长。

"如果你还是不能理解，那我可以把这个故事从头讲给你听。不过有一点你需要注意，你听了这件事之后不能向任何人提起，甚至连今天的见面也不能说。事实上"宓妃"不允许任何干涉'根目录数字世界'的行为发生。好在你原本也不是单纯意义上的数字公民，所以在特殊情况下我想可以有少许破例。"

珍妮平静地说道。

"对不起，我还是没有听懂您的意思。"落拓和面前的珍妮愈发有距离感了，他看了眼身边默然不语的王部长，有种想拔腿就逃的冲动。好在理智还是让他冷静下来，硬着头皮听了下去。

<h1 style="text-align:center">二</h1>

珍妮的故事冗长离奇，让落拓听了之后觉得像是做梦一样。他想到了《楚门的世界》，想到了《异次元骇客》，想到了《黑客帝国》……他实在不敢相信这科幻电影般的情节会发生在自己身上。

更加离奇的还是落拓的身份，当他知道自己不是地球人的时候，险些叫出声来，他甚至开始怀疑珍妮是不是在和自己开玩笑。

珍妮告诉落拓，他所生活的城市是通过"可视虚拟现实增强"技术，也就是所谓的 VR、MR 或 AR 结合虚拟出来的。他所见到的一切都是虚拟现实系统的一部分，包括他自己以及他的家人。其实不仅仅是这个城市，甚至落拓从小到大看到的整个国家乃至整个世界都是通过计算机虚拟出来的投影。

他的父亲、母亲、妹妹甚至包括他的恋人蓝颜在内的所有人，都是通过安置在城市中央的中心服务器与遍布全球的虚拟现实室内外分布系统的上百万个基础信息点，结合六十六颗分布在六个极平面上的低轨卫星投影而模拟出来的数据。

控制整个世界的母服务器位于大洋洲，亦是根目录的总部所在地。这个神秘的组织建设并拥有这个虚拟世界，他们将它称为"根目录数字世界"。

"根目录数字世界"的建立要追溯至一百七十四年前。那年夏天黄石火山爆发，火山口的大地裂开，熔岩和滚烫的热流与高达 500 摄氏度的火山云组成火山碎屑流，以每秒钟数十公里的速度在北美洲扩散，所到之处哀鸿遍野，城市被夷为平地。几周之后，数十米厚的火山灰夹带着毒气遮罩了整个世界，与核冬天相仿的严寒气候开始登陆五大洲。

彼时，苍穹下生灵涂炭，冰川覆盖中几无完卵。除了提前躲进掩体中的各国政府官员与少量社会精英，整个人类都面临着饥荒、瘟疫与极端气候的三重挑战。

地面上的人类岌岌可危。

就在这危难关头，"世界之父"章宏伟和他的拟人程序"宓妃"成了挽救人类的救世主。"宓妃"成立的"根目录"组织几乎吸纳了剩下的所有人。他们在"宓妃"的缜密计划、根目录执行委员会的带领下成功取得全世界的统治权，并利用剩余资源战胜了长达六十六年的类核冬天，赢得人类与灾难战争的一次重大胜利。

在这漫长的等待过程中，"宓妃"展开了旨在帮助人类生存的"永生者计划"，并成功利用该计划的技术成果复制了几亿颗大脑的数据，几乎囊括了世界上所有人。在此之后，人类陆续进入休眠状态，在液氮中度过他们的残余人生。

六十六年以后，当地球环境重新恢复生机的时候，"宓妃"能够唤醒的其实只有"永生者计划"第一期的成员，也就是这些成员才是真正意义上的永生者。他们按照"宓妃"的安排，开始建设"根目录数字世界"的同时，展开了与地下世界的艰苦谈判。

时间又漫长地度过了四十七个春秋，在此期间"根目录数字世界"全部完成，总计在全球建设大小城镇三百五十余万个，恢复数字人口五亿，并与地下世界达成和平协议，以技术输出和技术投资的方式迫使对方放弃了对地面世界的所有权。两个世界转而合力建设地下世界，使地下世界人类的生存条件发生了质的改变。由于该和平协议在地上世界的根目录总部基地"凯马城"签署，故被称为《凯马和平公报》。

《凯马和平公报》签署之后，地上和地下两个世界基本消除了敌对状态，互称"地上国际"与"地下国际"。虽然普通公众交流并未大规模展开，但高层的交往却呈逐年增长态势，直到来被他们双方称之为"火星国际"的查理·卡瓦尔坎蒂博士和火星航天员落拓和蓝颜的到来，双方的交流才趋于停止并最终进入停滞状态。

地上国际新元 182 年六月，即地下国际公元 2182 年六月，从火星到来的"成道号"航天登陆艇着陆于法属波利尼西亚的塔希提岛新国联航天中心。根目录控制的新国联友好地接待了火星来客，并选择了对地下国际隐瞒全部消息。这就引起了地下国际主导的联合国的强烈不满，他们无法接受火星航天员突然离去的说法，并怀疑地上国际有不可告人的秘密。此后双方高层交流互访中断了长达二十三年之久，至今也未恢复。

珍妮说到这里突然戛然而止，用冰冷的双眸紧紧地盯着落拓，半晌才悠悠说道："根目录是个非常民主的非政府组织，执行委员会受主、从两个议院和根促会的联合监督。作为根促会的主任，我选择如此坦诚地和你交流非常冒险，压力很大。不过我更相信'宓妃'对你的评测：你是个理性多于感性的聪明人，思考问题的方式更趋于优势选项。所以我不担心你能不能接受这个结果，却更担心你是否有没听懂的地方。"

说实话，珍妮说最后这番话的时候，落拓还是有点儿不大相信这个所谓的事实。直到她那坚定的眼神和语气充满脑海的时候，落拓才逐渐相信真实的人生竟是如此残酷。他默默地再次抬起头，打量着黯然无语的王部长和目光一直没离开自己面孔的珍妮，慢条斯理地问道："你说的都是真的吗，我们现在的世界真的是虚拟出来的，就像那些电影里演的一样？"

"我们都是数字世界的一部分，本质其实都是一段代码而已。只不过虚拟现实技术的成功让真实与虚幻几难分清，就像一个莫比乌斯圈 [1] 一样把真实与虚拟连成一体，做成了一个完美的闭环。假如从火星来的你在酒吧里没有遇到那个叫琳娜的女孩，没有被她吸引，那么你会怎么样？你会回到火星，告诉火星国际地球是个和平、友善且没有苦难的统一世界。对吗？虚拟和现实又有什么区别？"

"你们为什么要这么做？"落拓大口地呼吸着，尝试将此前的经历与珍妮

---

[1] 把一根纸条扭转 180° 后，两头再粘接起来做成的纸带圈，只有一个面（即单侧曲面），一只小虫可以爬遍整个曲面而不必跨过它的边缘。

的话结合起来，竟惊讶地发现它们是如此契合。

"你指的什么？"

"那个火星来的我，你们为什么要留下他？"虽然还不清楚韩蕊和珍妮的关系，但他开始相信那个所谓的梦绝不仅仅是个梦而已。几番印证，他觉得可以通过这些片段完整地还原二十三年的经过了。

"这是个需要着重说明的故事，我必须和你仔细谈谈。"珍妮说道。接着她将右手拇指、食指与中指合在一起，然后轻轻在空中拉开，展出一张三寸长、两寸宽的半透明的全息投影虚拟窗口，继而又在左手的帮助下把窗口拉大，露出十七八寸大小的一张虚拟的全息投影照片。

这是张免冠照片，里面是个四十多岁的白人男子，戴着无框的金边眼镜，显得精明干练。就听珍妮介绍道："戴维·汉克，根目录第十一任执行主席。他在位期间，主导并通过了《根目录外太空移民法案》，旨在扩大根目录规模并解决当时的一些难题。但由于采取了错误的方式方法，导致与火星国际的关系陷入被动，所以他的两个助手最终都受到了相应的惩处。"

说到这里珍妮手指轻触，换了一幅图片，看样子像是某处飞机失事的现场，只是规模要大得多。她说："这是戴维的助理，时任根目录顾问促进会对外联络处主任的亚历山大·库尼亚在戴维授意下安排的事故现场，表面上看是由于两列胶囊列车相撞而导致来自火星的落拓变成了植物人，而事实上却是典型的杀人灭口，希望以此留下你而设计的圈套。"

"我还是不理解他们这样做的意义。"落拓依稀记得韩蕊带自己看的立体电影里貌似有这样的情节，只是记得并不十分清爽。就见珍妮微微翘了翘嘴角，冷笑道："戴维希望在'数字世界'重塑一个全新的你，通过设计好的身世背景以及强化教育将你变成根目录的忠实信徒，然后等到特定的时候再将'数字世界'中你的思维复制到新的克隆体上面去，这样你就重新复活于真实的世界中了。届时他只要向火星宣布你重新恢复健康，就可以将全新的你和'孔雀王朝'送到火星去。"

"他要占领火星？"落拓恍然大悟。珍妮虽然摇了摇头，却并未加以否认：

“对于根目录的扩张，他采取了很极端的手段。而这种手段恰恰未经‘宓妃’和根促会的批准。你要知道后者是根目录的监督机构，对重大事件有知情权和否决权。”

“后来呢？”

“‘宓妃’阻止了事件的进一步发展，戴维在任上被根促会撤职并取消了永生者的资格，七个月后死于肺部感染导致的肺结核。他当时成立的临时办公室的两个负责人，也就是他的两个助手亚历山大·库尼亚和约翰·帕里同样被取消了永生者资格，并以一级谋杀未遂的罪名被提交至美洲国家联盟联邦法院起诉，最终被判处终身监禁。”

落拓的脑海中浮现出韩蕊给自己看的全息电影，有些情节与珍妮的叙述并不相符。一直没有说话的王部长此时将手中的烟蒂掐灭，清了清嗓子说道：“珍妮小姐所说的是这个世界的真实情况，也许你不能立即接受。但事实上得益于成熟的技术，目前的数字虚拟世界与真实世界基本做到了无缝接合。其实你完全可以把虚拟世界看成真实世界的一部分，因为它就是那个理想中的完美世界。”

“作为根目录的缔造者之一以及第一任执行主席，我对根目录所犯的错误予以诚挚的道歉。”珍妮认真地说道，“为了不让恐怖组织制造麻烦，我们必须告诉你真相。”

“恐怖组织？”落拓奇怪地问道，他有些惴惴不安地想到了神出鬼没的赵妁华、邱维纲甚至是韩蕊。珍妮却未理会他的异常反应，只淡淡地点了点头说道：“没错，就是与你接触过的那些人，那个和我容貌相近的韩蕊也是其中之一。”

“她——”听到从珍妮口中说出的韩蕊的名字，落拓的大脑突然间变得空白一片。珍妮微微一笑，说道：“他们是地下国际的恐怖组织‘比特公会’成员，受北亚美利加即‘北亚’境内的自由党派‘梦蝶盟’的指挥。”可能是看出落拓没听太明白，遂又解释道：“北亚是地下世界最大的国家，实行所谓的民主选举制，其中‘梦蝶盟’和‘黄梁党’是两个最大的党派。”

“你是说与我接触的这些人都是‘比特公会’的恐怖分子？”落拓问道。

"对，他们拥有非常强的计算机技术，通过扫描发现'孔雀王朝'中的错误并渗入数字世界进行恐怖活动。如果我今天没告诉你真相，也许他们就会捏造一个扭曲的所谓真相出来。"珍妮说完端起咖啡，颇为优雅地抿了一口。

"你需要我做什么？"落拓蓦然想到珍妮选择告诉自己这些真相也许不仅仅是想抢在'比特公会'前面以防微杜渐，应该还有更深一层的考虑在里面。果然，珍妮笑着肯定了他的猜测："我就说你是个理性的聪明人，果然没错。我们告诉你真相，是需要你恢复实体来协助我们。"

"怎么协助？"

"这样吧，你先看这个东西。"说着话珍妮对王部长使了个眼色，将一样硕大的东西展现在落拓面前。

三

出现在落拓眼前的，是辆汽车。虽然在这硕大的厅堂中摆放一辆汽车并不困难，可落拓仍然被这突然而至的汽车吓了一跳。这是辆流线分明的暗金色、子弹形的空中 MPV，陆、空两用，无人驾驶。明亮的厅堂中，车身的颜色好像流动起来一样发出夺目的光芒。此时车内走出个四十岁左右的中年男子，白皙健壮。

"这位是根目录内务部对外事务管理局的藤原坤，由他带你去控制中心和庄园中参观，我相信你回来后会得出结论。"珍妮微笑着说道。

藤原坤清瘦高挑，一身得体的灰色西装使其显得精明又干练。他大步走向落拓，很用力地和他握手："欢迎你到根目录做客，我会遵从珍妮主任吩咐，安排好这次活动。"说着话他做了个请的手势，让落拓上车。

"请您放心，这绝不是圈套，我们会为您的安全负责。"珍妮见落拓有些迟疑，知道他心存疑虑，遂解释道，"如果是我，这时候也会怀疑，所以这不奇怪。但我仍然诚挚地邀请您切身体验一下真正的根目录。也许眼见不一定为实，但不见肯定不真实，对吗？"

落拓被珍妮温柔的声音打动了，望着迷人的珍妮，他又想到了那个让他怦然心动的韩蕊。他坐上汽车，在藤原坤的提示下系好安全带，然后吃惊地望着这辆车突然加速，然后径直穿过大楼的墙壁，出现于塞北市的半空中。

"'虚拟投影车'是唯一能连接现实与数字世界的交通工具。其实这车本身就是另一个小型的虚拟数字世界，通过车载服务器的高速运转，汽车通过高速互联网把根目录数字世界、车内数字世界与现实世界联系起来。坐上这个车，你我就成了这个车内数字世界的唯二成员。其实届时根目录数字世界中我们的身份都被注销了，下车时会重新生成。不过这个过程都是在服务器中完成的，我们体会不到。"介绍到这儿藤原坤指了指车，又说，"车是真实的，所以在现实世界中可以行驶。你也可以理解成这就是一个移动的虚拟数字世界。为了你这次参观，我们已经在服务器中提高了权限，所以车才能无视数字世界中的任何规律，包括生活规律和物理规律。"

藤原坤说话时汽车的速度越来越快，甚至开始将身边的飞机和脚下的胶囊列车抛于脑后。从对方视若无睹的态度来看，落拓猜测这辆车在数字世界的公众眼中应该是不存在的。假如珍妮他们说的是真话，那么在数字世界中做到这点轻而易举。

落拓开始感到恐惧：自己如果真的只是个虚拟出来的人，那不是仅仅是一段代码？删除抑或杀死自己岂非简单至极？那这个根目录对外事务管理局的藤原坤呢，也是这样吗？于是他扭过头问正在做沉思状的藤原坤："你和王部长也是虚拟出来的人吗？"

藤原坤扭过头看了眼落拓，短暂的沉默后微微摇了摇头："王汝杰是根目录在数字世界的联络人，我不是。我和珍妮小姐一样，都是永生者，我们大多数人在数字世界中有自己的另一个工作和身份。你现在看到的只是我的虚拟投影，真实的我其实在根目录总部基地工作。"

他想了想，又补充道："由于体检达标，所以我是根目录第一批选中试行虚拟投影试验的人。在大规模建设虚拟数字世界之前，我的虚拟投影就经过虚拟现实分布系统在根目录的四架飞机上试运行过。当时还成功地'骗'过了很多人，这些数据可都是后来建设根目录数字世界的成功经验。"

两人说话间汽车开始缓慢下降，可是并非着陆，而是开始沉陷于广袤的大地之中。瞬间车内变得漆黑一片，耳畔只有藤原坤的声音回荡："塞北市的控制中心设于郊外的地下室中，这里在虚拟世界中看只是小型的私人庄园。"

说话间汽车已经停了，一丝昏暗的光线顺着宽大的玻璃窗投射进来。落拓被藤原坤告之在任何情况下都不能下车。紧接着整个车身突然变得像玻璃一样透明，他通过车体看到外面是个非常宽大的长条形机房。柔和的灯光下墙壁两侧排满了一人多高的巨大全息投影显示屏，密密麻麻的，一眼望不到边。整个大得出奇的大厅里却看不到一个人，只有交错闪动的半透明显示屏忽明忽暗的光芒打在落拓脸上。

"这里就是塞北市的城市控制中心，也是塞北数字世界的神经网络中心，多数数据和运算都汇总在这里完成，部分需要更高权限的会反馈到中心服务器乃至根服务器。"藤原坤说着话在车载显示屏上按了几下，继而笑道，"我现在连接到这个服务器上，有权限对你做任何常规操作。"

"任何操作？"

"对，比如说让你变成黑人怎么样？"藤原坤坏笑着指了指落拓。落拓这才发现自己的手臂在他说话时已然变得黝黑，就像南部非洲的土著人一样的颜色。惊愕中他接过藤原坤递给自己的镜子，这才发现虽然容貌未变，可随着肤色的变化他已经成了一个彻头彻尾的外国人，变得连自己都不一定认得出来。

"这……这……"落拓不知道该说什么来表达此刻的心情。藤原坤笑着又说道："蓝色呢，像几世纪前的科幻电影那样？"随着他话音落地，落拓的皮肤又变成了大海一样的蓝色，蓝得是那样深邃。

"你自己想变成什么，比如超人蜘蛛侠什么的？"藤原坤问道。落拓凝神瞧着外面跳动的屏幕，突然想到了韩蕊。他说道："我想见见那三个人。"

"见谁？"

"赵妗华、邱维纲和韩蕊。"听落拓这么说，藤原坤这次沉默了几秒钟，随后说："赵妫华和邱维纲是'比特公会'利用孔雀王朝 bug 在服务器里制造出来的人，只存在于 bug 被封堵前的一小段时间。而韩蕊却很特殊，是个真正的克隆人。"他说到这里轻轻喘了口气，"不过如果只是想证明虚拟数字世界是否存在的话那也不难，却不在这里。"

藤原坤操作了一系列指令，然后只见汽车的车身开始发生变化，直至像来时那样普通无比。接着汽车开始缓慢上升，升到地面之后才又往前开了一段，从私人庄园的围墙上方驶过，然后在郊外一小片树林前停住了。

"这里是塞北市桥南区郊外通往张南县的一片小树林，你要见的三个人会出现在汽车正前方一百米，停留时间三十秒钟。"藤原坤的话音才落，落拓的眼帘中就出现了三个熟悉的影子，尤其是韩蕊那玲珑美丽的面庞又一次让他动容。

三十秒钟后，他们的身影消失了。好像落拓只是随着汽车看了场全息电影一样。藤原坤问他想不想了解更多的秘密，却再一次让落拓陷入了深深的茫然。从小到大，他的每一次人生决策都要受家人影响。他总会将父母和妹妹的意见作为参考来校正前进方向。无论他们的意见是否与自己一致，只是听一听亲人的声音就让落拓的心情平稳一点儿。

可是如今，他却只能独立面对，一种油然而生的孤独让落拓有种欲哭无泪的感觉。他想到了父亲落家尧之前的话，那些关于自己遇到恐怖组织的预言真的言中了吗？一时间他真想立即回到家去，把今天遇到的一切告诉父亲，听听他的意见。

终于，落拓抬起了头："如果我选择拒绝呢？"

"那要看你是拒绝我还是拒绝珍妮小姐了。"藤原坤冷冷地说道，"拒绝我很简单，把你送回到珍妮小姐身边就行了。不过如果你拒绝珍妮小姐，也许会永远失去再回数字世界的可能。"

这次轮到落拓沉默了，他想到了父亲落家尧，想到了母亲年少秋，想到了妹妹落迪，想到了青梅竹马的恋人蓝颜……他愿意放弃一切来换取和亲人的团聚。

前提是，如果可能的话。

"我想回家。"落拓说道。

"那你必须先和我去一个地方。"藤原坤说。

飞行汽车又一次全速行驶于虚拟世界的苍穹，就像一只大鸟一样载着落拓和藤原坤穿梭于云和山的顶端。

三个半小时以后，汽车在一个基地中停下了，周围静谧得像墓地。阳光慵懒地洒在落拓身上，他却一点儿也感觉不到暖意。面前一个巨大的环形玻璃穹顶结构建筑多少给人一点儿现代感。

汽车驶进宽大的正门，顺着环形走廊开了很久，终于在两扇自动门前停住了，两个穿着合金外置骨骼装甲的士兵拦住了他们的去路。

士兵用扫描枪对汽车的车牌进行了识别，然后为他们打开了身后两扇金属门。落拓注意到这两扇门竟然还是手动的，这在如此现代化的大厅中多少有些另类。

走过昏暗的走廊，出现了科幻电影中的场景：十几平方米的房间中，一个巨大的 X 形状金属机器后面，一具精致的玻璃棺材下的液氮中隐隐浮现出一个模糊的男人头颅。空气中弥漫着浓重的药水味道，隐隐升腾起淡淡的凝雾。

"这个身体就是用你的 DNA 克隆后的本体，经过特殊培养，每年都要进行体能训练、生活课程和专业培训，任何时候拿出来都是时代的精英。为了保证年轻化，所以多半时间都是在休眠中度过。如今正是与你二十三年前身体状态最接近的时候，数字思维恢复的可能性超过百分之九十九。过了这个时间点，每年都会降低五到七个百分点。"藤原坤介绍道。

"你们的意思是让我恢复成有实体的真人？"落拓问。

"我只是负责带你参观，至于其他的事情你必须去找珍妮小姐，不过有一点需要说明的是，如果你选择变成实体人，那么你的身份将是——永生者！"

第八章

一

在卡尔的帮助下，强尼的生活就这样安定了下来。他开始在唐人街一家中餐馆打工，负责送外卖。每天的工作就是开着车子周游于整个保留地，将一份份美味的中餐送到形形色色的人手上。他不太喜欢这份工作，却得以近距离了解整个保留地。

强尼首先知道的是这个保留地非常大，几乎等同于根目录总部基地的四分之一，积聚了一千六百三十万等待工作机会的难民，人口总数却是总部基地的十五倍。另外就是这个所谓的保留地甚至成了一个国家，成立了拥有一定自治权的政府、法院、监狱以及公共设置，虽然它们的名称不太一样。

悉尼保留地管理局名义上受英联邦国家联盟管辖，可实际上后者却很少干涉保留地的内部事务。比如管理局名下的保留地自治法庭和保留地治安局基本只受管理局的管辖。这也是全世界多数保留地的惯例。像这种规模不等的保留地，在澳洲共有十三个。

不过管理局没有货币发行权，他们只有一个保留地金融所，负责代理银行和证券公司的业务。所以每个月交到强尼手上的货币都不一样，四个月竟然换了四种货币：美元、英镑、澳元以及人民币。好在它们都能在这儿平等流通，也算是个奇迹。

四个月后，和餐厅老板——一个叫唐皖的东亚老人混熟后，强尼在唐皖的推荐下在保留地第七医院找到了一份开救护车的工作，收入远高于送外卖。下班以后他也不用和卡尔挤到那个小帐篷里睡觉了，他在一个教堂找到份当助理的兼职，可以睡在牧师隔壁一个带卫生间的小房间里。

保留地宗教信仰自由，所以教堂、寺庙、道观以及清真寺遍地开花，来自欧洲国家联盟、美洲国家联盟、南亚自治联盟、东亚国家联盟以及伊斯兰国家联盟的信徒们都可以很从容地找到自己的归属。在这里，宗教从业人员的地位很高，所以强尼开始受到一些信徒的礼遇。

每天工作结束后，强尼除了在自己的房间读书外，就是帮塔洛牧师做些琐碎的工作。他跟着塔洛牧师在教堂后面挺大的一块空地里整理小山般堆积的书册，然后将这些东西分类，挑拣出干净有用的书捐给图书馆、学校或是保留地收容局。作为一个读书人，强尼对这些成堆的旧书兴趣盎然，总会从塔洛牧师丢到一边准备交给穷人做燃料的书堆中找一些来读。

看得多了，强尼发现这里面的好多书册都有几十年的历史，甚至一些笔记的主人早已作古。好在这些并不影响他们的思想流传下来，于是强尼开始将其中一些他认为有价值的东西摘抄或裁剪下来。

下面就是强尼整理的三份文件：

笔记一，作者：薇拉

自从加入根目录后，生活多少有了点儿变化。最起码这些人不像军政府那样蛮横，也乐于把食物想方设法送过来。昨天为了给我送列巴，两个小伙子还受到了军政府士兵的盘查和殴打，真让人感觉气愤。我找到了些药品给他们，让他们喝点儿热汤再走，这也是我目前唯一能做的事情了。

上星期天娜斯塔西娅来的时候，一进门就大声诉苦说："亲爱的薇拉，我快过不下去了，你为什么不发给我一些食物呢？"我反问她为什么不加入根目录，她却说她是个虔诚的东正教徒，不会信什么别的东西。我告诉他根目录不是宗教，只是可以帮助我们的组织。我自己也信了五十多年的教，如今这把年纪了，如果再信别的什么死后怎么去见上帝？可娜斯塔西娅还是不听，她似乎宁愿相信地下组织那一套。

那天我们谈了很多东西，自从火山爆发后还没有人和我聊这么长时间。我们谈到自己的孩子们，却不知道怎么能联络上他们。我告诉娜斯塔西娅，如果没有根目录我早死了，让她早点儿加入，可她还有些犹豫。那天我给她做了红菜汤，我们分食了根目录送来的面包、黄油和土豆。她走的时候虽然谈不上神采奕奕，可绝不像要倒毙的样子。

可今天下午她却死了，据说是饿死在自己家里。她为什么不来找我呢？我们可是对方唯一的朋友啊。在灾后三年多里我们都是对方的心灵慰藉所，虽然有时候双方的认知有一定的差异，可这并不影响我们彼此倾诉衷肠。如今她死了，我实在不知道自己能坚持多久。孩子们一点儿消息都没有，连封信都写不了。我感觉就像回到了二十世纪九零年代的日子，甚至比那时候更灰暗无助。

昨天根目录的人还送来一部手机，说是可以用来联系。我不知道那东西怎么用，我只会用家里的电话，可它现在一点儿声音都没有。

笔记二，作者：不详

我们必须为了根目录而生活下去，这也是现在我们唯一的希望。下个星期就是灾难发生的第十二个年头了，身边已经死去了一个又一个鲜活的生命。为什么我没有倒下？是因为有根目录的帮助，我坚信根目录会让我在不远的未来重新复活。

巴洛先生休眠前说过，真正的根目录成员有着无与伦比的信念和坚强的意志，随时准备放弃自己多年信奉的思想。他们早已把自己的个性彻底融入根目录的集体之中，愿意做出一切努力以及必要时抛弃所有意见和信念。如果根目录有需要，那他要相信组织的命令永远正确，永远要执行这个命令。

遵照巴洛先生的命令，包括我亲爱的小儿子约翰在内的高级别成员早已休眠。而我将会永远守候在这里，做个合格的"守门人"，直至生命尽头。我不畏惧死亡，因为巴洛先生说过，在未来我将永生。将来巴洛先生和约翰复苏的时候，就是我重生之日。

屈指算来，今天已经是约翰他们休眠的第四千六百一十七天了。休眠中心和复制中心还在大量建设，更多的人会像我一样把思维复制到计算机中，然后将来再重新复生。我参观过那比卢浮宫还要大的克隆中心，我们的身体将来就会在那儿复活，然后通过"X计划"重新复生，想想就是令人激动的事情。就像科幻小说中写的那样，我们会在几十甚至几百年后重新生活在地球上，比那些抛弃我们的所谓"精英"要幸运得多。

如今我已经是伦敦第七十一休眠中心的负责人了，有什么不让我努力工作的呢？我拥有了灾前想都不敢想的东西：大房子、喝不完的美酒以及权力，我可以支配几十个人为我工作。他们和我一样对根目录充满感激和信任，我们还给建设数据中心的工人们以协助，以便他们能更快完成任务。

嗯，我很知足，我再不用像灾前那样过着提心吊胆的生活了，再也不用为工作和食物发愁，再不用为子女的教育烦恼了。我只要按照根目录的指示做就会得到永生。永生，多么令人激动的一件事，光是想一想就让我浑身热血沸腾。

我会全力工作的，如果再过十年还没有达到人类复生的环境标准，我会遵照巴洛先生的安排适时选择更年轻的休眠者或克隆人来接替我的工作。看来这也是当年为什么那么多年轻人被休眠的原因吧！

笔记三，作者：薇拉

真不敢相信，我竟然在黄石火山爆发的五十年后还活着，而且还恢复了青春，真是令人激动的一件事。更令我激动的是我还能找到这个日记本，并且把中断了五十年的日记重新续上，我真是太幸运了。

如果不是根目录，如果不是那个叫王伟的地区统治者送来的手机，我也许不会了解到根目录还有如此神话般的计划，可以让我们老太婆回到苏联时代。

哦，是回到当时我年轻的时候。

我那天报名参加了细胞克隆以后还留下了自己的思维，在一个像脑电图一样的电脑前，他们用几十根电缆连接上我的脑袋，然后对着一个像 X 光一样的设备开始进行思维复制。那一刻开始好像有几百根钢针扎入我的脑袋一样痛，然后我就失去了意识。接下来我在恢复室醒来，吃了饭就回了家。说实话，我以为这只是例行检查罢了，因为身边的每个人好像都被政府安排进行了思维复制。

后来我记得自己病倒了，政府通过孔雀王朝联系到了我远在维尔纽斯的女儿和女婿。如今他们都已经是斯拉夫独立国家联合体的一员，和我又成了一个国家的人。不过当时新国联还未成立，他们的路途十分艰难；好在我们最终得以见面，并且他们看着我在医院离开了人世。我当时怎么也没想到自己还能在五十年后复活，就像做了个梦一样，睁开眼就已经过了半个世纪。女儿还在休眠，我却被幸运地选中，有了新的身体，成了二十四岁的薇拉。

我如今是叶卡捷琳堡的"地区统治者"，不仅负责数百万休眠者的安全，还要负责挑选和安排下一代的"守门人"，任务十分艰巨。不过我很高兴，这将是我重新得到认可的标志。我相信在越来越好的环境下重建家园是指日可待的事情。

比起抛弃我们而去地下的马克西姆来说，我们简直好太多了。他当年作为一个商人取得了一张去地下世界的末班车票，可我现在才知道他在那里过得并不好，而且去世已经四十多年了。那里没有根目录组织帮助他，没人给他食物。他的商业经验在那个新世界完全不能适用，只能靠微薄的救济金生活，能坚持十年也是奇迹。如今这几年陆续有地下世界的有钱人来地上庄园参观，我这才知道马克西姆的事情。虽然我们已经没什么关系了。

二

周末的下午，当夕阳踟蹰于地平线久久不愿离去的时候，强尼正从保留地金融所出来，刚刚领到本周薪水，琢磨着是不是约上塔洛牧师找个地方喝上两杯。

就在这个时候，摩托车引擎声从强尼身后传来，紧接着有人用什么东西狠狠地在他后背上重重击了一下，同时两个人的尖叫与惊呼传入强尼耳鼓。此时的强尼已被击倒，挣扎着抬起头时正看到一辆旧摩托车上的两个青年骑着车向西班牙语区方向逃窜而去。

除了强尼居住的市中心是混住区外，郊外保留地的居民按照自己的原籍地自觉地形成了很多个集聚区，基本保留了自己的生活习惯和宗教信仰，所以从他们隐匿的方向看这两个黑人青年应该是来自中南美国家联盟，这也是西班牙语区的主力人口。

"你感觉怎么样？"随着一个熟悉的声音传来，塔洛牧师那矫健的身影出现在强尼面前。他扶起受伤的强尼，很快地掏出手机给保留地的医疗中心打电话。强尼模模糊糊地听他说完"亚美利哥区，拉丁湾街"几个字后就失去了意识。

当强尼再次醒来的时候，他已经躺到了医院的病床上。只是从考究的白桦木床、花式吊灯和墙壁上的液晶电视机来看，实在是不像保留地的医院。强尼在那儿开救护车，对那里简陋的医疗设置感同身受，而私人病房又非他这种普通难民可以接受的。

这到底是哪里？强尼环顾左右，发现这是个装修精美的小房间，只有十平方米左右。雪白的墙壁正中挂着液晶电视，下面右侧是个半开的小门，通往卫生间。而他的床头则是两个不太大的柜子，上面放着台灯和水杯。

除此之外屋内别无他物，显得干净整齐。屋子里没有窗户，头顶的日光灯并没有点亮，所以强尼只能从门外走廊处传来的微弱光线依稀看清摆设结构，其他细节却不甚清爽。他正疑惑时，屋门轻轻地被推开了，塔洛牧师穿着便装走了进来。

"哦，塔洛牧师，谢谢你把我送到医院来。"强尼很开心地和塔洛牧师打着招呼，"我是不是睡了一整夜？"

"你应该谢谢我救了你的命。"塔洛牧师没有回答强尼的问话，而是一如既往的友善，声音充满了磁性，"如果不是我用球棒干扰，恐怕那两个人已经杀死你了。"

"杀死我?"强尼凝神回忆,好像记得当时身后混乱一片,只是是否如塔洛牧师所说救了他却不得而知。塔洛牧师看出了他的疑虑,又说道:"他们是根目录派来的杀手。"

"你说什么?"强尼被塔洛牧师的话吓了一跳,几乎坐了起来。塔洛牧师却很得意他的话有了效果,笑道:"你知道我为什么要去唐皖的餐厅吃饭?因为要认识你,让你到我身边来。我们相信总有一天他们会向你下手。"

"谁会向我下手?"

"根目录。"塔洛牧师沉着地说。

"根目录?"强尼重复着塔洛牧师的话,一时没有想到为什么根目录要杀自己。此时塔洛牧师道出了缘由:"斯威夫特最了解你,也知道你的才华。如果他不能用你的话,绝不会把你留给我们。"

"你们是谁?"强尼奇怪地问道。

"我们是受梦蝶盟指挥的比特公会,这里是地下国际。"塔洛牧师边说边轻抬右手手臂,做了个自我介绍的姿势,"我是联合国情报署的特约联络员,在悉尼保留地工作。"

"这里是地下世界?"强尼吃了一惊,几乎想挣扎着站起身,却被塔洛牧师轻轻按住:"你好好休息,过几天我带你见我们公会会长,他非常想见你。"

"为什么?"

"这个问题你可以和他说。另外我还要告诉你,你在这里是自由的,如果你愿意随时都可以选择回到保留地的医院去。不过需要提醒你的是由于这次暗杀行动的失败,我想根目录也许会选择更极端的方式也说不定。"

强尼点了点头,他相信塔洛牧师所言非虚,可他仍然觉得自己不属于这里,他已经决定回到保留地去度过余生,于是拒绝了会长的接见。塔洛牧师没有阻拦他,只是说希望他再休息一天。

第二天,强尼被几个教众送出了医院。说是医院,其实这里只是修建于地下世界一个区域的一栋三层小楼。地下世界沿海而修,每个城市都由若干个区域组成，而每一个区域就是一个巨大的人工洞穴。洞左右两侧建满了整齐划一的房子，通常是三到四层。中间一条可供两辆大众"甲壳虫"并排的主干道把洞口的人工小码头和里面的楼宇连接起来，直至洞尽头。那里通常会建个小公园或游乐场。

区域之间的主要交通工具是船，沿海而修的好处就是通过水路来连接地下世界。白天，沿着海面并排而修的采光船把阳光通过透镜收集起来，然后用一种类似潜望镜的大型设备——连接采光船与地下洞穴的"渗光井"输送到地下世界的每个区域，再通过覆盖整个区域洞顶的类似铝箔状金属反射盘将聚集的阳光散布开来为地下世界照明。

晚上，每个区域深处的海底小型核电站、海底发电站以及采光船上的太阳能电池将电力传输至地下世界的国家能源局，再由能源局平均分配给每个区域。不过由于电力紧张，所以通常不能像在地面时一样霓虹闪烁。这也是强尼夜晚在屋里感觉整个地下昏暗的原因。不过白天却完全不同了，这里依然可以享受到充足的阳光照射，甚至与地上世界的某个大型室内公园没有什么不同。

强尼所到的这个区域是北亚天使城的橙区，也就是北亚西岸最大的城市中的一个区域。街道很长，据身边一个教众说，从洞口的码头到洞尽头的城市公园约有十点八英里，被称为天使大道。天使城的市政府以及州政府都设在橙区。

从医院出来，强尼就看到并不宽阔的街道两边种满了法式梧桐，路中心的隔离带也是一小条带状绿色植物。街上行驶的都是单开门双人位的迷你小车，品牌与灾前大同小异。身边的人告诉强尼，生活区后面和两侧还有各种工业洞穴，都是生产区，用阳光的和生活区一样沿海而建，不用阳光的就修建在后面。

"比如自来水处理厂就远在科罗拉多河下面，那儿有地下水库。"一个教众说道。此时他们已经分乘两辆迷你出租车前往码头了。在那里，他们从一个专用入口进入码头，乘坐上一艘专门等待强尼的小型游轮。

相比地下城市的局促，这艘小型游轮显得颇为舒适宽敞。这里设施齐备豪华，甚至还有一条小小的商业街。来来往往的人群穿梭于强尼身边，他们购物、喝酒、吃饭或大声地在甲板上吃东西说笑，好像坐在自家的庭院那么自在。一个教众悄悄告诉强尼，这些人是前往地面沿海公共自治区度假的。

"公共自治区是什么？"强尼问道。

"地上世界的新国联和地下世界的联合国经过谈判的产物，为地下世界保留的沿海小块公共区域，可以购票前往度假。"

"去的都是有钱人吧。"强尼叹道。他望着这些年轻的绅士小姐，知道是灾后出生的一代人，似乎已经习惯了地下地上的生活。其实如果能掌握权力与资源，在地上和地下又有什么区别呢？他慢慢地站起身，踅回自己船舱自己的房间，不太愿意再上甲板。

经过一个月的航行，强尼又一次站在了悉尼的土地上。他跟着两个教众再次在教堂见到了塔洛牧师。

"辛苦了，本来是可以坐飞机的。只是由于地下国际的机场都设在航空母舰上，这种超级航母机场的机位很紧张，所以等待时间太长。怕你着急，就没有安排。好在游轮还算舒适。"说到这儿塔洛牧师想了想，又道，"我们的意见不变，你考虑好了再来找我。"

强尼没有表态，这本身已经是他的态度了。他本来以为这辈子会老死在保留地，也许有机会再见一见子女妻子，可谁能想到自己会在不久之后主动找到塔洛牧师，要求去地下世界呢？

世界上的事就是这么奇怪，有时候决定完全不能由自己做主。比如强尼，就在离开保留地一个多月后，几个保留地治安局的警察带着两个身穿灰色制服的年轻男子来到了教堂后门，那儿是强尼小房间的出口。

"你是强尼·索波诺先生吗？"为首的老年警察问道。

"是的，你们是？"

"我们是保留地治安局的治安官，这两位来自联盟中央警察厅，需要您配合调查。"老年警察说道。

"什么事？"

"这个我们也不清楚，您和我们去一趟堪培拉吧。"其中一个身着黑色制服的年轻男子说。强尼想通知一下塔洛牧师，可没找到机会。他被对方押上警车。

经过几个小时的长途跋涉后他被投入了一个戒备森严的监狱中，就在这个双人牢房，强尼竟见到一个老熟人。

<h1 style="text-align:center">三</h1>

强尼的狱友是阮奎，那个曾经和他一起并肩工作十数年，建造过"世界之父纪念碑"的东方工程师。

虽然强尼感觉惊讶，可阮奎似乎对强尼的到来早有预料。他当时正坐在床上看一张已经揉得皱皱巴巴的报纸，看见两个监狱治安官带着强尼来到这间不足五平米的双人牢房门外时，只是稍微把头抬了一下，眯着眼睛看清是强尼以后竟微微地笑了笑。就是这充满神秘感的微笑，几乎都把本已经接近崩溃边缘的强尼笑蒙了。

"进去吧，还有什么需要吗？"一个胖得好像随时要爆裂开的治安官问强尼。自从昨天被联盟警察厅的两个警察带到堪培拉以后，强尼只被简单地询问了一次就投入了监狱。这时候强尼才知道自己因为擅自前往地下世界，触犯了《联盟治安管理法》的有关规定，只不过对于细节情况他们并不知晓。强尼猜测自己跟塔洛牧师安排的那些教众通过入境处的时候一定暴露了踪迹，只是这事能不能影响到塔洛牧师他还不清楚。

"没什么了。"强尼看右边的床铺空着，就座了上去。治安官点了点头，走出房门将沉重的铁门关闭，外面响起了"咯吱咯吱"的自动锁落锁声，室内光线顿时暗了下来。

强尼简单打量了一下屋内的环境，发现只有两张单人床铺和一个洗手台、一个马桶。床上都放着叠得整整齐齐的被褥。阮奎的床头置物架上还摆着水杯和洗漱用品，自己这边则空空如也。

"他们用什么罪名把你抓进来的？"阮奎问道。

"擅自出境前往地下世界。"强尼说。

"哦，不是什么太大的罪名，恐怕判不了几年徒刑，除非能找到你是威胁国家安全间谍的证据，才能和'联盟安全法'扯上关系。"阮奎像是在自言自语一样喃喃说道，他声音很小，从褶皱丛生的面孔上望去眼睛就像没睁开一样。

强尼看着几乎比当年老了几十岁般的阮奎，沉默了几秒钟才说道："你的话我没听太懂，你是怎么进来的？"

"这有什么难懂的，进惩戒所就是等待判刑嘛。我们都是根目录最不愿见到的人，自然会重判。"

"你说这里是惩戒所而不是监狱？"在强尼的意识中，似乎只有犯酒后驾驶、街头肇事等轻罪名需要短期服刑的犯人才会进惩戒所。阮奎放下报纸看了他一眼，微微地点了点头："这里是重犯惩戒所，一般都是有重大案情犯人来的地方，在等待判决的时间里就会在这儿服刑。"他停顿一会儿，继续说道："我已经在这儿待了一年零七个月十九天，按照联盟法律规定惩戒所的刑期一般不超过二十四个月，所以我想我很快会被定罪。"

"什么罪名？"

"罪名不重要。"阮奎冷冷地说道，"就是酒后开车他们也会告我危险驾驶。现在的问题是我能不能保住命。"

"有这么严重？"强尼吃惊地问。

"当然，你以为你为什么会来这里？我告诉你强尼，自从我们踏上朗伊尔城，打开'世界之父纪念碑'的图纸那一刻，就已经注定了今天的命运。这种命运与你我是不是永生者身份都没有任何关系。"

"为什么？"

"根目录要保证'世界之父纪念碑'秘密的安全。古代给帝王将相建造陵寝的工匠最终都会被灭口。"阮奎笑道。

强尼打了个寒战，他看着几乎已经苍老得脱相的阮奎，不敢相信自己的耳朵，不敢相信听到的一切。内心深处，他隐隐开始后悔当初没有听斯威夫特的话，加入根目录。现下想起来，自己这位曾经的老上级似乎是在用某种手段笼络自己，其实也是保护自己。也许他并不能明说，所以才会一而再、再而三甚至有些不厌其烦地邀请自己加入根目录。

"我能不能找律师，或者请求见见什么人。"强尼还想做做努力，兴许斯威夫特念旧情宽恕他也说不定。阮奎看了他一眼，淡淡地摇了摇头："只有判刑后才能找律师，不过那没什么用。你加入根目录了吗？"

"没有。"

"也许……"阮奎似乎有些不太相信强尼的话，又确认了一次才又道，"如果你之前真没有加入根目录的话也许还有机会，但前提条件是必须有人替你在外面说话，马上能被根目录接纳。因为联盟法律中规定对有特殊贡献的组织或个人可以从轻处罚。"

"我不会那样做的，我不想加入根目录。他们会怎么样，会判我死刑吗？"强尼冷冷地问。"不会。"阮奎用怪异的眼神打量强尼许久，"你真的不加入根目录？"

"对，不加入。"

"所有联盟都没有死刑，但你会被判无期徒刑的。服刑的监狱会远离舒适的南半球或赤道周边，没准是你的老家德国。那儿现在冷得像是在冥王星。"

"那有什么关系？"

阮奎愣住了，许久才说道："我和你不一样，我是以永生者身份入狱的，他们不会让一个被剥夺了永生者身份的人活下去。我必须要想办法，你在根目录有认识人吗？"

"有啊！"强尼说道。

"联系他，马上联系他。"阮奎突然像疯了一样扑到强尼床前，一把薅住了他的衣领，"你认识谁，马上联系他说你的事，告诉他我是你的人，愿意和你一块儿前往总部基地工作。那样他们就能永远监视我们了。"

"那样做有意义么？"强尼不屑地推开了阮奎，"寄人篱下，纵然永生又有什么意思？"

阮奎冷哼一声，慢慢踱回自己的床铺，说道："你没有体验过永生者的生活，自然不知道什么叫永生。"他沉默片刻，本已苍白的脸上忽然泛起了些许向往之色，眼神中充斥着点点依恋："我之前在南美工作，有自己的小庄园，十五平方公里的庄园只属于我一个人。那是个设施完善的私人庄园，我全力经营。有数万人为我工作。游艇、泳池、私人沙滩，还有几十栋别墅，都是我的，我就是那儿的国王。"

阮奎眼中充满了得意，脸色也柔和起来："年轻漂亮的女人们数也数不清，她们都只属于我一人。我在那儿建了个医学研究中心，专门研究如何通过饮食来改变人类大便的颜色和味道，以及怎么彻底让放屁这件事变得不那么尴尬，比如屁的味道很好闻，像空气清新剂怎么样？只要你愿意，每天都可以让自己的大便成为宝石蓝、祖母绿或别的什么颜色。"

说这些话的时候，阮奎脸上没有丝毫尴尬之情，反而真诚得像是在给强尼介绍一个旅游景点："永生者们都有自己追求的研究项目，就像我这样。工作之余，我几乎每天都会带着自己的女人们去游泳、打猎，然后在自己的庄园中某个餐厅吃饭，可能是中餐也可能是法餐，或是意大利菜、德国菜甚至是美式快餐，完全凭我个人的喜好决定。"

阮奎突然停住了嘴，好像是发现了强尼愈发难看的脸色："我只是告诉你根目录永生者的生活，你要知道我在根目录只是中低级别的官员，甚至没有完全权限的永生权。我每生只能做一次思维复制，每十年才能得到一个更换克隆身体的权力。"

说着话他指了指自己的面孔："你看，我被剥夺永生权，没有了药物保障之后老得多快！再过几年即使他们不杀我也会衰老而死。所以我才求你帮我，也帮你自己。只要我们能恢复永生者的身份，就有机会享受永远的人生了。"阮奎睁大眼睛，死命地盯着强尼。

强尼越发感觉阮奎的话可笑至极，因为这番言论，让强尼更加坚定了不与根目录为伍的信念。只是此时牢房里只有他们二人，如果立即拒绝他的话，这个可怜的家伙会不会立即崩溃？或是做出什么伤害自己的事情？强尼想转移话题，于是问起了阮奎更早之前的事情。他感觉这是能绕过根目录的不多话题之一。

"我记得刚认识的时候藤原坤说你认识章宏伟，就是那个根目录之父？"强尼问道。阮奎见强尼没有反对，以为得到了他的默许，有些兴奋地说道："对，我是察哈尔大学的留学生，在那儿学建筑。你知道察哈尔大学是世界上最好的大学之一。当时我在那里认识了章宏伟。"他说话间从托架上拿起水杯，走到洗脸池前接了杯凉水一饮而尽，继续说道："那时候他算特招生被察哈尔大学计算机系录取，我们就是在那儿认识的。章宏伟的父亲是个资深的程序员，当年在一个跨国企业做项目主管，加班一个多月，心脏病突发猝死于工作岗位。据说'宓妃'的源程序设计思路和理念就是他留下的，好像是为某个项目写的备选代码之一。"

"后来呢？"虽然经常听起过章宏伟这个根目录之父，可此人生平强尼却知道不多，还真引起了他的兴趣。不过阮奎看上去并不十分愿意谈章宏伟的事，他好像只对永生的话题有兴趣，只是强尼的态度让他不得不说。

"章宏伟有交流障碍，估计是父母长年不在身边，奶奶瘫痪在床，爷爷照顾他不周造成的。他从小就接触计算机，十分喜欢电脑，初中的时候就非法入侵过察哈尔发展银行的服务器，甚至还为此进了派出所。他们邻居是察哈尔大学的副主任，不仅出面保释了章宏伟，还特招他进了察哈尔大学。当时也是因为美国知之公司和察哈尔大学联合搞自主学习程序大赛，学校需要计算机人才。"

"章宏伟参赛了？"强尼问道。

"参赛了，他不仅参赛，他那个叫Fufei的程序还得了一等奖，由知之公司出资组建了个挺大的团队进行商业化开发。我选修计算机，有幸作为学校派出的实习生参加了这个项目，不过后来却被无缘无故地中止了。"

"为什么要中止？"

"当时我们谁也不知道这件事的原因，甚至连校方也懵懵懂懂。后来我加入根目录以后得到过一些资料，也咨询过'宓妃'。她说从公开的资料分析，当时美国人发现了黄石火山爆发的确凿证据，需要集全国之力进行地下掩体项目的建设，所以中止了一切美国海外公司中能中止的相关项目。也因为这个，商业化完成度非常高的 Fufei 被搁置了，在学校强烈要求下知之网络给保留了一份源代码，后来被章宏伟以两千块的价格购买了下来。这也就是现在的'宓妃'，也就是孔雀王朝跨平台操作系统的前身。"

"原来是这样，看来章宏伟这个人是内秀啊！"强尼说道。

"他很聪明，虽然有些不修边幅、不能和人有效沟通，可对计算机的执着是谁也比不了的。我见过他趴在计算机跟前整整三个月就为了 Fufei 里的一个错误，困了就在计算机前睡，除了上厕所就没有离开过计算机。他甚至和 Fufei 产生了感情，所以才会导致后来的身故，也因此影响了我们俩的一生。"

"你说为什么选择我们参与那个纪念碑的建设？"

"选我是因为我是章宏伟的朋友，甚至算是唯一学建筑的朋友。他的朋友很少，只有两三个人。选你我想是因为你是世界上最好的隐蔽建筑工程师，你的经验很重要。其实那个纪念碑的前期工作都是'宓妃'来完成的。那个能深度学习并且拥有硬件级别模拟神经网络的程序很可怕，通过海量的互联网资料和存储空间，她借助自己超强的计算和分析能力可以超过世上任何一个本行业最好的人。我猜选我还是因为一种象征性意义——一个和章宏伟是朋友的建筑师，你说呢？"

"我不是什么最好的隐蔽建筑工程师，选我的原因其实就是因为当时根目录中能找出的人只有我而已。"强尼说着苦笑了一下，正想感慨着附和一下阮奎关于他们二人命运的话题时，牢房的门突然间打开了，几个治安官陪同两个佩枪警察出现在他们面前。

让强尼惊讶的是，这两个警察要带走的人不是他，却是刚刚认识的阮奎。而阮奎后来的命运尤令强尼震惊：他很快就被判处了死刑，用的竟然是悉尼保留地的法令。理由很简单，这个监狱属于悉尼保留地的管辖。

第九章

一

说实话，根目录承诺的永生者的身份开始并未给落拓的决定带来任何改变，他并非感到长生不老有什么不好，当然也没感觉到多大吸引力。只不过当珍妮承诺他将拥有双重身份，也就是可以保留数字世界中的自我时，落拓还真动心了。

这就意味着落拓的生活还将继续，他会在根目录的安排下每天临睡前做思维同步。这是一种基于思维复制的快速同步记忆技术，能让数字世界和真实世界的两个落拓同时拥有当天的不同记忆。由于高水平的技术手段，快速思维复制只用二十分钟就能把两个不同的记忆分别复制进另外一个大脑中。无论是数字的还是真实的都能共享记忆，这也是根目录最新的研究成果。

也就是说，落拓将得到等同于根目录执行委员会的成员和根促会的部门官员的待遇，这可是一般永生者都不能享受的条件。负责做落拓工作的藤原坤是个非常善于察言观色的男人，在虚拟投影车内，回数字世界的路上，他悄悄地告诉落拓，只要他愿意，数字世界的所有资源，他都能拥有。

"你如果愿意，天天都能做喜欢的事。"藤原坤哂笑道，"喜欢女人吗？我可以克隆给你。当然如果你不愿等的话那一会儿回数字世界我就刷新一个给你。"也许在藤原坤看来这只是男人之间不经意的一个成人玩笑，却成了让落拓下决定的关键。

蓝颜、家人和自己心目中的女神能共存，对落拓来说这有多么大的吸引力啊！当他蹰躇着把这个条件向珍妮提出的时候，这个美丽的女统治者发出了极不符合她身份的爽朗大笑："我以为多难的事呢，女人在根目录里是一种资源，与水和能源一样是可再生的资源。你成为永生人自然就是资源占有者，这点儿事不算什么。"

于是，落拓的复原计划就这样敲定了。按照藤原坤的安排，落拓住进根目录第一综合复原中心的数字实验室。这里的"宓妃"首先和数字世界的服务器"宓妃"进行了交接，然后接管了落拓的数字资料，开始进行数字大脑的实体化工作。

所谓实体化首先是将数字世界中的落拓大脑进行放大和转移，遵照实体服务器中复原大脑所需的格式进行严格的格式转换，转换过程为一个月。之后，"宓妃"会对转换过的复制记忆进行检查，完毕后将在克隆中心的"记忆刻录机"上进行记忆刻录，当这些记忆被复制到克隆身体的大脑后，一个实体落拓就这样诞生了。

在此之前，数字世界中的落拓在医院中实施了休眠。所以当他醒来的时候发现已经躺在根目录总部基地的复原中心病床上。他首先见到的人还是藤原坤。

"感觉怎么样？"藤原坤关切地问道。

"还好，只是睡了一觉那样简单。"落拓望着自己的身体，并未发觉与数字世界的有什么不同。他被藤原坤带上无人驾驶的汽车去总部大厦见珍妮。而这次落拓见到的却是真正的珍妮，虽然他并未察觉。

"我想先安排你去真正的庄园参观几天。"珍妮说道，"你可以见识一下根目录上层永生者的生活，然后我们再讨论太空的问题。"

"太空？"落拓到现在为止对珍妮的目的还表示有些疑惑。珍妮点了点头，笑道："没错，你会去根目录航空中心的火星研究所任职，我们会研究你去火星怎么开展建立秘密基地的工作。"

"我会回到火星上去？"落拓问道。

"对，你还是要回去，作为我们根目录的成员回去。你知道地球上的资源终归有限，拓展是我们唯一的出路。"珍妮想了想，用戒指中的通信终端联系藤原坤，让他把拉马拉找来。

拉马拉是个肥胖的中年人，看样子没有三百斤也差不太多。他吃力地扭动着身体，推开房间门来到珍妮面前恭敬地说道："珍妮主任，您找我有什么事？"他说话的时候，浑身上下每块肉似乎都颤抖起来。

珍妮低头看了他一眼，嘴角冷冷地往上扬了扬："你说你一年就换一个身体，怎么还能吃成这样？"

"嘿嘿，我就好吃，哪儿像珍妮主任这样健身呢。"

"这是落拓，未来火星研究所的航天员。"珍妮指着身边的落拓说道。拉马拉一听落拓的名字就已笑逐颜开，亲热得像恨不得抱住落拓啃上两口一样："失敬失敬，我是拉马拉，根目录远东地区一分局的地区统治者。"说着还伸出肥厚的手掌，紧紧和落拓握手。

接着听珍妮说要他安排落拓去自己的庄园，拉马拉的表现像是吃了蜂蜜的狗熊："我一定安排妥当，一周以后把他送回来。"说完他用终端联系手下，不多时就有一辆颇为豪华的无人空中汽车出现在落拓面前。

"上车吧，我们去庄园。"拉马拉说道。

落拓跟着拉马拉走进汽车，只见里面布置得像是个小型的会客厅，沙发中间一个小茶几，每人面前都飘浮着一块正方形的全息投影屏，可以根据喜好选择自己喜欢看的节目。

落拓坐下后，拉马拉把自己面前的全息投影屏随手一拉，将其关闭才说道："都2205年了，有些技术却还停留在一百多年前的理论水平。"

"和数字世界差不多。"落拓说道。

"数字世界的科技和年代其实是不符的。"拉马拉让随车的一个警卫倒了咖啡给落拓，然后说道，"公元2016年的时候AlphaGo这类程序就已经出现了，你想想怎么一百多年后的技术理论水平没什么进步？"

"为什么？"落拓还真没想过这个问题。

"因为'宓妃'建数字世界的时候定的基调就是低技术水平，是要和现实世界保持同步，因为受黄石火山爆发的影响有些技术其实是倒退的。另外就是'宓妃'建数字世界也是为了纪念世界之父，所以要以当时的科技水平为基础循序渐进地发展。"拉马拉说着指了指汽车。

"你看无人驾驶的空中汽车，其实二十一世纪二十年代就已经出现了雏形。如今的空中汽车使用电力、太阳能和燃油三重动力。实现无人驾驶的基础其实是无处不在的'宓妃'，因为就像一个人同时操纵世界上所有的车辆一样，通过大数据的后台运算怎么也不可能撞上自己。"

他们说着话，汽车已经爬升至二千米的高空，往下望去，洲际的胶囊列车已经无处不在。拉马拉说这种胶囊列车由于安全可靠且速度快，所以已经代替了火车成为人类洲际出行的首选。他指着冒烟的工厂说道："如今的工业基本上都是'宓妃'操纵的无人化工人，少量工人都是地下世界来的务工人员，属于各个大公司所有。"

"那农业呢，城市里都建了虚拟城市，周边又是工业园区，怎么不见农田？"落拓问。

"现在是科技化农业，所有农产品都是脱离土壤的无土化栽培，通过'宓妃'控制的高科技育种，精准投放化肥和 24 小时仿阳光照射，产量极高，都是在庄园中完成。"

在拉马拉与落拓的谈话中，汽车开始着陆于拉马拉的私人庄园。在这期间落拓对现在的社会基本有了了解，感觉拉马拉他们基本上等同于一个国家的国王。只见他的庄园中高楼林立，街道上人来车往好不热闹。

"你的家在哪儿？"落拓很好奇拉马拉住什么样的房子。就见拉马拉哈哈一笑，指着整个庄园说道："我的庄园二百平方公里，这里都是我的家。每一栋宅子我都可以去住，都有我的妻子。"

此时已近黄昏，拉马拉带着落拓随便进了路边一间装潢考究的餐厅："这儿应该是法国菜，你喜欢吗？"

"可以。"落拓说道。

"给我准备两瓶庄园红酒。"拉马拉吩咐门口的服务生说。就在这时候一个模样古怪的猴子从大堂里蹿出，一把抱住了拉马拉的腿。落拓发现这只猴子一米左右身高，全身是通红的皮肤，穿着花花绿绿的衣服，看样子像个七八岁的孩子，有点儿像人的模样。

"吱——"猴子发出尖声，看到拉马拉兴奋不已。接着又有三只猴子跑了出来，它们其中一只皮肤白得像纸，另外一只有着哈巴狗一样褶皱的皮肤，剩下一只则很魁梧，像只狗熊。不过看来它们三种猴类都是接近人的，因为无论叫声还是言谈都颇通人性。

"表现不错，晚上奖励顿肉吃。"拉马拉和四只猴子玩了一会儿，然后让一旁的侍从带走，和落拓坐到餐厅的包间里。落拓注意到这里没有客人，服务人员却训练有素。

"我的私人餐厅，不会有外人来。"拉马拉说。

"如果你不来呢？"

"我多数时间不会来的，他们必须做好我来的准备。"拉马拉笑着点了香烤尖柱螺、菲力牛排配油炸土豆丝、蘑菇宽面、法式蒸甘鲷和黑松露沙拉几道菜，特意指着没有标签的葡萄酒说道，"这是我庄园自产的红酒，每年的产量只有一千瓶。"

两人说话间那几个猴子又进来跳舞，拉马拉顺手将桌上的松露沙拉扔了过去，说道："再上一份鼠奶鹅肝酱。"

"你应该尝尝，这可是我们这儿的名菜。"

"鼠奶？"落拓问道。

"对，我专门饲养的老鼠的奶，你要知道斯威夫特主席他们都说人奶养生，不过我却只喜欢喝鼠奶，也喜欢用它做菜。"

"你说的人奶是指普通人的奶吗？"

"当然不是普通人，是专门选拔为我们提供奶源的乳娘，年龄不超过三十岁，要求容貌姣好，都是处女。"

"处女也会有奶？"

"技术手段。"拉马拉边说边将牛排丢给了过来抢食吃的最大猴子。望着像像狗熊般的猴子，落拓笑道："这种猴子很有趣啊！"

"这不是猴子，这是人。"拉马拉说。

"你说什么？"落拓吓了一跳。

"这是纯种的宠物人，通过一代又一代精心育种培育出来的，你看这个。"拉马拉指着像熊的那只说道，"这个品种叫獒熊，能吃能打，智力较高，所以可以用来搏击训练和看家。"说完他拉出第一次出现的最小那只说道："这个品种叫玲珑猢狲，比较小巧。"说着又指着浑身雪白的小人说道："那个是用白化病人培育的，品种叫作雪猴，用来观赏。"

最后，拉马拉牵过像哈巴狗一样的小人说道："这是最名贵的宠物人，名叫'耄耋叟'，比喻像老头儿。"听拉马拉这么说，落拓这才注意到原来这所谓的猴子都是人，怪不得如此机灵，遂问道："这些小人能活多久？"

"平均二十岁吧，分品种。养过一只獒熊活过了三十五岁。"

"宠物人的意思是原来他们也是人？"

"算是吧，是用普通人一代又一代培育出来的。比如侏儒和侏儒交配生下的小侏儒再和白化病人交配，然后再和有脂肪失养症的病人交配，就有可能生出'耄耋叟'的宠物人来，不过很难。所以纯种'耄耋叟'相当昂贵，每只在国际市场的价格超过两万英镑。"

吃饭时，拉马拉告诉落拓自己的庄园中有很多艺术家和科学家，自己给他们发工资，他们专心从事创作或研究，他甚至还有一个科研中心，专门研究开发一种叫作"拓光镜"的眼镜。

"普通人眼中只有三种视锥细胞，所以看到的颜色有限。而我的这种眼镜可以让人拥有第四、第五甚至更多的视锥细胞，从而看到更多的颜色。"拉马拉说道，"你一会儿可以戴上去试试，那真是开拓了另一个奇妙的世界。"

"对不起，我有点儿累，想回去休息。"看到那些门口的猴子，落拓有种深深的罪恶感，他不知道自己未来作为永生人是不是一样会堕落下去，会以他人的痛苦为乐。他很想问问父亲，却知道这是不可能的事情。

"好吧，对面就有接待中心。"拉马拉说着又用穿戴设备通知了接待中心，不多时一个高挑帅气的小伙走了过来，看样子他不超过二十岁："拉马拉先生，您有什么吩咐？"

"这是总部基地来的客人，你送他去对面的接待中心休息，明天早上等我联系你们。"拉马拉说。

"好的。"小伙子躬身给落拓施礼，带着他过了马路，在一栋水晶宫般的大楼前停住了，"这是一个接待中心，您需要自己进去，我明天来接您。"见他语气古怪，落拓不好再问，他缓步踅进大厅，却见这里如五星级宾馆般豪华，一个漂亮的女大堂经理问他是不是叫落拓。

"是我。"落拓说道。

"您需要选择一下私人助理吗？每个房间的私人助理都不一样。"

"不用了，你帮我安排吧。"

"好的。"大堂经理的通信器似乎在眼镜里，她简单地说了几句话之后就让落拓去 601 房间。落拓坐着电梯来到六楼，却发现这里和公寓一样每层约有三个房间。

"您好，落先生，我们是您今天晚上的私人助理，我叫洁。"一个二十五岁左右的美丽女孩随着落拓的到来突然打开门，微笑着说道。她身边另外一个漂亮的女孩自我介绍说叫瑜。

对于屋内的女孩落拓基本上没什么思想准备，更令他吃惊的是两个女孩竟然都光着身子。

二

洁和瑜的突然出现完全打破了落拓仅存的心理防线，他在一波又一波的糖衣炮弹面前彻底举起了白旗。也就是这一瞬间，落拓将自己的命运和根目录的命运紧密地拴在了一起。如果没有变化，他会像藤原坤一样享受着穷极奢华的物质生活，同时失去意识上的自我，成为"宓妃"的另一个代言人。

沦陷的落拓完全成了肉欲的傀儡，只一晚的时间就已向根目录献了忠心。潜意识中他开始期望有一日会成为拉马拉一样的庄园主。洁告诉落拓，她和瑜都是克隆中心精心培育的产品，她们本质上也是宠物人的一种，统称"立体唐图"，平均寿命只有三十岁左右，仅供永生者们享用。说这些话的时候，她的语气平静，听不出丝毫哀怨或喜悦，就像落拓小时候在数字世界家里吃饭时母亲说起街坊二伯家的事一样平常。

洁和瑜的身世没有引起落拓的任何关注，事实上除了二人的身体外此刻的落拓对其他事情都提不起兴趣。他浑浑噩噩地醒了睡、睡了醒，也不知过了多久才发现身边的洁和瑜已经不见了，只有一个四十多岁的中年黑人女子坐在床边的椅子上，穿戴齐整，目光严肃。看样子她似乎已经来了一段时间。

"落先生，休息好了吗？"黑人女子站起身，神色变得恭敬起来，"我是瑞玛奥，是拉马拉庄主的办公室秘书，他正在办公室等您。"

"哦——"落拓慌乱地抓起被子盖在身上，然后尽力将身体蜷缩在被子中，"我一会儿就过去。"他小声嘟囔着，神色中多少有些尴尬。可瑞玛奥好像完全没注意到他的表情，只是木然转过身，然后缓缓离开房间。落拓趁此机会套好衣服，匆匆洗漱过后走出房门，在瑞玛奥的带领下驱车离开接待中心，往庄园深处驶去。

"办公室不在这里吗？"落拓傻乎乎地望着鳞次栉比的摩天大楼。真没料到这庄园里竟如此气派，堪比数字世界中任何一个国际大都市。瑞玛奥就座在落拓身边，冲他微微一笑回道："拉马拉庄主和两个副庄主的办公室都在天上，那里是距离地面一百二十公里的太空边界，我们在那儿有一座永久性的天空办公室。"

"那我们要怎么上去？"落拓吃惊地问道。作为航空航天专业的大学生，落拓自然知道距离地面一百二十公里的高空其实是地球大气层与太空的临界点，那里空气稀薄且几近失重，原是进行外太空研究的好地方。万万没想到拉马拉竟然把办公室设在了那样一个地方。

"我们每天都有数班天空飞船穿梭于天空办公室和地面之间，这也是塞北南庄园航天中心的主要任务。"就在瑞玛奥介绍情况的时候，飞速行驶的无人驾驶车已经通过了戒备森严的庄园航天中心大门，正在往航空港驶去。

落拓放眼望去，但见一望无垠的巨大发射平台上，两艘硕大的天空飞船已经就绪。飞船船身上银光闪烁，在西射的阳光下显得夺目耀眼。几十名地勤人员正忙碌地进进出出，随着一个工程师模样的老人做着发射前的准备工作。

"请落先生跟我来。"瑞玛奥率先带着落拓穿过人群，走进靠外的一艘飞船。落拓看到飞船里灯光昏暗、装潢考究，像是个小型咖啡厅。他和瑞玛奥对面坐好，一个仪态万方的女乘务员走过来给他们系好了安全带，然后端上两杯插了吸管的冰咖啡。

"天空办公室分上下两个部分，我们通常活动在下部，不会有失重的感觉。而上部是专门体验太空失重环境的，位于大气层以外，通常只有拉马拉庄主等少数几个人才能过去。"瑞玛奥谈话间，天空飞船已经平稳地驶离了航天中心。瑞玛奥可能注意到落拓有些心神不定，遂笑道："不用担心，这飞船是由'宓妃'控制的，非常安全。通常高级别的庄园主都有自己的天空办公室，几十年来没有出过一次安全事故。"

舷窗外面，白云蓝天从落拓眼前迅速掠过，落拓正茫然发愣时内舱的服务员示意瑞玛奥有个电话，于是她站起身走了过去，只留下落拓一人在客舱中发愣。也就在这个时候，内舱旁边的驾驶舱门突然打开了，一个身穿黑色服务人员制服的女孩向落拓走了过来。

"你不能答应拉马拉任何事情。"女孩用熟悉的口吻厉声说道。落拓惊异地抬起头，这才发现女孩竟然是之前自己日思夜想的韩蕊。

"你……你是……"落拓吃惊地问道。

"看来你真的把我忘了，我是韩蕊啊！"韩蕊幽怨地说道。"没，没有。"如果在一天前，美貌的韩蕊是落拓心中无可替代的女神，不会违拗她的任何要求。可经过一整晚糖衣炮弹的洗礼，落拓见到韩蕊时眼前却浮现出洁和瑜那白花花的胴体。

"你不能加入根目录，你要提出前往悉尼保留地，去找你曾祖在保留地的朋友后代塔洛牧师。"

"我曾祖？他是数字世界的公民，不可能有保留地的朋友啊！"

"我说的是你在火星上那个父亲，就是落海生的祖父落章。这个落家尧和你没有任何关系，真实的他一百年前就已经死了。这个在数字世界复活的人只是给你找个姓落的父亲而已，性格都是随机生成。"韩蕊冷冷地说，"你可以将这些告诉拉马拉，具体细节塔洛牧师会告诉你。你是珍妮主任的人，拉马拉不了解情况不会阻拦，极可能会先送你去保留地，这样就等于拒绝了加入根目录的请求。你在珍妮他们开会且做出最终决定前会有两个小时时间和塔洛牧师选择离开。"

"离开，去哪儿？"

"他会安排你去地下国际，只有那儿才能让你恢复记忆，回到火星。"

"我——"落拓迟疑地犹豫了一下，他实在理解不了为什么自己要回火星。纵使之前他们说的都是真的，可现在自己应该有决定自己命运的权力，为什么要回到火星呢？正在这时候，瑞玛奥从内舱走了出来，韩蕊变魔术般拿起落拓的咖啡，微笑着大声说道："那好，我去换杯橙汁。"

"我们快到了，你做好准备。"瑞玛奥说完这句话两分钟之后，天空飞船突然猛烈地颤抖了一下，在巨大的轰鸣声过后，天空飞船和天空办公室对接成功，连接天空办公室的出舱门向上弹出，露出通往天空办公室的通道来。

落拓跟在瑞玛奥后面，走了一段昏暗狭窄的路，然后眼前豁然开朗。只见面前一个铺满了植物的巨大待客厅，周围摆了一圈米黄色的真皮沙发，正中的大写字台前，拉马拉正对着一个全息窗口发呆。他身后就是显露出藏蓝色太空的巨大玻璃窗，点点星光由远及近点缀出窗外胜景。

"欢迎你，落拓先生。"看到落拓，拉马拉脸上堆满了笑容，"昨天休息得好吗？"虽然对方并非有意相询，可落拓还是感到脸上阵阵发热，总觉得对方完全知道昨晚自己做了什么一样。他尴尬地笑了笑，含含糊糊地说道："挺好的。”

拉马拉发出爽朗的笑容，一把将落拓按到椅子上，然后说道：“珍妮主任刚和我通话时说了，要你这几天好好享受，然后到总部基地锻炼一年再来帮我。”

“您指的是？”落拓似乎没有听明白拉马拉的话，忙追问道。拉马拉一摆手，示意瑞玛奥倒两杯热人奶过来，然后说道：“你将来要全面负责火星工作，还要经营庄园，所以必须在总部基地的机关工作一段时间，主要学习管理。你要知道庄园的管理可不是件轻松的事情，每个庄园都有自己的主要产业，‘宓妃’要的可是成绩。如果没有成绩，丢了庄园经营权可是很惨的事情，谁也救不了你。”

“这庄园难道不是你的？”落拓奇怪地问。

“当然不是，庄园永远属于根目录，我只是个经营者。”拉马拉说道，“每二十年一个任期，如果评估通过那就继续经营，否则会被调整工作。你要知道如果级别太低的话是不会有永生者待遇的，也会失去这里的一切。”

“哦，这样啊。”想到韩蕊在飞船上的嘱咐，落拓正琢磨着是不是和拉马拉说说这事的时候，拉马拉转变了话题，语气也变得轻佻起来：“昨天那两个女孩怎么样？”

“啊？”

“如果你觉得还行的话我就按这个标准给你选十个送到总部基地的公寓去，负责照顾你的起居生活。将来你可以考虑在她们当中挑一个‘提籍’，就是娶过门做你的妻子。对她们来说这是改变身份的好机会，所以你务必要谨慎。”

“哦……好的。”落拓脑子里乱糟糟的，时而想到韩蕊时而又想到昨晚那两个美丽姑娘的万种风情，一时有些抉择不下。拉马拉见他无话，又吩咐了几句然后让瑞玛奥送他回去。“让瑞玛奥陪你再玩几天，我庄园里有不少风景区。”临别时，拉马拉说道。

再次坐上天空飞船的落拓有些紧张，他害怕韩蕊突然出现质问自己。可这次驾驶舱的门始终没有打开，服务人员也换了另外两个女孩。落拓在飞船降落前实在有些忍不住了，就向瑞玛奥打听飞船上服务人员的事。可瑞玛奥却说驾驶舱根本没有其他服务人员，另外只有四个天空飞船驾驶组的成员。

当"塞北南庄园航天中心"几个全息投影的大字出现在落拓面前的时候，他长长松了口气，跟着瑞玛奥走下天空飞船，来到一辆负责迎接他们的无人驾驶车前。

"我们还回接待中心，我已经安排了洁和瑜等你。"瑞玛奥说。听到这句话，落拓的身体竟不由自主地有了反应。他微微喘着粗气靠在座位上，等待着梦幻般的时刻到来。

可这次落拓却失望了，他没想到这辆经过改造的无人驾驶车径直将他送入了地狱般的地下国际。

三

当发现车子行驶路线不对的时候，瑞玛奥试图通过戒指上的通信装置和控制中心取得联系，可她失败了。之后她似乎想用眼镜上的微型终端连接互联网，可仍旧没有成功。

"糟糕，他们对这辆车做了手脚，屏蔽了一切无线信号。"瑞玛奥懊恼地说道，"我们必须想办法破坏车子的动力装置。"落拓抬起头，发现汽车早已驶离了庄园航天中心，甚至已经远离庄园中心城的主城区，开始在庄园城郊的森林中穿梭。

"用什么破坏？"

"我不知道车子上有没有什么能用的东西。"瑞玛奥吃力弯下腰，在汽车中东翻西找，就在这时候无人驾驶车突然毫无征兆地停住了。接着树林中早已隐藏的一群蒙面黑衣大汉端着激光武器包围了他们。

"不许动，跟我们走。"为首的男人恶狠狠地说道。

"这里是塞北南庄园，根目录如果和我失去联系一分钟就会联络警备部队，你们无路可逃。"瑞玛奥说道，"你们知道暴动的下场，四年前的'血狱集中营'

甚至没能坚持十分钟，你们不可能超过他们。"

"你也说了，我们不是'血狱集中营'。"男人冷笑道，"我们诉求不同，他们想要占领庄园，我们要的只是这个人。"他说着指了指落拓，然后又道："你嘛，自认倒霉吧。"说完他手中的枪毫无征兆地开火了，低哑的轰鸣声经过短促的哀鸣，一道亮白色的激光透过瑞玛奥的额头，从她的脑后穿出食指大小的一个孔。

一缕鲜血从瑞玛奥的脸上滑落，她的身体重重地跌落在地上。男人则头也没回地拽起落拓，向树林深处走去。落拓这时候才发觉自己的身体竟然有些不听使唤，他望着刚才还跟自己谈笑风生的瑞玛奥的尸体，瞬间才感觉到人生竟是如此脆弱。

一阵冷风吹来，瑞玛奥尸体上的衣服被吹得窸窣作响，落拓的意志也随着尸体上涓涓汇流的血液开始崩溃，僵硬的双腿间蓦然有些冰冷感。正琢磨着是不是说几句好话求饶的时候，却发现讨饶的话早已出口："大哥饶命，我不是根目录的人……"

"不要说话，跟着我走。"为首的男人一字一顿地说话时，硬邦邦的枪正顶着落拓的脑袋。落拓本想再反驳几句，可忽然又不吭声了，因为他发现自己的裤裆不知道什么时候竟然湿了。好在湿得不算太多，估计只有内裤和大腿根附近的裤子波及。好在此时没有女性在场，若被韩蕊或昨晚的两个女孩看到，那就无比尴尬了。

四下静谧极了，只有沉重的脚步踩在枯枝上发出的咯吱咯吱声。落拓强忍着湿漉漉的裤裆跟在一群他认为是恐怖分子的男人中间，在树林中的一口井前停住了脚步。

男人伸手拉开井盖，顺着井壁上的手环攀缘而下，大约一分钟后发出了示意。这时落拓身后另外一个男人让他跟着下去。落拓回头看了对方一眼，在黑洞洞的枪口注视下小心翼翼地拉着扶手往下爬，大约爬了一半的时候忽然看到井壁上有个一人多宽的洞一直横着往里延伸，看样子刚才的男人就是在这儿进去的。

这个横向倾斜向下的洞很长，落拓足足爬了有半个多小时才看到似乎有些亮光，他挣扎着又往前爬了几步，发现这儿是个十几平方米的空房子，除了三个荷枪实弹的恐怖分子外并没有其他人。

两个身材较高的恐怖分子拿出一个黑口袋，就像电影里演的一样套在了落拓脖子上，然后让他弓着身子跟着他们又走了挺长一段路，然后在一个人的示意下坐上一个摇摇晃晃的交通工具，在极小的轰鸣声中开始高速前进。落拓猜测自己应该坐在一艘船上，像是摩托艇一类的东西，至于具体是地下还是地上却不清楚。

行驶良久之后，终于停住了。落拓被一个人领着踏上了结实的土地，这次约摸走了半个小时，中间拐了七八个弯又过了几道门之后，落拓头上的口袋才拿开。

微弱的灯光倾斜着照进落拓的眼睛，使他很长时间才能适应。一股浓郁的潮湿气息扑鼻而来，落拓这才注意到自己正站在一间十五平方米左右的房间正中，空荡荡的房间正中吊一个昏暗的小灯泡，他身后除了一把很简单的木头椅子外什么也没有，整个房间只有这把椅子。

身前和身后都有一扇紧闭且斑驳陆离的木门，没有窗户，看样子自己就是从后面那扇门进来的。再往面前看，一个身着西装、精瘦清癯的青年男子幽灵一般站在自己面前，平静地望着他。

"坐吧。"男子示意落拓在身后的木头椅子上坐下。他自己则从黑色的西装中掏出个小本，似乎准备记录。就在落拓疑惑对方是不是要站着审问自己的时候，前门开了，一个漂亮姑娘托着一把带靠背的椅子走了进来，却是韩蕊。

韩蕊看了落拓一眼，目光似有幽怨，放下椅子悄声退出。青年男子咳嗽了一声，把失魂落魄的落拓从韩蕊的离去中拉了回来。他操着一口干脆的普通话问落拓知道不知道这是什么地方。

"难道是地下世界？"落拓迟疑地回答道。男子好像对落拓的回答还算满意，微笑着点了点头："没错，这就是地下世界。"

"你们为什么要带我来这里？"看样子这个男子应该比刚才那几个动不动

就杀人的恐怖分子好说话，落拓仗起胆子问道。男子却冷哼了一声，半晌才道：
"我有一些问题需要问你，如果不想死就如实回答。"

"好，我一定说。"落拓连连点头。男子很满意地笑了笑，说道："查理博士在第一次沟通座谈会上说火星国际在弦理论[1]方面有了突破性的进展，且已基本证实了平行宇宙[2]的存在；还说从当年了解的情况看，除了我们所处的这个直径有四百亿光年的中心宇宙外，还发现了另外一个同等大小的收缩宇宙。那么请你就你知道的谈谈这个收缩宇宙的情况。"

"什么？"男子的每一个字落拓都听清楚了，甚至每个字都知道怎么写，但当男子将这些字组合起来读出时他基本上是听呆了。男子怕他没听清楚，遂又解释道："我们的宇宙和收缩宇宙的距离，还有域外的情况。"

落拓摇了摇头，他根本不知道男子在说什么。

"那暗物质[3]飞船呢？代表火星人最高科技的东西，你能不能简单说说自己知道的情况？"

落拓又摇了摇头。

男子似乎被落拓的态度惹恼了，他有些愤怒地合上笔记本，眯起眼睛打量着他："这里不是数字世界，也不是根目录。你如果不配合的话我有权对你动刑。"说着话他"啪"地将一支模样怪异的激光手枪丢到了桌子上。

见到手枪，落拓打了个激灵，眼前又浮现出瑞玛奥的尸体。他惊恐地摇了摇头，险些从椅子上摔下去："你说的这些东西我真不知道，我从小生活在根目录数字世界里，学的东西都是基础航天知识。最近才被实体化，有了真实的

---

[1] 理论物理的一个分支学科。弦论的一个基本观点是，自然界的基本单元不是电子、光子、中微子和夸克之类的点状粒子，而是很小很小的线状的"弦"（包括有端点的"开弦"和圈状的"闭弦"或闭合弦）。弦的不同振动和运动就产生出各种不同的基本粒子，能量与物质是可以转化的，故弦论并非证明物质不存在。弦论中的弦尺度非常小，操控它们性质的基本原理预言，存在着几种尺度较大的薄膜状物体，被简称为"膜"。直观地说，我们所处的宇宙空间可能是 9+1 维时空中的 D3 膜。弦论是现在最有希望将自然界的基本粒子和四种相互作用力统一起来的理论。

[2] 平行宇宙是理论上无限个或有限个可能的宇宙的集合，包括了一切存在和可能存在的事物：所有的空间、时间、物质、能量以及描述它们的物理定律和物理常数。

[3] 是一种因存在现有理论无法解释的现象而假想出的物质，代表了宇宙中 26% 的物质含量，无法直接观测得到，但它能干扰星体发出的光波或引力，其存在能被明显地感受到。

身体。"

"这个我知道，你难道真的一点儿也想不起来了？"

"我真想不起来你说的是什么。"落拓几乎要哭出来了。男子点了点头，笑道："根目录妄想得到这些技术，又想占有火星的资源以维持自身的膨胀。你将来必须为我们服务。"

"你们？"

"我们是'比特公会'，欢迎你来到地下国际。"男子微笑着站起身，他一边将手枪和笔记本放回上衣口袋，一边说道，"鉴于你对我们的敌对态度以及目前我们公会与北亚刚刚达成的合作协议，高层决定将你交付 NADS 处理。"

"那是什么？"

"北亚外交安全署，是北亚美利加合众领的最高安全机构。"

"他们会杀了我么？"

"他们非常冷酷，如果知道你的真实身份很有可能对你不利。"男子冷冷地说道。

"别杀我，我可以合作。"求饶几乎是脱口而出，"让我干什么都可以，我能帮你们抓珍妮，打败根目录。"想到之前珍妮介绍过的'比特公会'情况，落拓觉得落到恐怖分子手里凶多吉少，于是开始信口开河，希望对方能被他打动。

男人笑了，看样子没对落拓的话动心："如果不想被杀或被拿去做实验，那你必须隐瞒自己的身份，届时我们会救你出来。"

"那你别把我交给他们不就行了？"落拓恳求道。

"与 NADS 的合作刚刚开始，不能私押人犯。从现在起你的身份是悉尼保留地的流民，一会儿我会给你身份资料，你背熟后我再送你走。"说到这里男子忽然提高了声音，"记住，如果你暴露了自己的身份，不仅 NADS 对你不利，我们也会毫不犹豫地杀掉你。"

凶巴巴地说完这句话，男子突然又压低了声音："只要你能和'比特公会'真心合作，那我们会考虑给你最优厚的待遇。"

"谢谢。"落拓嗫嚅着不知该说什么好。男子见他失魂落魄的模样有些哑然失笑，安慰道："你只要听话就没有生命危险，而且还将得到你最想得到的人。"

"我最想得到的人？"落拓愣了。

"韩蕊！"男子一字一顿地说道。

第十章

一

阮奎的死给了强尼极大的震撼，也让他离开的决心变得更加坚定起来。他觉得自己并非怕死，只是对于这样糊里糊涂地就被灭口心有不甘。于是，他几次申请要见塔洛牧师，直至获得批准。强尼猜测根目录既然允许自己和塔洛牧师见面，那八成意味着他的死刑已经获批。

塔洛牧师是"比特公会"在大洋洲的最高领导人，也是"梦蝶盟"全国委员会的成员。在他的策划下，"比特公会"的黑客部队连着黑了根目录几个最大的克隆中心数据库，最终还真找到了一个与强尼长相相似的根目录成员施罗纳的克隆体。于是，"比特公会"的执行部队用自杀式爆炸的方式袭击了这个克隆中心及周边的三栋建筑，并成功地偷走了包括施罗纳在内的十余具克隆体。

之后，偷梁换柱的工作进展颇为顺利。事后强尼才知道，为了这次营救自己的行动，"梦蝶盟"几乎动用了几十年来储备的全部地上资源。他很感激时任"梦蝶盟"委员会主席的乌尔里希对自己的赏识，没有这个基础他不可能被救往地下世界。就在他最后踏上地下世界土地的瞬间，他已决定将余生献给他的理想——带领地下公民重新回到地上世界去，让反人类的根目录彻底消失。

"塔洛牧师拿给我不少你在保留地写的东西，我觉得我们的想法非常接近，而你的能力也很强。"两鬓斑白的乌尔里希在他的私邸接见强尼的时候紧紧地握着他的手，笑道，"我需要一个将我的理想贯彻下去的人，我知道你能办到。"

一瞬间，强尼有种惺惺相惜的感觉，他略带不安地握着乌尔里希有力的手。"我刚在路上读了您的作品'论两个世界'，观点非常犀利。我们在很多想法上都不谋而合，也让我受益匪浅。"强尼恭敬地说。

"很好，你要多读书，多学习，为将来做好准备。"乌尔里希似有所指，"我们这次牺牲很大，根目录为了你的事已经正式照会北亚联邦政府，如果不给出他们满意的结果就将采取必要的行动。"

"会引起战争吗？"强尼无不担心地问道。

"放心吧，还不至于。"乌尔里希用深沉的目光打量着强尼，拉他到客厅角落的吧台前给他递了杯加冰块的波本酒，"根目录很需要地下世界的资源来维持他们的生存和统治，而地下世界的各国也都不完全相信他们。再说地上和地下世界现在刚刚结束战争敌对状态，不可能完全相信对方，所谓合作也是小规模的。况且我们早已被北亚联邦定性为非法组织，还有什么可怕的？只要有钱，在地下世界没有什么办不成的事情。就是将来我们合法化的过程更加曲折一点儿罢了。"

说到这里乌尔里希深深地叹了口气："这个重担恐怕要交到你的头上了，我老了，也不像那些人一样能永生，所以你将来肩头的担子很重啊！"对于这种无以复加的信任，强尼头一次被感动了。这个如此看重自己的老人之前和他根本没有任何交集，凭借的仅仅是几篇发表在保留地报刊上的文章而已。

他成了乌尔里希的帮手，开始为"梦蝶盟"在北亚的合法化做努力。可事情却未按照他们的意愿发展。在大崩溃之后，地下国际所有国家都对所谓"激进组织"持敌对态度，"梦蝶盟"首当其冲，在与联邦政府的对抗中险些全军覆没，甚至包括乌尔里希本人在内的大批骨干领导人被捕。

进入地下国际三年零两个月之后，强尼跟着乌尔里希一同被关进了联邦监狱，这是他们之前第一次见面时始料未及的。之后，六十七岁的乌尔里希被判处死刑，坐了电椅，而强尼则被判处终身监禁不得假释。如果不出意外，他会老死在那个失去所有自由的地方。此时，距离强尼从凯马城的第九综合医疗中心休眠苏醒仅仅过去六年时间，他却经历了从生到死、从死到生再从生至死的数次轮回。

乌尔里希虽然死了，但他的思想却被"梦蝶盟"完全继承了下来，他们转入地下，开始以恐怖组织的身份运转，机构也较之前小得不能再小。直到二十八年之后，随着《凯马和平公报》的签署，地下国际需要大批技术人员协助进行建设，拥有大量计算机骨干人才的"比特公会"被批准参与联邦政府工程，"梦蝶盟"终于实现了曲线合法化。

此时，强尼已经整整六十六岁，他在狱中不断学习，几乎成了"梦蝶盟"内研究乌尔里希思想理论的唯一人才，基本奠定了他理论大师的地位基础。这时担任"梦蝶盟"委员会主席的人是乌尔里希的孙子斯蒂利德，正是在他的努力下联邦政府议会通过了刑法修订案，该修订案中对于之前不得假释的终身监禁做了最新的解释：对于表现良好且审核后再无危害的犯人，并服刑期满三十年的可以假释。

两年之后，六十八岁的强尼·索波诺出狱，再次成为"梦蝶盟"委员会主席斯蒂利德的助理。一年之后，他借助斯蒂利德的力量开始取得"梦蝶盟"的领导权，并通过自己理论权威的身份成为"梦蝶盟"的实际负责人。此时他开始提出使"梦蝶盟"合法化并取得政权的想法，在得到斯蒂利德批准后，"梦蝶盟"耗巨资让强尼进入了有政府背景且旨在为官员、富商服务的公共休眠中心进行休眠，静待时机到来。

三十五年之后，被唤醒的强尼看到那个人的资料时，他知道自己预谋已久的"梦蝶盟"合法化道路迎来了新的机遇。于是，他授意"梦蝶盟"这时的委员会主席布拉德开始提出重返地球计划，自己则继续休眠二十二年，之后被提前唤醒并被有意投入了由 NADS 管理的萨尔蒂约联邦监狱。

在萨尔蒂约联邦监狱，强尼有自己的办公室。每天监狱里负责秘书工作的犯人都会从狱警那儿拿到"梦蝶盟"为他准备的十五份报纸供他阅读，他主要通过这些报纸来了解社会。在此期间，强尼会将自己的手令写到纸上通过狱警（他也是"梦蝶盟"成员之一）数字化后交到远在耶洛奈夫的布拉德主席手中。

计划有条不紊地进行着，那个人也如期被投入了监狱。强尼开始安排他在多人房间，任由几个粗暴的犯人对他虐待，他觉得应该让那个人先受点儿苦。不过这并非不受他的管理——事实上他要求犯人只能对他进行有限的肉体伤害而不能超出范围，譬如鸡奸和重伤不被允许。

强尼一直在暗中观察那个被折磨得痛苦万分的年轻人。就像他想的那样，这个缺少骨气的家伙开始时的盛气凌人已经被消弭殆尽，每天都拖着受伤的左腿在牢房中清理马桶，做卫生。虽然他生活的多人监区与自己有一段距离，可这不能影响强尼通过狱方的监控来看他的行动。

如果不是需要，强尼觉得这个人并不是自己寻找的对象。他选择人才的标准完全继承自乌尔里希：需要有非常强的政治眼光和组织才能，并能通过富有魅力的性格来与其他政党或掌权者积极合作。而这个年轻人似乎根本不具备这些东西。当然，除了天性中些许的懦弱以外，他有种超级的适应能力，无论是什么环境都能迅速融入其中，这倒大大出乎强尼的意料。

在那个人入狱半年之后，强尼觉得是自己出面的时候了。他让狱方找借口对他进行了搜查，以栽赃方式将一把小刀放入了年轻人的行李当中，于是这个可怜的年轻人开始遭到狱警的暴打，然后几个犯人也开始跃跃欲试。此时强尼"正巧"路过，很干脆地制止了他们。

"事情没弄清楚之前你们不能打人，这样会把他打死的。"强尼慢悠悠地说道。"走开，你这个废物。"一个狱警假意推了强尼一把，甚至和他产生了点儿冲突，接着强尼将年轻人带到了身边，说道："我会和典狱长申请，将他带到我身边工作。"

"那你就试试吧废物，典狱长会把你也扔到垃圾堆的。"狱警们咆哮着走开了，只留下强尼把嘴角流血的年轻人拉起来，然后他望着身边的犯人轻蔑地冷哼了一声："你叫什么名字孩子？"

"我……我叫落拓。"年轻人颤颤巍巍站起身，小心地打量着周围的犯人，他眼神极为小心，似乎一不小心就被会某个人抓到把柄胖揍一顿。

"可怜的孩子，你是不是刚来？跟我走去那边吧，我会和典狱长申请的。"强尼按着自己精心设定的计划，拉着落拓离开多人监区，在那里将有一个更加精密的安排等待着他们。

二

强尼在监狱里有自己的单人牢房，他素日还负责活动中心的工作。这时他带着落拓走进自己位于活动中心办公室的时候，这位年轻人简直惊呆了。

"没想到监狱里还有这么好的活动室，还有台球、乒乓球和电视。"落拓由衷地感叹道。强尼微笑着让他坐下，倒了杯水给他："你从哪里来孩子？"

"我吗？"落拓犹豫了一下，端起水喝了两口，"我从上面来。"他说着指了指头顶。强尼点了点头，问道："地上世界吗？"

"是的，地上世界。"落拓摊开手做了个无奈的姿势，"我是根目录的永生者，却被劫持到这里。"

"哦，那你是什么级别的永生者？"明知道这家伙撒谎，可强尼还是煞有介事地问他，好像自己真的对他一无所知。就见落拓脸色一红，有些不好意思地笑了笑："我……我还刚加入根目录，在学习阶段。"

"哦，那你是保留地的流民？"

"不，我来自火星。"落拓说了一句，似乎有些犹豫，"我以前在数字世界生活，不过他们告诉我说我来自火星。"他这次终于说了实话，看得出对于搭救自己的强尼，落拓还是真心感激的，就从这一点来看强尼感到很满意。他继续问道："二十三年前，火星派来的'成道号'航天登陆艇由查理博士率领登陆，在地球上待了一月之久。后来听说返航前出了事故，有一个年轻人去世了。难道你就是那艘船上的人？"

"我就是那个人，不过我并没有去世。"落拓说道，"只不过这里面的事情很复杂，他们好像希望留下我要什么东西。"说着他把自己的情况做了介绍，基本上从二十三年前讲起，一直到最近一段时间发生的怪事和他了解的情况，倒是知无不言，没有撒谎。

强尼静静听着，边听边点头，直到落拓说自己和瑞玛奥被"梦蝶盟"劫持，自己被他们审问后投入监狱为止。强尼微微叹了口气，说道："我就是'梦蝶盟'的前任委员会主席。"

"您也是'梦蝶盟'的人？"落拓显然被这个消息惊呆了，半天没说出话来。强尼轻轻地点了点头，叹道："没错，自从我进了监狱后布拉德就成了负责人，你的事一定出自他的命令。"

"那您能让我出去吗，我不想待在这里。"落拓突然哀求道，"我在这里度日如年，简直要疯掉了。"强尼眯着眼睛望着他，好半天才摇了摇头："难啊，你不是'梦蝶盟'的人，我没办法让布拉德放你出去。"

"他们不允许我在这儿说出我的身份，我连名字都改了，入狱之前'梦蝶盟'的人叫我赵晓林，您在这儿这么厉害，一定有办法。"落拓继续哀求道。

"'比特公会'那帮人一定是想绑个根目录的高层，却误把你弄了下来。他们弄错人了，又不好交代，只好找借口把你扔到这里。"

"那怎么办？"

"布拉德是我的晚辈，什么都好就是太好面子。这样吧，既然我们有缘那你跟着我吧，反正也快出狱了。我到时候再想办法送你上去。"他故意停顿了一下，问道，"你看如何？"

"好啊，我能跟您待在这儿吗？"看得出落拓很害怕被送回对面监区去。强尼点了点头，说道："我会和典狱长说清楚的，你先留下吧。我估计根目录也会想尽一切办法找你。"

"为什么？"

"你是与火星国际的唯一联络纽带，他们秘密计划了这么多年怎么能突然放弃？再说火星的科技水平现在领先地球不是一星半点儿，这足以让根目录羡慕了。"

"之前'梦蝶盟'那个人审问我的时候说过这个话题，还提到了什么暗物质飞船和另外一个宇宙。"

"这就对了。据说二十三年前查理博士来的时候谈了很多东西，让根目录的科学家们相当震惊。尤其是查理博士说火星国际发现我们所处的这个宇宙是有边界的，四百亿光年之外还有另外一个同等大小的宇宙。这两个宇宙在诞生初期的相互碰撞的振动就是他们观测到的基础。"

"这么说弦理论已经被证明了？"

"对，可以这么说。与我们现在这个膨胀的宇宙不同，那个宇宙诞生时的爆炸要猛烈得多，膨胀也迅速得多。但一百亿年来它一直处于收缩阶段，是在不断缩小的宇宙，最终会坍塌成一个超小型的宇宙黑洞。"

"我真不能想象在那里面诞生的生命是如何生存的，难道那里的时间是倒流的吗？"

"也许吧。至于所谓的暗物质飞船其实并非是暗物质制造的飞船，而是火星人在研究暗物质后得到启示所制造的飞船，这种材料就像暗物质一样看不见、摸不着，完全在人的视线、雷达甚至是一切观测手段中消失，是根目录入侵火星的理想材料。"强尼说。

"根目录要入侵火星？"

"我不能肯定，不过现在有太多的永生者没有庄园，资源远远不够分配。"强尼说着冷笑了一声，继续说道，"当年查理博士提出火星三大前沿科技，除了上面两种以外还有微观粒子的展开理论研究。据说火星国际已在研究如何展开微观粒子如中子或质子，在里面压缩数据了。"

"你让我想到了微雕，有人在一个米粒中雕了个世界。"

"你很有悟性，其实我们说的大同小异。"强尼说着站起身又给落拓倒了杯水，然后自己点了支烟继续说道，"所以根目录留你的目的非常明确，就是用来侵略。你自己要认清这一点，如果有朝一日真的成了根目录的帮凶，岂非成了罪人？"

"我——"落拓若有所思地沉默了片刻，突然问强尼认不认识韩蕊。强尼早知他必有此一句，此时倒不禁笑了："当然，她是比特公会的会长，也是'梦蝶盟'的人。"

"哦。"落拓没继续说什么，可态度却表明了一切。强尼也没继续说下去，因为只有他们少数人知道当年营救自己时，"梦蝶盟"曾经在根目录克隆中心抢走过一批克隆体，其中就有根目录为时任主席的珍妮所准备的一个同卵克隆体，当时还是个婴儿。后来这个女婴一直在"梦蝶盟"休眠，直到二十三年前提出重返地球计划的时候才开始培养成人，针对的其实就是面前的落拓。

"无论真假你其实也算加入'梦蝶盟'了，既然如此不如读一些东西，反正在监狱里也没什么事做。我会给你找一些乌尔里希和斯蒂利德的书，他们都是理论大师，你读了对你有帮助。还有些笔记是我在监狱里撰写的，你可以看看。"强尼说得简单，其实这是计划中最重要的一环——洗脑。他不清楚这种方式的洗脑还有没有效果，但这也是他参考了古今中外各种邪教洗脑方式后选出的最优计划。

好在落拓非常听话，可能是寄希望于早日离开监狱，他读书挺认真。而且得益于落拓的环境适应力，他很快就对乌尔里希和斯蒂利德的著作产生了共鸣，甚至还提出了自己的见解。这倒是让强尼开始对他刮目相看。一年多的学习过程使落拓焕然一新，俨然开始用"梦蝶盟"的思维处理事情了。

此时的强尼就像东方文化中发现千里马的伯乐一样，对自己的识人善用非常满意。为了了解祖籍是东方的落拓，强尼阅读了大量东方文化著作，不过最让他喜爱的却是那些东方文明特有的英雄电影。电影中屡屡化险为夷的英雄们总让强尼热血沸腾，好像瞬间回到了影片中那个危机四伏的年代。

"你听说过王玄策没有？"强尼坐在影音室的躺椅上，手里端着一杯滚烫的咖啡悠闲地问落拓。落拓则一脸茫然地摇了摇头："唐代的一个人吧？我在大学看过一些经典影片名录，有个电影里说过这个人，但知道的不多。"

"你应该找些关于他的东西看看。其实东西方文明中很多东西都是一样的，就像王玄策，他本质上就是《战争与和平》中的彼埃尔、《堂·吉诃德》中的堂·

吉诃德或者是东方电影中的黄飞鸿。不同的是他比彼埃尔运气好，比堂·吉诃德聪明，比黄飞鸿真实，是真真切切做到'一人灭一国'，胆气过人的英雄。"

小的时候，强尼就渴望自己做个罗宾汉式的英雄。后来逐渐长大，强尼发现自己距离儿时的梦想却越来越远了。直到黄石火山爆发，他才依稀看到了自己实现梦想的希望。这也是他潜意识中拒绝根目录的真正原因。如今读过王玄策的故事，他开始将这个一千五百余年前的人看作自己的偶像。

"有朝一日我一定会带领着大家重回地面上。"强尼悠然说道。他说这番话的时候，落拓站在他身后，正用崇拜的目光凝望着他。强尼微笑着拿起当天最后一份内部简报，却被里面的内容吓了一跳。

"怎么了？"落拓好像发觉强尼的态度有些不正常。强尼将简报递给他，很久才开口："政变了，贝尔总理被弹劾下台，现在国防部长陈守信任看守政府临时总理。已经签署法令宣布'梦蝶盟'为恐怖组织。"

"有这么严重？"落拓问道。

"是的，陈守信之前就是右翼分子，也是'黄梁党'的成员。"一瞬间，强尼突然觉得自己的机会来了，他好像看到了一千多年前王玄策出使时的峥嵘。他说："你跟我去耶洛奈夫，我们必须去见布拉德。"

说话的时候，无论是强尼还是落拓都觉得这只是一次普通的事件，就像"梦蝶盟"之前数次被评为非法组织一样的普通信任危机。却没想到就是这么一次看似普通的事件，却成了两个人命运的分水岭。

三

虽然作为梦蝶盟的实际领导人强尼在理论上有说一不二的权力，可在组织内部却并非完全能抉择一切。譬如此时梦蝶盟全国委员会主席布拉德虽然是自己的人，但副主席和总督导皆非嫡系。尤其是负责全面监督工作的总督导朴垣恩是当年乌尔里希主席死对头艾特里的弟子。这位当年与乌尔里希争夺梦蝶盟领导人位置的政治家失败后郁郁而终，家人亲友此后自与乌尔里希一派成为宿敌。

所以当强尼提出要趁政变之机约见国防部长，递投名状以恢复梦蝶盟合法身份的建议时，朴垣恩第一个站出来提出了反对意见："这样太冒险了强尼老师。"就像梦蝶盟的所有人一样，朴垣恩对强尼仍然毕恭毕敬，看上去似乎恭敬到了极致。他说："贝尔总理之所以被弹劾主要原因就是他对逃亡下来的永生者态度暧昧，而他两个儿子所谓的收受贿赂则是掩人耳目的口实。目前公众与政府的工作非常艰难，几近对立，我们不可能在此艰难时刻向陈守信提出要挟。"

"这不是要挟，而是协助。"强尼用咄咄逼人的语气大声说道，"政府需要我们的帮助。你要知道我们梦蝶盟是个平民政党，掌握着全国大部分地下组织以及他们控制的地盘。无论是军队还是联邦公共秩序局的治安警备队都不足以长期维持治安，我们是警察局的帮手，必须让他们弄清楚这一点。"

强尼皱着眉头点燃一支雪茄，边说边扫视着会议桌上的每个人："现在是我们将地下资源公之于众的好机会。我知道你们会说'哦，强尼你在冒险，我们这么多年来的积累是为了暴动或选举准备的，不能就这么让他知道'。可你们想过没有，我们那些所谓的地下资源有多么脆弱，每年用来维持资源的费用又有多高？与黑社会合作是与虎谋皮，这一点你们比我更清楚。"

"一旦梦蝶盟的势力随着时间消耗殆尽或有任何不能预料的风吹草动，那么些所谓的'最讲义气'的人很有可能会转向其他组织，那样我们几十年的心血就完全付诸东流了。如今对我们持完全否定态度的贝尔总理下台了，陈守信又没和我们打过交道。我们为什么不争取一下呢？如果不把握住这个机会，仅想凭借着几台计算机就能实现理想，太儿戏了吧？"

"那失败了呢，如果陈守信不同意怎么办？"朴垣恩冷冷地问道。看得出他虽然表面上对强尼恭顺，其实内心深处极为强大，并没有因为强尼的强势而退缩："我一向尊重您和布拉德，他提出恢复您身份的时候我从来没有反对过，甚至耗资巨大。所以我也希望您能尊重我的意见。"

"如果你让我苏醒以及回来只是为了拉拢乌尔里希派系的成员，那你就打错如意算盘了。"强尼冷笑着说道，"无论是真的还是象征意义的领导人，只要我坐在梦蝶盟全国委员会主席参赞助理的位置上，我就要为这个组织负责。况且我相信你们其实都了解我，很多政府部门的官员以前都是我的朋友甚至下属，凭着和他们的关系我相信我会说服陈守信。"

　　"强尼老师，你的意思是要自己亲自去找陈总理？"一直未发话的布拉德问道。强尼看了一眼这位被斯蒂利德称为"得意门生"的梦蝶盟主席，缓缓地点了点头："对，我要自己去找他。另外我希望我们的保全人员也做好准备，万一有问题就启动应急预案，立即转入地下状态。"说这番话的时候，强尼自己心头亦略有忐忑，实不如适才慷慨激昂，因为他知道梦蝶盟保全处的负责人戈斯蒂安是朴垣恩的手下，多少有些担心自己的威望不足以弹压住这位下属。

　　戈斯蒂安低头垂首，未发一语。与其相对而坐的朴垣恩却脸色晦暗，眉头不经意地抽动了几下。强尼心头略松了口气，装作没看到朴垣恩一样把脸转过去。布拉德怕冷场惹怒强尼，忙替戈斯蒂安应了过来："这个自然，我一会儿就去部署应急预案，如果监督处没有意见的话就即刻颁发。"

　　"我会安排的。"这会儿朴垣恩好像做梦清醒了过来一样，脸色也变得舒展，"既然强尼老师这么有信心我也不说什么了，只希望您能马到成功。至于该做的工作我会尽力完成，也请主席放心。"

　　"我相信你专注的职业操守没有被传言夸大。"强尼不失时机地给朴垣恩扣了顶帽子，然后对戈斯蒂安说道，"我让秘书安排好了，明天坐布拉德的船去纽约见陈守信。你配合韩蕊、星野美子她们用大数据监控一下反对派'辉格会'的动向，我们不能让他们坏事。"

　　"好的，我需要主席的授权书。"戈斯蒂安恭恭敬敬地说道。强尼微微一笑，把目光转向布拉德，就见他慌忙点头，说道："散会后我会让秘书处发给你。"

　　会议进行到此时已经无事可议，强尼趁机散会，又拉着布拉德吩咐了几句，让他马上向整个梦蝶盟发布会议纪要和相应的授权书，然后才拖着疲惫身躯回到休憩处，却发现落拓没在屋里。他叹了口气，闭着眼睛休息了片刻，才觉得从萨尔蒂约到耶洛奈夫不过半天时间，却好像过了一个月一样漫长。

强尼抚摸着发烫的额头在躺椅上琢磨来琢磨去，只觉得在监狱制订计划的时候游刃有余。无论是电话、邮件还是书信往来都畅通无阻，从布拉德到朴垣恩都异常配合，甚至给他一种大权在握的感觉。可如今才到耶洛奈夫梦蝶盟基地大楼几个小时，就发觉朴垣恩一派对自己敌意难消，难道他们真的只是在利用自己的经验和威望？

强尼又点了支雪茄，慢慢地回忆着刚才会议上看到的每一幕，总觉得有什么没有抓住的重点一般。他知道在大的方针上朴垣恩他们和自己别无分歧，否则也不会同意自己的计划。可又说不清楚为什么会有不安的感觉。刚才接见那些乌尔里希派系的老成员时，强尼已经隐隐表达了自己孤注一掷的决心，他相信他们这些人是站在自己一边的。

想到乌尔里希派众多的成员，强尼提起来的心多少放下了一点儿。他此时才发觉布拉德的无能是多么让人窝火的一件事，真弄不明白斯蒂利德为什么找了这样一个笨女婿，一想到这儿他真想把前者从棺材里揪出来质问一番。

就在强尼迷迷糊糊似睡非睡的时候，客厅的门"吱呀"一声被人打开了，接着落拓蹑手蹑脚地走了进来。见到他，强尼又叹了口气，不知道将梦蝶盟的全部希望放到此人身上是否正确。

"你去哪儿了？"强尼闭着眼问道。

"我就在楼下欣赏耶洛奈夫的风景。"落拓说道。

"这么长时间一直在楼下？"强尼根本不相信他的话，不过想到刚才韩蕊一直在会议室开会，他又觉得落拓没理由撒谎。落拓沉默了片刻，说道："是的，这里很美。"

"我明天就要去纽约了，你的学习任务进行得怎么样了？"

"还不错吧，我最近在读您吩咐的《淮南鸿烈》，《新五代史·死节传》已经读完了。"

"书终归是死的，你要活学活用。多读史书是好事，几千年来的事其实一直在周而复始；其中希罗多德的书要反复看才能体会其中韵味。另外就是乌尔里希的书也要认真研读。"

"是。"

"我回来后我们再商量你的工作问题，你有什么想法没有？"

落拓犹豫了一下，然后才道："我想去比特公会工作，那儿可以接触到很先进的计算机知识。另外就是我很想我的家人，如果有机会想回去看看。"

"你是指'根目录数字世界'中的家人？"经过这么长时间的接触，强尼知道落拓哪儿都好，就是有些多情。他所谓去比特公会方便学习和看家人只说了一半实话，想必是冲着韩蕊和星野美子也说不准。就听他嗯了一声，强尼沉吟半晌才道："那也好，如果以后你想过去看看也不是不行，就怕根目录方面会严格控制。"

"我会努力的。"落拓说。

"明天早上我走了以后你去找布拉德，让他授权你去比特公会工作。"这个时候强尼不想引起落拓任何猜忌，只是希望他能安安稳稳地待下去，一待梦蝶盟合法化之后他必将采取行动。届时他将成为自己的一粒棋子，完全遵照自己的意志办事。那样的话重返地球就指日可待了！

第十一章

一

萨尔蒂约位于北亚南部，因为并不临海，所以这里其实只是联邦监狱所在地的一个小城市。与地上同名的数字世界中那个虚幻但繁华的科阿韦拉州首府不同，这里黑暗荒芜，冰冷得像是冥王星一样。

落拓跟在强尼身后出了监狱大门，进入眼帘的是一条长长的走廊。走廊很宽，可以并排出入四辆卡车，两边都亮着一排排昏暗的 LED 射灯，望不到尽头。对面街道两侧是鳞次栉比的狭小商铺，或明或暗，或大或小，无一例外的死气沉沉。

"这就是整个萨尔蒂约市，一条街而已。"强尼边给落拓介绍情况边指了指身后的萨尔蒂约联邦监狱大门，"这里是萨尔蒂约最大的建筑了，第二名是前面的萨尔蒂约煤矿和唯一的联邦中央银行。码头设在前面一点儿的纳萨斯河边，我们从那儿直达耶洛奈夫。"

说话间一辆非常小的汽车从黑暗中驶过，稳稳地停在了强尼身后。落拓注意到这是辆单开门的三轮小汽车，只能容纳三个人。自己和身材魁梧的强尼坐在车里甚是局促，彼此几乎都能感觉到对方的呼吸。强尼指着两侧的街衢说道："你看萨尔蒂约虽然小，却是五脏俱全。银行、邮局、超市、饭店、酒吧、咖啡屋应有尽有，甚至还有为煤矿工人和家属设置的室内公园、电影院、学校以及成人会所。这里有几万人口，是地下世界中小城市的缩影。"

"地下世界所有的城市都这么小吗？"落拓问道。

"不，上千万人的大都市也不是没有，但不多。一个国家通常只有一个或两个这种规模的城市，三至五个百万人口的城市；剩下的大都是这种零星分布于河道或海边附近的小城市。到地面上这种规模只能说是镇，但这里的的确确是城市。"

"为什么会这样？"

"资源有限，孩子。地下城市百分之八十以上的资源和人口都集中在首都，也就是那个千万人口的城市。其他的城市都是为主城市服务的附属品而已。"

小汽车并非无人驾驶，但落拓注意到这个年轻的驾驶人似乎很少控制方向盘，他所做的只是在会车时做必要的干预而已，看样子这里的汽车已经基本实现了无人驾驶。另外就是萨尔蒂约这条街道上真正意义上的汽车不多，都是这种非常小且类似三轮摩托车的东西，他们每到目的地的时候就会停到便道上，把路留出来。

"汽车的数量在这里被严格管控，每年增加或减少都是由政府做统一规划，私人汽车在这里并不存在。大的城市有火车、公交和船甚至是飞机做交通工具，小城市只有公共汽车和船。"强尼说道。

"这里很像美国的地下走廊，《忍者神龟》里那种。"落拓笑着说，"甚至比那儿还小，只有一条街。"这时他看到一个金发的站街女郎正招手揽客，一个小个子的男人显然被她吸引了，正驻足和她讨价还价。

"我们可以离开萨尔蒂约了。"随着强尼的话音，落拓看到一个非常小的码头在灯光中显现出来。说小是因为这个小码头的规模甚至比不上落拓在数字世界中某个游乐场人工湖划船时的那个码头，他实在担心这样小的地方怎么能停靠可以供他们前往耶洛奈夫的大船。

可是当坐上船的时候，他发觉自己想错了。首先他们坐的船也不大，有点儿像之前落拓见过的私人游艇。他后来才知道在数字世界游艇销售中心参观的这些游艇其实是"宓妃"参照二十一世纪二十年代人类游艇重新设计的，所以通常都很小。另外就是这船上只有两个黑人船员，听强尼说他们一个叫格雷斯，一个叫齐戈，都是梦蝶盟的成员。这艘叫作"约书亚号"的船也属于梦蝶盟。

看着小，可"约书亚号"的速度着实让落拓震惊。他们只用了几分钟就已经离开了地下，来到了浩瀚无际的太平洋上。当和煦的阳光照射到身上时，落拓甚至有一种想立即跳到空中和阳光融为一体的感觉。一年多来的阴霾似乎在这瞬间化为虚无，只盼这船永远不停，永远这样静静地走下去。

"大海的那边就是东方大陆，那里有一个叫作塞北市的数字城市，里面有我的家，有我的父母和女朋友，有我生活了二十三年的一切。"落拓凝望着海天尽头，悠悠自语道。

"总有一天你会回去的，相信我。"强尼拍了拍他的肩膀说道，"根目录利用你和火星取得联系之后永远也不可能让你回到地球，但我们不同。"他表情凝重，给人一种极为厚重的可信任感。想到之前他对藤原坤和珍妮的性格分析之准确，落拓完全相信强尼的能力和个人魅力。

这时候小船开始加速，迅猛的风像厚重的巴掌一样打在落拓身上，甚至让他的呼吸都变得急促起来。饶是如此，落拓还是不愿意回到船舱，他开始像强尼一样用绳子把自己绑在甲板上，静静地享受着风和阳光，望着不时从海面上跃起的鱼和不时驶过的大船相视而笑。

"在地下世界想享受阳光只有来到海面上，这里是自由的，是根目录暂时还企及不到的地方。"强尼大声吼道，"提起造船，我们甩出根目录好几条街。"他边说边接过船员递来的两个热狗，顺手扔给落拓一个，于是他们就这样解决了午饭。

经过短暂且快乐的四天航行，强尼和落拓乘坐的小艇终于驶进了地下城市耶洛奈夫市第一码头。这个码头规模较萨尔蒂约大不少，最起码可以称之为货轮的大船有几艘泊在港，看上去有点儿港口的样子。

与萨尔蒂约的昏暗比起来，耶洛奈夫非常明亮。落拓他们进港的时候正是当地下午三点半，抬头望见高大的天穹上白云轻浮，阳光均匀地在云层上面铺开，好像他们只是走进了一个多云的地上城市，而不是位于地下。

　　"这是人工模拟的天气系统，通过第三代采光船和'渗光井'把阳光采集到地下来，完全可以和地面上媲美。"落拓听强尼介绍情况，没注意到一大群人正匆匆忙忙地走了过来。稍后强尼拉过一个四十多岁的大叔告诉他，这个叫布拉德的男人就是梦蝶盟现任主席。

　　"你好，请上车吧，我们现在就回总部大楼。"和落拓握手以后，布拉德恭顺地给强尼介绍情况。此时强尼一改沿途的俏皮，恢复了沉稳老练的长者风范："我要见见那些和我一直通信的老盟友，乌尔里希派系的战友们。"

　　"他们知道您今天回来，都在第三会议室。"布拉德说道。

　　"那好，先安排落拓回休憩处，一会儿不是还要开会吗？我晚一点儿再去找你。"强尼这一句话显然是说给布拉德和落拓两人听的。

　　来接他们的汽车看上去是普通的轿车，和之前在萨尔蒂约乘坐的摩托不同，这里的车看上去更接近数字世界中的无人驾驶车。只不过地下世界的汽车是有司机的，虽然他们的作用很有限。另外就是耶洛奈夫更像个地上城市，无论是城市建设还是风貌，如果不告诉他这是地下的话那落拓一定以为身处数字世界中美洲西部某个城市的市中心。

　　这里与地面上太相似了，看得出他们下了大力气。强尼的话也印证了落拓的猜测："自从《凯马和平公报》签署以后，世界各国都可以集中力量进行地下城市的城建工作，所以效果卓著。如果有机会到纽约市的话，你会看到一个大到让你咋舌的地下大都市。你简直无法想象这几十年来的惊人发展，与我第一次见到的地下城市简直天壤之别。"

　　此时他们的汽车在一栋四面都由天蓝色玻璃幕墙组成的大楼前停住了。强尼和布拉德等人前去开会，落拓由另外两个工作人员带着来到顶楼休憩处。所谓休憩处其实就是个像酒店房间一样的套间，设施虽然谈不上豪华但也着实够落拓大开眼界。一个工作人员告诉他，强尼的决定很突然，所以他的公寓还在装修，这里仅供他临时休息一段时间，他和落拓都会住在这里。

告别两个工作人员，落拓喝了杯茶，在沙发上坐下准备看看地下世界的电视。这时门铃突然响了起来，接着一个穿着西服套装的年轻女生出现在落拓面前："您好，请问您是落拓先生吗？"女生用纯正的普通话问道。

"是的，您是哪位？"

"我是比特公会对外办公室的联络员小王，我们会长想和您聊聊。"

"你们会长是谁？"落拓一时想不起来比特公会的会长到底是谁，就见女生嫣然一笑，说道："您过去就知道了。"

"去哪儿？"

"就在楼下的办公室。"说着小王做了个请的手势，带着落拓从走廊尽头的电梯来到这栋十二层办公楼的四楼，在一个硕大的办公室里落拓见到了之前自己魂牵梦绕的韩蕊。

"很意外吧？"韩蕊的声音还是如此动人。见到她靓丽身姿的瞬间，落拓不知为什么竟想到根目录的那两个克隆人洁和瑜，脸色不禁一红，嗫嚅道："啊，没有。"

"先道个歉，之前很冒昧把你请来。不过这也是没有办法的事，否则你真被根目录洗脑咱们就都有大麻烦了。"韩蕊请落拓在对面的椅子上坐下，故意坐到落拓身边。

落拓与韩蕊紧挨着，几乎能感觉到她吹气如兰的呼吸，神色不由一荡："是你把我弄到这儿来的？"

"严格意义上说是强尼的主意，我只是执行命令而已。还有你需要知道，你离开时被杀的瑞玛奥仅仅是她众多克隆体中的一个，她是个永生者，复活像睡觉一样简单。"说到这里韩蕊叹了口气，又道，"你在监狱里受了很多苦吧？"她悠悠地说着，语气中充斥着怜悯，几乎让落拓的心融化掉："这也是强尼的命令，我其实是对此持保留意见的。"

"他为什么要这样做？"落拓吃惊地问。

"为了拉拢你啊，否则你怎么会听他的话。"韩蕊边说边打开一本相册，取出几张偷拍的照片给他看。落拓这才发现原来自己在监狱的一言一行竟然都被人偷拍了下来，甚至包括他倒马桶和被几个狱警胖揍。

"这……"落拓脸色一红，觉得在韩蕊面前暴露弱点是很难为情的事。韩蕊却像没事人一样收起照片，慢条斯理地说道："这事说来话长，其实与在地面上一样，我真是想帮你。你如果入了根目录这辈子就毁了，不仅毁了你还毁了火星。"

她的话与强尼说过的大同小异，他们似乎都一致认为根目录会通过落拓来达成侵略目的。接着她话锋一转，突然说道："我马上还有个会要开，你既然来了就别走了，帮我做点儿大事。"韩蕊语气认真诚恳，仿佛哀求男朋友给自己买件衣服一样自然。

"好啊，你需要我做什么？"落拓愿意为她做出一切牺牲，这样的话自然是脱口而出。就见她微笑道："我就是和你道歉，以后的事慢慢来。别和强尼说我们见过面，将来我争取让你来比特公会工作。"

"好的，那我们什么时候见面？"

"明天吧，等我去找你。"韩蕊说着匆匆离开，临走时甚至还对落拓做了个鬼脸。落拓茫然走回休憩处，脑子空荡荡的，面对突然而来的幸福感一时还有些适应不过来。

二

不知不觉间落拓已然下电梯，走到了梦蝶盟总部大楼的一层大厅。这时候他才注意到自己并没回休憩处，不过望着阳光明媚的地下城市，他有了逛街的冲动。即将离开时，门口的一个保全员忽然伸手拦住了他。

"先生，出入都要登记。"年轻的保全员看样子不超过二十多岁，身材挺拔、皮肤白皙，完全是世界先生的标准。落拓哦了一声，有些不知所措地笑了笑。保全员看出了他的尴尬，从身边接待台的抽屉里取了个类似手环的东西交到他手上。

"这是您的临时通信终端，您戴上就可以出去了。"保全员说。

"这东西可以通话？"落拓接过手环，发现手中几近无物，原来是非常轻便的一条类似聚碳酸酯的半透明带子，约一寸宽，非常薄，带子中间镶嵌着一条贯穿整个手环的柔性显示屏，正闪烁着五彩纷呈的数字，看上去好像是时间和天气预报一类的信息。

"对，这是无线通信终端，这里每个人都有。"保全员让落拓看了眼他自己手腕上的手环，那是条蓝白色相间的漂亮带子，有点儿像希腊国旗的颜色。

"那我怎么和你们联系呢？"落拓懵懵懂懂地把手环扣在手上，发现这东西因为薄得离谱，所以看上去好像和手腕贴合到了一起，几乎感觉不到它的存在。保全员又是一笑，说道："没关系，您就把它当成我吧，直接说联系谁就可以了，里面内置电子助理。"

落拓想到了"宓妃"，他向保全员表示感谢后信步离开，立时感觉到清新的空气扑面而来。临上船的时候，强尼向他介绍过地下城市的空气交换系统，据说是气候模拟系统的一部分，完全来自海面上长年停泊的气候模拟系统支援舰队。那是由数十艘邮轮级别的船只组成的计算机服务器组。

所以如今稍具规模的地下城市都有人造的天气和四季变化，风雨雷电雾雪霜这样的天气都是计算机模型模拟出来的，几乎不用人工干预。看来今天运气不错，落拓第一次在地下城市逛街就遇到了个好天气。他左瞅右看，边踅摸边走，完全感觉不出这是个地下城市，无论是行色匆匆的人群，街边的乞丐，还是来来往往的各色汽车，两侧高耸入云的摩天大厦，都和地上的城市一样。

路边一个叫"死亡骑士"的酒吧吸引了落拓的注意。这个装修风格复古的酒吧很像自己曾经看到某个美剧当中的场景。虽然知道自己没钱，可他还是非常想进去看看。

酒吧里光线昏暗，耳边萦绕着无孔不入的Hiphop风格音乐，巨大的声音几乎要把落拓掀翻，他甚至是踩着节拍走到了吧台跟前。一个随着音乐正在疯狂扭动的黑人青年向落拓伸出了左手，用不太标准的英语问他需要什么。

这是落拓离开监狱后第一次在地下世界听到英语，之前他在梦蝶盟的总部大厦遇到的都是和他说中文的人，包括强尼、韩蕊甚至是那个长得非常帅气的保全人员。也就是这时他才意识到自己不是在塞北，而是在地下城市耶洛奈夫。

一瞬间，强尼好像回到了监狱，回到了那个语言繁杂、气氛暴虐的地方，也就是在那儿的一年多让自己有了脱胎换骨般的成长。当然，如果不是强尼的谆谆教导，自己现在一定听不懂这种英语。

"哦，谢谢，我只是想看看。"落拓用英语回答着，摊开双手，做了个很无奈的姿势，"如果你愿意请客的话我不介意，因为我身上没有装钱。"

"哈，你是刚到耶洛奈夫来，对吗？你八成是某个地上保留地的流民。"黑人青年伸手指了指落拓左腕上的手环，"你不知道它可以付款么？这里不是保留地，没人愿意带现金出门。"说着他越俎代庖地递过一杯热气腾腾的饮品："尝尝这个吧，我们这儿的招牌酒。"他边说边拽过落拓的手腕，让手环在他面前的计算机屏幕上晃了一下："哈哈，你是梦蝶盟的客人，这是他们的临时通行证。"

"这是什么酒？"落拓端起热气腾腾的饮料没敢下嘴，心想外面也不是太冷，为什么这家伙要给自己喝热饮。"这是招牌黄油朗姆酒，我们这儿无论什么季节都有人喝。"说着黑人青年指了指外面，"现在是秋天，但依旧很好喝。"

酒吧的人群中突然爆发了惊天动地的尖叫声，还有人吹起了口哨。落拓茫然把头往酒吧中心扭过去时才注意到原来所有人都在看电视，吊在酒吧中间上方的巨大 LED 屏上，一个打扮前卫的白人女孩正拿着话筒唱歌，下面的看台上欢声雷动，酒吧里也像电视里那样沸腾着，看这样子好像每个人都认识她一样。

可能是看出落拓的困惑，黑人青年笑着指了指电视，一边擦拭着酒杯一边说道："她是梅拉妮·梦兰，我们耶洛奈夫的全民英雄，现在已经登上全北亚歌神排行榜第七名了。你看，这个节目是收视极高的'NA 音素'决赛第九场，是梅拉妮·梦兰登顶的决定之战。"

"你认识她？"落拓很好奇他为什么说起这个梅拉妮·梦兰如此滔滔不绝，好像在说自己的女朋友一样。就见黑人青年露出雪白的牙齿嘿嘿一笑，不怀好意说道："我会认识她的，也许有一天还能做她的经纪人和她上床。"

"汤姆，你他妈做梦去吧。"突然一个浑厚的男声回荡在落拓耳边，声音之大几乎让酒吧里的喧嚣和梅拉妮·梦兰的歌声黯然失色。他很好奇地回过头，看到一个穿着背心的健壮白人男子正在自己身后，看样子不过三十多岁。他身边还站着另外一个同样肌肉虬结的秃子，两条裸露的胳膊上都文着龙。

"保罗，你这周是不是来早了点儿？"被叫作汤姆的黑人青年笑着问道，看样子他们彼此很熟悉。保罗则一屁股坐到落拓身边，冷冷地扫了他一眼，然后接过汤姆递来的啤酒喝了一口。落拓注意到他手腕上没有戴手环，而是将手背上文的巨大蝙蝠放在显示屏前晃了晃。

"我来看梅拉妮的节目复播，结果怎么样？"保罗问道。汤姆则又是嘿嘿一笑："当然是进军决赛了，你觉得那个来自维珍尼亚的家伙能胜过我们的公主？听说那家伙之前只是个航空公司的服务员。"

"你是说米拉吗？梅拉妮之前不也只是个私立幼稚园的老师？"保罗身边的秃头男子边喝酒边说，"我喜欢米拉，他是我们西部的骄傲。"

"你去见鬼吧罗格斯，这儿可是耶洛奈夫。"保罗一口喝干了杯中的酒，然后伸手接过汤姆递给他的厚厚一叠钞票，转向就往外走，"走吧，天黑之前要把这条街走完，我晚上要去洗个土耳其浴。"说话间已然走出了酒吧大门。

"他们是什么人？"看着对方离开，被好奇心挑拨半天的落拓才问道。汤姆冷哼一声，收起了笑容："'老枪会'的角头，来收本周保护费的。"

"这样收保护费？"落拓目瞪口呆地说道，"难道不怕有警察在这儿喝酒？"

"警察？"汤姆眉头微蹙，"Boss愿意付钱给暴力团伙是他自己的事，警方不会干预。"他似乎不太愿意说这个话题，落拓也只好低头喝了口热热的酒，顺便看电视上面梅拉妮的演出。

可能是看到落拓把注意力转移到了梅拉妮身上，汤姆的话匣子不一会儿又打开了，他非常兴奋地向落拓介绍梅拉妮在各种选秀节目上的表现、成绩和她的身世。落拓这才逐渐听明白，在地下世界，出身和工作都不重要，只要有点儿才华就可以去参加多如牛毛的各种选秀，往往能出人头地、一夜成名。

"那你怎么不去试试？"落拓好奇地问道。

"我当然要去。"汤姆边给一个新来的客人往威士忌里加冰块，边说道，"我正在练歌呢，也许年底，也许明年初。"

"你周围的朋友有参赛的吗？"

"当然，很多节目都有。"汤姆开心地说道，"不过他们运气不太好，都止步于初赛。我就不同了，我将来会去决赛。"

"为什么这么肯定？"

"我的实力强啊，你没见我天天在刻苦练习吗？"

"在这儿？"落拓吃惊地问。

"对啊，当然在这儿。"汤姆说着话又扭了扭身体，还唱了两句落拓听不懂的英文歌："有梅拉妮、米拉和席尔瓦这样的大牌陪我练歌，还愁上不了歌神排行榜吗？当然我还有别的才能，也许会参加北亚脱口秀或演员训练班之类的其他节目。"

"不错，我等着在电视上看到你。"落拓说着已经喝干了杯中的酒。正准备起身离开的时候，两个身材瘦小，穿着宽衫的黑人少年走了进来，看样子他们不过二十岁左右。走在前面的少年鼻子上戴了个鼻环，仰着头径直走到了汤姆近前。

"汤姆，我们老大下个月生日，你记得通知你们老板过去喝酒。"少年高声说道。汤姆则换了副无奈的表情，耸了耸肩："这条街是'老枪会'的地盘，克里曼沙，你们过界了。"

克里曼沙眯着眼睛斜睨了落拓一眼，冷哼道："只是生日会汤姆，再说'老枪会'迟早要滚蛋，你们难道不提前做做工作吗？你不知道他们已经交了九条街给我们'蚁帮'。"他说话时几乎没正眼看汤姆，神色颇为倨傲。落拓不想惹事，转身离开酒吧。

刚走了几步，手腕上的手环突然毫无征兆地亮了起来，继而一阵刺耳的音乐钻入落拓的耳鼓，他茫然低头时听到一个略带机械的女声从手环上传来："比特公会的韩蕊请求和您通话，是否允许？"

韩蕊不是才和自己见面不久吗，难道事情有了变化？落拓决定接受韩蕊的通话请求。

三

"落拓，我是韩蕊。"电话中韩蕊的声音干脆利落，"明天上午九点你来我办公室，我和你聊聊你在比特公会的工作。"

"好的。"落拓回答。

"如果强尼问你愿意去哪儿工作，你记得告诉他你要去比特公会，不过最好不要提我，就说你想家人了就行。"韩蕊吩咐道。其实她不这么说落拓也真的想家人了，除了蓝颜外他最想见见睿智的父亲，希望能和他好好聊聊。所以他毫不犹豫地说："我明白了。"

对于此时的落拓来说，去哪儿工作其实都无所谓，只要能和韩蕊在一起就别无所求了，反正对他来说哪儿都一样。说话间他已经推门进了梦蝶盟的办公楼，保全员见他打电话，便恭恭敬敬地在一旁站着。落拓连忙结束通话，手忙脚乱想把手环摘下来给他，一急之下却怎么也找不到打开手环的开关了。

"刚才韩会长已经通知我们了，这个手环注册到比特公会名下，您可以直接戴走。"保全员微笑着说道。

"哦，那我可以走了？"

"好的，休憩处在楼上。"

"谢谢。"落拓谢过保全员，转身走进电梯间径直上楼，感觉和数字世界中的某个写字楼没什么区别，只是相应的技术手段似乎还停留在二十一世纪二三十年代的水平。数字世界中的科技是"宓妃"有意锁定的，而这里却是资源限制了发展。

推开休憩处的门，落拓看到强尼正在躺椅上休息抽烟，见他进来微微点了点头，然后转过头故意闭着眼睛问他去哪儿了。落拓忙毕恭毕敬地站住说道："我

165

就在楼下欣赏耶洛奈夫的风景。"

"这么长时间一直在楼下？"强尼的语气中带着责备，好在他并未表现出要深究的样子。落拓只好咽了咽吐沫，忐忑不安地说道："是的，这里很美。"

"我明天就要去纽约了，你的学习任务进行得怎么样了？"强尼睁开眼，略抬起头看了一眼落拓。落拓望着这位褶皱爬满面孔的老人，轻轻地松了口气："还不错吧，我最近在读您吩咐的《淮南鸿烈》，《新五代史·死节传》已经读完了。"边说边迅速回忆着这几天读书的情况，他知道强尼有抽查某段内容的习惯，所以必须想想怎样回答。

强尼却并没有追问下去，这也是他指导落拓读书一年多来第一次没有继续问读书的内容。落拓看得出，强尼显得很疲惫，好像短短几个小时的时间他就老了数十岁一样。一种怜悯油然而生，落拓开始为强尼担心起来。

自从在监狱结识以来，强尼给落拓的感觉就是一个强势的导师形象。其实在落拓内心深处，虽然钦佩他的学识和风度，却从未认真学习过他教给自己的任何内容，所谓读书也是为了取悦强尼而已。他总觉得自己有朝一日仍会回去做永生者，做联系火星和地球的使者。

至于强尼和韩蕊所说的火星灾难甚至是战争，与他落拓本人其实毫无关系，他只希望能开开心心地过一辈子，至于以后的事则不是他要考虑的问题。答应强尼是因为要借助他的力量，答应韩蕊却是觊觎她的美貌。

除此之外落拓没有任何想法，对他来说读书算是一种工作，沉浸其中干好这份工作就好了，他不需要什么伟大的理想、高尚的情操，没意义。

当然此时躺在身边的强尼自然不知道落拓的想法，他只是告诉落拓读书要活学活用，多看看史书和乌尔里希的思想作品。然后又问他想去哪儿工作，落拓想到刚才韩蕊的吩咐，忙说道："我想去比特公会工作，那儿可以接触到很先进的计算机知识。另外就是我很想我的家人，如果有机会想回去看看。"

强尼没有反对，又嘱咐了几句之后起身去冰箱里倒了杯牛奶喝，然后进屋休息。落拓自己从冰箱里取了个汉堡吃了，看了会儿电视，发现这里的电视节目有上千个频道，几乎涵盖了全世界所有的语言，看样子是全球卫星电视。不过有意思的是，无论哪个频道，除了正式的新闻台以外几乎全是形形色色的娱乐节目和肥皂剧，完全是一派歌舞升平的景象。

看了会儿电视觉得没什么意思，落拓便回另外一个卧室休息。睡梦中他仿佛又回到拉马拉庄园的接待中心，和一个漂亮的女孩在床上缠绵，那个女孩的样子他看不太清楚，好像是韩蕊又好像不是，就在他睁大眼睛想把女孩的样子看清时，一个急促的声音在耳边响起，继而整个房间都变成了血红色，女孩也消失了。

"落拓，请回答——"重复的女声将落拓从春梦中带回到现实，他勉力睁开双眼，发现通信手环已经变成了醒目的通体红色，正急促地闪烁着，而巨大的叫声几乎掀翻了房顶："落拓，韩蕊来信，请回答——"

"快接通。"落拓无力地伸了个懒腰，看手环上的时间显示是早上七点五十二分。他懒洋洋地站起身，在外屋饮水机倒了杯水。韩蕊急促的声音回荡在整个房间里："落拓，快到三楼中心会议室来，请马上来。"

"现在就要我加入比特公会吗，太早了吧？"落拓问道。

"不要多问，请马上来。"韩蕊一改往日的从容，非常着急的样子。落拓不敢怠慢，琢磨着见完韩蕊以后再去找布拉德授权。于是他去卫生间简单地洗漱过后乘坐电梯来到三楼中心会议室。

此时会议室内的空气极为紧张肃穆，黑压压地坐满了梦蝶盟的高级官员，只不过除了韩蕊外落拓谁也不认识。东张西望地看了一会儿，发现韩蕊他们正在听居中而坐的一个中年男人说话，这人不是昨天迎接他们的布拉德。韩蕊见他进来也只淡淡地点了点头，安排他在自己身边坐下，然后又专注地把头转了过去。

落拓见韩蕊不理他觉得无趣，正瞎打量时蓦然发现坐在韩蕊那边的一个东方女孩颇为秀丽。只见她约有二十四五岁年纪，一袭长发披肩，皮肤白里透红，容貌清丽绝伦，身材妖娆有致，仿佛是中国古画上下来的仙女一般。

"这人是谁啊？"落拓自言自语地小声嘀咕了这么一句，就见韩蕊狠狠地抛来一个白眼，他不知道是否为对方所听到，忙正色低头听那个男人讲话。

"……要搞清楚当时的情况，每个细节都不能放过，所以戈斯蒂安处长必须协同所有保全人员出动，都到现场去。至于FBI方面我和布拉德会在这里应对，如果有必要再致电看守政府，要求陈守信总理出动治安警备队协助调查。"

"治安警备队必须总统授权。"另外一个声音说道。落拓顺着声音注意到原来布拉德坐在这个说话男人的身边。先前说话的男人看了布拉德一眼，冷冷回道："陈守信还是国防部长，如果总统不授权联邦公共秩序局出动治安警备队的话，我想他会把海军陆战队扔到街上去戒严。"

布拉德犹豫了一下，没再说话。就见那个男人这次把目标对准了韩蕊："韩会长，你们比特公会要开足马力搜索互联网上每一个蛛丝马迹，尤其要注意'辉格会'的动向，现在有证据表明他们极有可能制造了这次爆炸事件。"

"是。"

"会前我和布拉德主席商量了一下，必须成立临时紧急小组全权处理所有事情。所以提议小组马上成立，由我任组长，布拉德主席任副组长。"说到这里他停顿了一下，补充道，"由于主席比较忙，所以我要承担起主要工作。另外我刚收到比特公会提供的线报，表示有'辉格会'的间谍潜伏在我们这里，这也是强尼助理事件的主要原因。"

"强尼助理事件？"落拓疑惑地望着严肃的韩蕊，似乎指望她能告诉自己到底出了什么事，可韩蕊此时却没有往他这边看，搞得落拓疑虑万分，百思不得其解。就听男人继续说道："所以我希望布拉德主席授权我有全权处置间谍的权力。"

"这——"布拉德犹豫了一下，四下看了看，考虑了约半分钟，才勉强点头，"好吧，只是希望朴垣恩督导能够以大局为重，谨慎处理。"

"戈斯蒂安处长请将保全队的内务队成员全部留给我指挥，我会安排他们进行间谍的甄别工作。"被称为朴垣恩督导的男人没再理会布拉德，转过头开始吩咐另外一个官员。

"是，需要主席授权。"戈斯蒂安处长说。

"我会安排。"布拉德说。

"我要让敌人付出代价，要为强尼助理讨回公道，甚至不惜花掉梦蝶盟最后一分钱！"朴垣恩在会议桌前挥着拳头叫嚣着。

难道强尼出事了？听到这里落拓才发现原来今天韩蕊如此着急是有原因的。可他又不太相信，毕竟昨天晚上他还和强尼在一起，怎么今天这么早就出事了？冥冥中他开始为强尼祈祷，否则自己回地上的事情岂非又要推后？

可世界上的事往往不尽如人意，他担心什么就发生什么。就在这个紧急会议结束的一分钟后，落拓从韩蕊口中得知今天早上强尼乘坐梦蝶盟的大舰"未来号"前往纽约看守政府所在地的时候，所乘船只于出发四十分钟后发生自杀式爆炸袭击，造成包括强尼在内的"未来号"上四十名成员全部遇难，船只沉没。

也就是说刚才他们开会之前爆炸刚刚发生十五分钟。

"怎么会这样？"落拓惊道。

"先别管这个了，你一会儿来办公室帮我，等布拉德主席抽出时间再授权给你，你先用临时身份。"韩蕊安慰道。说着话她又拉过身边那个漂亮的女孩介绍道："这是比特公会的分会长星野美子，你的具体工作将由她为你安排。"

"哦——"想到能立即在韩蕊和星野美子身边工作，落拓刚有些失落的心情又变得晴朗起来，反正人死不能复生，自己只要将来能在地上世界做永生者就行了，至于其他的事情，现阶段还没有条件考虑。

第十二章

一

嘈杂混乱的人群让囚车的行进无比艰难，落拓的脑袋与铁笼上的铁条不断亲密接触，使他在迷离中仍能保持清醒。车外喧闹得犹如山呼海啸般的喧嚣声一波又一波地充斥着他的耳鼓："将全人类的叛徒落拓立即处死……"

沸腾的人群把车队围得水泄不通，负责在前面开路的治安警备队队员神情肃穆，紧张地握着自己手中的武器一言不发。落拓缓缓地抬起头，他的口鼻等处不断地流着血，一滴滴流淌在破旧的衣裤上，浑身的剧烈疼痛几乎使他再度昏迷过去。

"还能坚持一下吗？法庭就要到了。"坐在副驾驶位置的看守官费迪南德是专案组从治安警备队请来的特务连上尉，综合能力极强。此时他正转过头，用忧郁的目光透过铁笼盯着落拓："今天就会有结果了。"

落拓无力地点了点头，他明白费迪南德的意思，一会儿秘密法庭将就他的案子进行最终裁决，届时一切都将结束。如果真被判死刑，那最少也能结束半年多来身陷囹圄的无穷痛苦。想到此处落拓竟有些企盼快点儿宣判，无论结果多坏，只要快点儿就行。

好在星野美子的父母如今都是新政府的地方官员，她带着一儿一女前去投奔。如今北半球百废待兴，断不会有生存之忧，只是自己却再也不能见到他们了。落拓哭一阵，停一阵，正随着汽车迤逦前行的时候，车外的人群中突然爆发出一阵阵剧烈的轰鸣，继而几辆军用卡车从他们身边驶过，匆匆离去。

此时南半球战事正酣，"宓妃"指挥着残余的永生者孤守澳洲，想必这些军队都是支援前线的。如今既然失去了互联网屏障和信息来源，"宓妃"的力量自然大打折扣，再加上早已不敷战力的根目录警备部队只有万余人，想来解放全球是迟早的事情，只是自己却再也看不到了。

六年前强尼去世的情景在眼前浮现，若真有再选择的机会还会受韩蕊的蛊惑而误入仕途吗？落拓闭上眼，又一次陷入了沉思当中。他依稀记得强尼被炸的第二天早上，他第一次在韩蕊的带领下来到了比特公会的办公区。

那是位于梦蝶盟办公大楼地下一层位置的一整层大办公区，密密麻麻地堆满了各种各样的计算机、服务器和电子设备。他瞠目结舌地望着端坐于计算机前的工程师，有些不知所措地望着韩蕊不知道如何开始，也实在不能将这些代码和硬件与面前千娇百媚的韩蕊和星野美子联系在一起。在他的概念中，计算机应该是那些戴着大眼镜的男人专属，不应该由这样千娇百媚的女孩来当负责人。

"我们现在的任务是尝试找出'辉格会'与爆炸案的联系。"星野美子指着身边专注的工程师们说道，"这里是比特公会的核心实验室，可以直接通过中心服务器与地面的'根目录数字世界'联系。通常我们以每百人为单位对'根目录数字世界'进行扫描，尝试利用程序的 bug 进行渗透工作。"

"难道'宓妃'不能封堵所有的漏洞吗？"落拓奇怪地问道。星野美子微笑着摇了摇头，似乎对他的提问不以为然："'根目录虚拟世界'是'宓妃'通过 AR、VR 和 MR 设备结合'孔雀王朝'系统设计的一套立体实时虚拟现实系统，源于计算机系统的特殊性，只要是程序就会有 bug，'宓妃'不可能做到发现并封堵所有的漏洞。虽然在后台有一支数百万人的工作团队为她工作，查找漏洞，但我们总能在他们之前发现很多东西。比如邱维纲、郝珍这些并不存在的人之所以能出现在你面前，就是由于我们利用了第一时间发现的漏洞并植入了木马，要知道这种情况会经常发生。"

"难道我们的技术实力要强于他们？"落拓问。

"这只是其中之一。还有一个原因是'宓妃'虽然聘用了后台支援团队，但并未给予这些人永生者的身份。我猜一来是由于他们人数比较多，如果全部被赋予永生者的身份根目录压力比较大；二来是现在的永生者反对增加人口和他们共享资源。何况这些人在永生者们看来只是普通的代码工人，根本没有获取永生者的资格。"

"这与我们能率先发现漏洞有什么关系？"

"当然有，就因为这个我们才能技高一筹啊。告诉你，我们要做的工作其中之一就是要派人前往数字世界，去那里发现'辉格会'，再查找他们与爆炸案的直接联系。"星野美子笑起来千娇百媚，在落拓看来绝不逊于韩蕊。

"'辉格会'在数字世界还有活动？"这个信息让落拓有些惊愕。星野美子肯定地点了点头，郑重其事地说道："当然有。其实不只'辉格会'，地下世界的大多团队只要有条件都会在数字世界中建立根据地。"

"为什么？"

"'宓妃'在建立'根目录数字世界'时的第一原则就是不干预原则，据说这是'世界之父'留下的遗愿，所以这也是'根目录数字世界'的基本原则，不能动摇。虽然现在面临恐怖袭击抬头和其他永生者们的压力，'宓妃'加强了数字世界内反恐警力的建设，但由于她百分之八十以上的计算机能力都用于'T计划'，并不能很好地全面监控。这也是我们的机会，所以地下世界的团体选择在数字世界中工作，因为那里相对比较安全。"

"是这样，那我能做什么？"

"我希望你能做这个前往数字世界的人。"星野美子说。她的话音不高，但在落拓听来就像晴天霹雳。他瞠目结舌地望着星野美子，不知道她的葫芦里卖什么药：难道她知道我想回去，在试探我？可星野美子接下来的解释很快打消了他的顾虑。

"你是全世界唯一一个数字身份实体化的人，当然这也要得益于你的特殊身份。所以我们希望你能通过你对数字世界的了解去寻找'辉格会'的更多线索。有时候你比我们方便得多，也许你找个熟人能办的事我们需要周折好久。"

"这倒是真的，我的家人朋友都能帮上忙。"落拓说道。

"不，你不能在数字世界中透漏你的真实身份。事实上你也不会以落拓的身份出现，因为现在那里已经有了一个新的落拓，他的婚礼就要在下个月举办。"星野美子笑道。

"什么？"落拓迟疑了一下，几乎不相信自己的耳朵，"你的意思是我实体化以后又有了一个新的落拓来代替我？和谁结婚？"

"和蓝颜，你的女朋友。其实你之前只是数字代码的一部分，如果没有我们的干扰的话会在研究生毕业后实体化，然后作为前往火星的联络者，届时根目录方面会通知火星你已经在医院清醒过来了。"

"我不会听他们的安排。"落拓斩钉截铁地说。

"到时候你不得不听，你是利益的受众体，是作为既得利益者前往火星，为根目录侵略打入内部的间谍。"星野美子说，"好在这些可怕的事情不会发生了，你需要做的就是用我们给你的身份前往数字世界了解情况，时间是二十四个小时。"

"只有一天？"

"对，这是利用漏洞进行渗透的安全时间，在这段时间中被'数字警察'发现的概率非常低。所以我们安排虚拟身份在数字世界中的时间都是二十四小时。"

"我是谁，你能不能给我介绍一下基本情况？"就在落拓问话的时候，一个负责人模样的男子将一份纸质资料交到星野美子手中，她拿起来看了看就放到了落拓面前的办公桌上："这是你的身份资料，给你两个小时背熟，然后我们会安排你上机。"

"上机？"

"就是和虚拟人物建立连接。我们的技术团队会在这段时间将你的虚拟人物在我们的系统上建模，然后利用发现的漏洞上传至根目录数字世界中的某一个子服务器，届时你将在这个子服务器中的国度复活。"

"等下。"落拓忽然打断了星野美子。他知道数字世界的不同国家后台是运行在若干个不同的服务器中的，也就是说他们发现的如果是美国、法国甚至任何一个国外服务器漏洞，那他只能是个外国人。这样他在二十四小时内回到塞北的可能性微乎其微，也就不可能去看父母了。

虽然这不被星野美子允许，但落拓还是暗自下了决心要去，遂说道："我的资源都在塞北市，你如果要把我安排在非洲的话那我根本帮不上什么忙，现在数字世界中已经是互联网时代了，难道非要和007一样杀进敌人内部？那这样的话你们最好给我安排一个李小龙的身份。"

星野美子冷哼了一声，悠然说道："我们并不知道'辉格会'的根据地安排在什么地方，也没打算让你去国外。有可靠证据显示他们通过数字世界中的互联网进行联系，所以需要你去自己最熟悉的地方利用自己的资源立即开展工作。"星野美子说着站起身，领着落拓往里面走去。

二

囚禁落拓的汽车终于在联邦最高法院的停车场停住了，费迪南德亲自拉开车门，打开落拓的手铐，然后带着他朝最高法院后门——一座神殿般巨大的科林斯风格建筑走去。

落拓昏昏沉沉的，思绪又回到了过去……

"这里就是比特公会的虚拟连接中心，你可以通过这台设备进入根目录数字世界。"星野美子不苟言笑，指着面前一台安装了一百英寸OLED显示屏的电子设备说道。落拓凝神看去，但见贴在墙壁上的显示屏下面放置的是个火柴盒大小的黑色金属盒子，应该是通过无线网络连接的控制终端。在控制终端旁边是一张床，床上很随意地扔了个类似眼罩的东西。

"如果准备好了就告诉我，现在就可以开始了。"星野美子对落拓说完这句话之后示意房间里的两个工程师打开了控制终端的电源开关，使其放射出一道淡淡的宝石蓝色光芒。

"我记好了，开始吧。"落拓脱了鞋躺到床上，按照要求将眼罩戴到头上。他听到星野美子示意工程师可以开始的命令过后，一道微弱的电流蓦然从眼睛上方透进大脑，接着他仿佛身处一条幽长的隧道当中，并迅速地在隧道中穿过。继而又是一阵短暂的黑暗，当阳光再次出现的时候落拓发现自己竟站在熟悉的塞北大学校园里，身边俱是三三两两走过的慵懒大学生。

星野美子给他安排的身份是塞北市某商业地产公司一个名叫赵锦林的置业顾问助理。说是助理，其实他就是置业顾问在大学里临时招募的地推人员。由于这种工作的管理相对松散，只要完成相应的 App 安装量就行，所以他的身份不用特别核实。此刻落拓除了身上的西装外一无所有，容貌也是普通青年的模样，这让他觉得很难受。

好在又一次回到数字世界了，这仍然是件让他开心的事情。落拓径直来到位于计算机系五楼的虚拟现实工程实验室，推门走了进去。

"您找谁啊？"坐在实验室门口的是个新来的实习生，看上去瘦瘦小小的一个女生。落拓挤出一副笑脸，说道："我找林伟，我是他的朋友。"

"哦，他在里面呢。"女孩说道。其实落拓不用她说也知道林伟在哪儿，所以很快就出现在了林伟面前。正在计算机前专心致志测试代码的林伟显然被落拓吓了一跳，几乎是迟疑了数秒钟才问道："你找谁啊？"

落拓按之前早就准备好的套路摆开了迷魂阵："我叫赵锦林，是落拓的表哥。他让我找你帮个忙。"果然，这几句对打消林伟的防范颇有帮助。他松了口气笑道："他这几天不是和女朋友去纸鸢湖照结婚照了吗，还有工夫管闲事？"

林伟是落拓最好的朋友，也是他的朋友中唯一有能力帮助他的人。落拓知道这家伙有些技术人员的天然呆，笑道："嗯，我这事比较急。你中午要不忙咱们吃个便饭吧，我请你吃火锅。"他知道林伟的喜好，倒也事半功倍。

"嗯……"林伟多少有些犹豫。落拓忙补充道："就是校门外新开的那个'天蜀奇迹'饭店，你不早就想去了吗？"落拓估摸着以林伟那几个可怜的研究补贴他也不可能去那里消费。果然打动了这个吃货，他终于点头应允。

"到底找我什么事啊？"吃饭的时候林伟不无好奇地问道。落拓摸透了林伟的脾气，不慌不忙地边夹菜边慢条斯理地道："其实也不是什么大事，就是我想让你在网上了解一下有没有一个叫'辉格会'的组织以及相关的情况。当然他们不可能直接叫这个名字。但由于方便联系我想还是有线索查的，比如英文缩写 W.H 或叫什么别的东西。"

"这怎么找啊，他们是什么样的机构？"林伟为难地说。

"不一定，可能是个公司，也可能是个慈善机构。反正与这个词有关都有可能。我想你是不是可以通过你控制的'肉鸡'发动一次全网搜索，然后再在暗网上做个悬赏什么的。"

"你怎么知道我有'肉鸡'？"林伟紧张地问道。落拓微微笑了笑，示意林伟不必紧张："没事，不让你白忙。"他从口袋里摸出星野美子为这次任务准备的特殊银行卡："这是张白卡，你在任何银行都可以提现，没有密码。里面有你需要数目的钱。"

"我需要数目的钱？"林伟被落拓说蒙了，自然是没弄明白他需要数目的含义。落拓忙解释道："足够支付你购买海港区'绿林水庭'小区二期那套新房百分之五十首付的钱。"

"你——"林伟目瞪口呆地望着落拓说不出话来，好半天才憋出几个字，"你不是在安全局上班的吧？"

"我也是受人之托，现在房价一天一变，'绿林水庭'那套房可涨价了，到时候你还得多背几十万的债。"落拓不失时机地笑道，"你要不信，现在就去对面的银行查查，然后咱们再商量怎么工作的事。"

林伟踌躇片刻，最终还是将银行卡放到口袋里："没事，我相信你。只不过用'肉鸡'发动网络搜索得晚上进行，而且暗网的悬赏也不是那么简单。"

"没关系，你只要做就行了。我估计你要干不了这事整个塞北市也没几个

176

人能办成。"落拓又恭维了林伟几句之后告诉他自己时间很紧，明天六点去实验室找他要结果，然后欣然离开饭店，打车来到桥南区老城的家里。他估摸着这时候父母应该都在家睡午觉。

"你找谁？"开门的是父亲落家尧，还是那副充满睿智与希望的目光，几乎让落拓马上就要抱住他倾诉。好在理智还是战胜了冲动，落拓深深地吸了口气，恭恭敬敬地说："落叔叔，我叫赵锦林，是落拓的朋友，想耽误您几分钟和您聊聊。"

"好，你进来吧。"虽然满腹疑问，可落家尧还是客气地把落拓让到了自己的卧室中。不出落拓所料，他刚才果然在午休，屋子里弥漫着熟悉的味道。

"你找我什么事啊？"落家尧做了一辈子行政工作，和人沟通这一套并不陌生。落拓多少有些拘谨，半晌才道："我听落拓说您最聪明，能帮我分析分析我做的梦吗？"

"解梦？"落家尧苦笑了一下，似乎想立即拒绝落拓，可又礼貌地制止了自己，勉强地回道："你说吧。"

落拓显然就是在等他这句话，他说："我梦见自己生活在一个虚幻的世界当中。在那里您是我的父亲，我从小就和您一起生活。您经常带我领略大自然的风貌，去了解社会、接触自然。您经常说在学校最重要的是学习习惯和主动学习精神的培养，那是一辈子都需要掌握的技能。您和别的家长不一样，您会在期末考试前开车带我去野外踏青，从不以成绩论英雄。"

落家尧认真地听着，慢慢地摸了支烟抽。落拓知道那是他思考的习惯。落拓继续说："我有什么事都愿意让您帮我出主意，好像我们是非常好的朋友而不是父子。没人的时候，我会直呼您的名字，您会叫我小拓。"落拓端起杯子喝了口水，继续道："直到有一天，忽然有人来和我说我是玉帝派来人间体验生活的使者，必须回到天庭去，否则会给我的家人带来灾难。我才发觉自己是多么不知所措，就像小时候您给我买的童话故事《五个苹果折腾地球》中那个被外星人称为同类的老人一样，好像一切都变得陌生起来。"

落家尧安静地听着，眼神变得愈发柔和起来，最后竟开始闪现出点点泪花。

落拓则早已被泪水模糊了双眼，甚至声音都哽咽起来："我不知道该怎么办，纵然回到那个陌生的世界还是一无所有。我多想在那里有个您一样能给我出主意的人啊，可是那里没有，而我却仍然要离开这里。"

落拓说完了，虽然感觉意犹未尽可他却不知道接下来应该说些什么。落家尧沉默许久，直到一支烟抽尽才悠然说道："孩子，你所说的很多东西已经超出了我能理解的范畴。虽然我做了不少猜测，可仍然不能确定。但我还是尽能力告诉你我觉得应该告诉你的事情吧。"

落家尧再次抽出一支烟，很认真地打量着落拓："虽然你的话解开了我心中的不少疑问，却带来了更多的疑问。不过这会儿也不是说这些的时候，我就告诉你几点吧。首先你在任何时候都要保证活下去，这是最基本的原则，无论采取什么手段都要活下去的原则不能动摇。纵使你是我的孩子我也不能陪伴你一辈子，何况是个陌生的环境呢？"

"是的，落叔叔，请您继续说下去。"

"第二点你要记住十六个字：安贫乐道，荣辱不惊，淡泊明志，宁静致远。只要能做到这十六个字的内容，那么一定可以保证你生存无忧。可如果你想有大志向的话却很难实现。"

"如果我想做点事情出来？"落拓的眼前蓦然浮现出韩蕊和珍妮的身影。落家尧点了点头，好像猜到他要这么说一样："那你必须要做一个资源占有者。你要知道在任何社会当中，只有占据更多的资源才能实现更大的理想。理想的实现和你占有的资源成正比。"

"您的意思是说必须要有钱才能实现理想？"

"不，资源的占有不一定是以有钱为前提条件，这与社会的形态息息相关。你要多读书，多独立思考，记得格物致知的基本原则。其他的我就不知道了。"说到这里落家尧叹了口气，轻轻地拍了拍落拓的肩膀，继续说："孩子，任何时代都没有什么留恋的，如果你愿意我就永远是你的朋友，永远支持你的每个决策。"

落拓怔怔地看着落家尧真诚的面庞，好想把一切都告诉他。可他没有这么做，理智告诉他如果他想回来或实现心中的梦想，那他就不能说。一瞬间，韩蕊和星野美子的身影再次出现在他的眼前。

三

林伟最终没有帮助落拓找到关于"辉格会"的确切线索，他的解释是由于时间太紧，所以他不能确认任何信息。不过综合搜索结果和暗网上悬赏的内容来看，在斯德哥尔摩、奥斯陆、开普敦和乌斯怀亚几个城市都有多个 IP 地址在其内网中提到过 W. H，所以他的猜测是很可能在这些地区及周边存在"辉格会"的线下根据地。

虽然林伟表示需要更多的线索，可落拓却不能单独决定任何事情，于是他掀动手腕的通信器联络比特公会的监控工程师，希望回去请示星野美子再做决定。可当他再次返回比特公会时发现站在面前的却是韩蕊。

"你的任务已经结束，这个结果我们会反馈给相关领导。从现在开始由副会长马蒂负责指导你的工作，你如果有什么问题可以向他请教。"韩蕊一副公事公办的面孔。

"请多指教，我会尽我所能帮助你。"马蒂是个三十多岁的小伙子，长得结实粗壮，拥有黧黑的中美洲典型面孔。落拓问韩蕊："星野小姐呢？"

"她涉嫌强尼先生的爆炸案，已经被解除一切职务接受调查。"韩蕊冷冷地说道。落拓听闻此言心中不由一沉，心里话脱口而出："哦，还想再见她一面呢。"话音刚落他已发觉不对，脸色绯红地望着韩蕊，多少有些尴尬。站在落拓身后的马蒂察觉出气氛不对，便走出了房间。

"看不出你还真多情。"韩蕊冰冷地揶揄道，"星野美子只和你见过这一面就这么留恋？她恐怕要被判终身监禁，你要是求我的话我也许还会安排你们再见最后一面。"说话的时候她嘴角微扬，脸上流露出不屑的神情。落拓猛然听到"终身监禁"几个字呆住了，半晌才道："这么严重啊，那我能不能去看望一下。"

"你这样难成大事。"丢下这么一句话后韩蕊转身就走。好在她没有失言，当天晚上就安排了落拓和星野美子的见面。落拓从没想到这一面会影响两个人一辈子。至于自己为什么要执意去见星野美子，落拓嘴上说不出来，内心深处却基本同意后来星野美子本人的意见：落拓觊觎她的美貌，八成是当时就爱上了她。

不过那会儿落拓的确没想这么多，他在梦蝶盟地下审讯室里见到了星野美子。其时她虽然貌美仍旧，可昨天那层无与伦比的优雅清纯却荡然无存，取而代之的却是一种若有若无的哀伤，更平添一份楚楚动人。

落拓站在门前良久，四目相望却黯然无语，他转过身，正准备和两个保全员离开的时候，星野美子突然扑到门前，在他耳边说了一句话："到广寒坊找我姐姐。"这句话救了她的命，也让落拓的人生彻底改变。

离开审讯室，落拓回休憩处发了会儿呆。想到强尼之前和自己说过他在根目录有一双儿女和妻子，一生追求理想却有些对他们不住。他自己如今也二十有四，此时看到星野受苦，心中的忧郁更加深重。

难道这就是喜欢上一个人吗？他踟蹰良久，最后决定尽力去帮星野一次，去通知她的家人。否则自己将来要为此后悔一辈子。可问题是怎么找到广寒坊呢？看情景星野美子与韩蕊不睦，若自己贸然相询定然不可。思来想去他又来到梦蝶盟总部不远处那个叫"死亡骑士"的酒吧。

"你知道广寒坊在哪儿吗？"落拓问黑人侍从。对方扭过头望了他一眼，笑道："在纽约，是全球最大的影视中心，你去那儿干什么？要当明星吗？"

"当然是旅游，我要去看看。"问明行程路线，落拓趁着夜色离开了耶洛奈夫市。因为地下城市都沿海修建，所以船是最方便的交通工具。也幸亏韩蕊忙于处置星野美子的事忽略了落拓，甚至没有锁定他的通信终端，让他借着这个无所不能的信用工具来到了纽约。

二十个小时的船程让落拓像即将散架的弹簧一样。他忍受着浑身上下的酸痛又乘出租车穿过大半个纽约市前往广寒坊。其实那是地下纽约市一个比较大的开发区，分布着大大小小的影视公司。

站在主街道的路边，落拓有些茫然无措，不知道怎么去找星野美子的姐姐。关键时刻一个警察的出现解决了他的难题，警察最终用车载电台在一个影视公司的通信录中找到了这个名叫星野瞳的女演员。

星野瞳不到三十岁的样子，身材修长、容颜秀美，虽然较星野美子尚有不如可绝非寻常女子可比，也是个难得一见的美人。落拓心底不由赞叹一声星野姊妹的父母。在听闻来意之后，星野瞳显得非常焦急。

"我父母远在东京，我们算是第三代地下移民。我从小喜欢演戏，后来签约广寒坊的龙门影业公司，就把妹妹带了过来。如今她要真有什么三长两短我可怎么和父亲交代？"星野瞳秀眉紧锁，面带愁容。

"你也别着急，当时我和美子的见面很仓促，她既然和我说找你就一定有自己的想法，你看看是不是能找谁帮忙？"落拓说道。此时他才听明白原来星野瞳也没什么好办法，甚至在北亚都没什么可以帮忙的朋友。星野瞳想了片刻，忽然抬起头来："也许刘律师可以帮忙。"

"刘律师是谁？"

"他叫刘棣辉，是个颇有名望的律师，也是个自由党派的政治家，据说和很多会长党魁都有交情，是我妹妹在梦蝶盟认识的，一直有来往。"

"那我们现在就去找他。"落拓说道。

"只是不知道他在不在，我打个电话问下。"星野瞳抬腕用终端联系了刘棣辉，得知他正在自己的水岸中心度假，并且获得了他的坐标和导航系统的频码。

"水岸中心是什么？"落拓问。

"就是刘律师自己的海上别墅。"星野瞳边说边向公司告假，然后带着落拓在码头叫了艘出租快艇，将刘律师的坐标和导航频码告诉了快艇驾驶员。

两个半小时之后，在一望无际的茫茫大海中，落拓看到一个庞然大物，远远望去像是漂浮在海上的堡垒，亭台楼阁一应俱全。登陆之后他才发现这里堪比繁华的地下城市纽约，虽然规模小得多但街道商铺无一不有，来来往往的人多是刘律师的家人和朋友。他们上去之后又坐了二十分钟汽车，来到一个围着艺术围栏，里面开满鲜花、长有各色灌木的小区门前。

"请跟我来。"一个管家模样的人带着他们从小区大门出发，走了十分钟后来到一座豪华的欧式风格别墅前。他们绕过别墅，在后院一座硕大的游泳池边见到了刘棣辉。这位五十多岁的男人显得颇为精明，边抽着雪茄边认真地听星野瞳说明来意。

"这件事非常棘手。"刘棣辉坦率地说，"梦蝶盟的主席助理被炸已是举国震惊。现在不仅 FBI 接手，甚至连看守政府都惊动了。陈守信总理因为这件事昨天还接见了调查局局长路易斯·加林。我想如果没有拿得出手的可靠证据，他们不会轻易放人。"

"刘律师，这件事关系到妹妹的生命安全和一辈子的前途，请您务必帮忙。"星野瞳站起来深深地朝刘棣辉鞠了一躬。刘棣辉忙欠身扶起："星野美子是我的弟子，和我也是忘年交，我一定尽全力帮助你们。但是我刚也说了，事情不一定有那么好办。你们也做好思想准备，我们一起使出百分之二百的努力来吧。"说着话他还挥了挥拳头。

星野瞳又和他说了会儿话，眼看多待无益，便给落拓使眼色准备起身告辞。落拓则一直好奇地东瞅西瞧，没怎么说话。此时才正色点头，和刘棣辉聊了几句。本来刘棣辉也只是客气地问了姓名，谁知道当他得知落拓的身份后竟然有些失态，思忖了好半天才又重复地问了一遍。

"你真是根目录雪藏的那个火星航天员？"刘棣辉认真地问道。

"对，是我。我才实体化不久，来梦蝶盟几天时间。"落拓老实地回答道。刘棣辉点了点头，又问道："那你和星野美子是什么关系？"

"我们……"落拓不知道这话该怎么回答，想了半天才说道，"我们认识时间不长，她是我的上司。"他说话时很害怕刘棣辉再追问自己为什么才来几天就替星野美子出头。却未料到刘棣辉的下一句话是和星野瞳说的。

"你妹妹还在朴督导那里？"星野瞳的神色不太自然，她略有些紧张地看了眼落拓，低声道："我妹妹被他调到比特公会了，会长是韩蕊。"

"哦，就是那个和朴督导好的韩蕊？"虽然刘棣辉的声音不高，落拓听了却如重锤击中胸口一般，好半天才回忆起在会议室时韩蕊好像一直在看那个发言的人，难道他就是什么朴督导？

这时星野瞳点了点头，却没说话。刘棣辉把目光转回落拓身上，问道："我有句话想问问落先生，不知道你能不能据实相告。"落拓发现星野瞳正在用非常怪异的目光盯着自己，不由得更紧张了。

"请刘律师直接说，我一定有什么说什么。"落拓说道。刘棣辉沉吟片刻，说："你愿不愿意替星野美子做点儿事情？"

"当然愿意。"落拓想都没想地回答。

"我的意思是指非常难办的事情，弄不好连你自己的前途都要搭上。"刘棣辉看了一眼星野瞳说。

"愿意。"落拓回答这两个字几乎是脱口而出。对他而言，只要是他觉得漂亮的女孩子，若真有危难他自会倾力救美，这事他在潜意识中不知想了多少遍，回答都是肯定的。

"那好，这么说星野美子有救了。"刘棣辉突然笑道，"只要你认真按我说的去办，八成能救出美子。"他故意停顿了一下，继续道："若真救得美子出来，我想她将以身相许，你如愿迎娶也未可知。"

落拓脸一红，知道自己的心事已被看穿，却并未反驳。他身边的星野瞳明显轻松了许多，长长地出了口气。此时他们谁都没想到刘棣辉竟一语成谶，着实预料了未来。

第十三章

一

负责落拓案的大法官努哈·苏莱曼和神父巴贡带着专案组的成员恭候费迪南德一行已久。此时见他进厅自有人上前引领落拓前往被告席，接着就是开庭程序的启动。落拓往下面看了一眼，并无家人在内，虽然对此早有预料，心头却仍微感酸楚。

望着宣读自己姓名、年龄等相关情况的书记员，落拓又一次有种深入骨髓的孤独感。如今这里有五六十人，不是北亚联邦政府的官员，就是各政治派系的观察员，甚至连那几个陌生的陪审团成员都和他没有半毛钱的关系。

人为刀俎，我为鱼肉！想到强尼曾经和自己说这句话时的状态，好像不应该是这副任人宰割的样子吧？他再次想到了王玄策和他一人灭一国的精神、勇气。脑袋掉了碗大个疤，有什么了不起的。上次有这种想法是什么时候来着？

落拓回想起刘棣辉鼓励自己时伪装出的诚实面孔，就是这副面孔欺骗了他。不过那时候充满斗志和激情的落拓自然没想到这些，那时不断鞭策自己的只有王玄策和他的精神。

当这样的落拓站到梦蝶盟主席布拉德·凯文面前的时候，布拉德几乎以为遇到了疯子。他耐着性子听完落拓来找自己的理由，然后很干脆地回绝了他："作为梦蝶盟的负责人，我不可能做出任何分裂内部的行为，更不可能为了谁去针对另一个人，那样会引起更多的猜忌。"他停顿了一下，继续道："事实上我们很重视星野美子的事情，如果她真的没有参与过谋害强尼的阴谋，那我想很快就能证明她的清白。"说完他做了个请出去的姿势，然后盯着站在走廊的落拓不语。自从他打开门以来，两个人并没有再往前走一步。

落拓咽了口唾沫，没有因布拉德的冷漠而移步离开。那会儿他浑身上下都像刚刚注射完强烈兴奋剂的运动员，连脑袋里都是沸腾的液体。想到刘棣辉的吩咐与星野美子清丽的面庞，他冷冷地笑了："布拉德先生以主席自诩，却不知道如今祸到临头？先生饱读诗书，难道真不知朴垣恩、戈斯蒂安必欲灭先生之口而后快？您自从追随强尼老师开始就已经成了朴垣恩的对头，一辈子都不可能改变。"

布拉德沉默着听完落拓的话，未置可否。

"我需要您的支持，通过我的身份来改变这个国家。"落拓搬出了杀手锏，"刘棣辉先生想和您聊聊，如果主席先生愿意赏光，我们今天晚上就在天兴居大酒店见面如何？"

布拉德沉默片刻，没有拒绝邀请，事实上刘棣辉的名字似乎对他相当有吸引力。当天晚上的会谈非常成功，内心深处早已深陷惶恐的布拉德在刘棣辉的邀请下终于同意了由刘棣辉亲手策划的方案。首战告捷的落拓再接再厉，经过刘棣辉与布拉德的周密准备，一周后他站到了梦蝶盟保全处处长戈斯蒂安·巴特勒的办公室里。

再一周后，梦蝶盟举行临时代表大会，会议由梦蝶盟委员会主席布拉德提议发起。在此次会议上，布拉德主席就强尼遇害事件发表了内部调查结果，结果显示由于梦蝶盟内藏有对手混进来的间谍，所以造成了强尼等数十人的被害。会议上他还在全党面前展示了相关证据，并提议由他的助理兰特·科尔会同保全处长戈斯蒂安、他本人以及朴垣恩组成清查小组，授权对盟内所有成员进行彻底调查。

"这件事关乎梦蝶盟的生存危机，希望总督导予以重视。"说话的时候布拉德语气诚恳，好像真的是请求朴垣恩一样。朴垣恩眼见强尼事件愈演愈烈，一个星野美子难平众怒，勉强同意对全员进行清查。

于是，清查小组在布拉德组长，朴垣恩、戈斯蒂安、兰特·科尔三个副组长的带领下开始工作。工作一开始，布拉德就陆续解除了艾特里派系一半亲信的盟内职务，继而委派了自己的人。这令朴垣恩大为不满，在调查工作开展三周以后，他以总督导的名义下发声明，希望停止一切清查工作。当夜，朴垣恩又面见戈斯蒂安，希望保全处武力解散清查小组。

经过两天的等待之后，朴垣恩没有等到保全部门的行动，却等到了整个北亚媒体上铺天盖地的关于自己的八卦绯闻。从他数年前在校园演讲中认识星野美子并与她同居，将她引进梦蝶盟工作开始，到后来在克隆中心附属大学结识韩蕊，直至如今再对星野美子下手致其身陷囹圄，无不周密详备。在无所不知的记者的暗示下，仿佛星野美子成了朴垣恩谋杀强尼的替罪羊。

"他们是怎么知道这些事的？"朴垣恩在自己家的客厅冲韩蕊咆哮，"这是个阴谋，是布拉德和戈斯蒂安要联手赶我下台。"

"你不觉得奇怪吗？戈斯蒂安与我们的合作一向很好，却为什么突然转投布拉德？况且这家伙一直只挂主席之名，若没有戈斯蒂安的保全处撑腰，我们不至于这么落到下风。"韩蕊说道。

"你是说戈斯蒂安倒戈？其实保全处副处长巴克是我的人，只不过清查一开始就被解职了。没想到布拉德会来这么一手，以前还真小看他了。"朴垣恩点了支雪茄，焦躁地来回踱着步子，"如今梦蝶盟内部人心惶惶，无不竭尽全力想通过清查小组的审查，所以咱们还不能轻举妄动。"朴垣恩给自己倒了杯酒，慢慢地啜饮。

"你能不能再找一次戈斯蒂安，再不然就把他的事情透点儿风出去？"

"没用，他不见我。他大肆收礼这种事我也考虑过，但这是鱼死网破的招数，暂时还不能这么做。现在只有等清查活动完全结束后择机行动。"在朴垣恩看来，这只是布拉德和戈斯蒂安为了安排己方势力的一次权力斗争，不会上升到动摇梦蝶盟根基的地步。却没想到对方周密计划已久，一步步稳扎稳打，在取得初步胜利后毫不留情地向他发动了又一轮攻击。

这次却是从朴垣恩的妻子韩蕊开始。

周一上班，韩蕊被兰特·科尔告知要进行反间谍的清查，暂时会解除她比特公会会长的职务。

"不行，我是比特公会的授权负责人，全权负责梦蝶盟的安全事宜，事关重大。"韩蕊没想到对方竟然把矛头指向自己，这完全出乎她和朴垣恩的预料，他们认为布拉德应该不会搞垮梦蝶盟，这样不等于自毁长城吗？

"我们会暂时关闭比特公会的所有工作，只留下一部分计算机系统协助调查。"兰特·科尔说道。此时他身后的数十名保全人员已经全部进入比特公会，围拢在韩蕊身边。

"比特公会的临时负责人将是刚刚加入梦蝶盟的新伙伴。"兰特·科尔向韩蕊介绍了这位新负责人——落拓。

"怎么是你？"韩蕊此时才感觉到一阵儿不妙。落拓则望着面前这张艳丽的面庞，荡起一阵阵回忆的涟漪。

"我从来不知道你竟然已经结婚了。"落拓说道。

"你也被搅进来了？难道是为了星野？"韩蕊惴惴不安地问道，不过她并没有得到任何回答。在此之后，整个事件的发展完全超出了韩蕊夫妇的控制。几乎所有的梦蝶盟成员都被调查，一多半被关押或开除出梦蝶盟。在强大的压力和媒体的推波助澜下，越来越多的人开始把最近几年梦蝶盟内发生的各种无头案件与朴垣恩联系起来。

紧接着，朴垣恩与"老枪会"在耶洛奈夫的老大"蓝比利"合谋杀死强尼的流言开始在地下世界传得沸沸扬扬。这让刘棣辉欣喜若狂，他完全没想到会有如此大的收获。而星野美子却由于证据不足，被无罪释放。

随着星野美子的释放，梦蝶盟对内部间谍的调查也随即终止。最终以三分之一成员被开除出盟的代价，结束了这场建盟以来最大的内部清查。不过此次活动却未造成任何一名高层成员离职，这倒大大超出朴垣恩的意料，甚至连他自己的总督导位置也得以保留，只是心腹却所剩无几。

就在朴垣恩韬光养晦，预谋东山再起的时候，一个重大的计划在高层会议上由布拉德提出：由于半年的清查工作使梦蝶盟流失了大量的成员，更为了让梦蝶盟合法化的进程加快，所以建议梦蝶盟与已取得合法资质的组织"辉格会"合并，新的梦蝶盟将更名为"辉蝶盟"。

还有一个重大消息，担任"辉格会"会长十年之久的布兰特已经辞职，现由前会长助理刘棣辉代理会长。刘代会长已经基本同意了布拉德的提议，愿意接受与梦蝶盟合并。

"我觉得这对我们参加明年的大选是个非常好的机会。你们知道'辉格会'虽然小可也是有选举权的组织。我们每个人现有的职位都要保留，这样就可以更好地过渡。"布拉德说道。

"原来布拉德是想参与总理的竞选。"朴垣恩心想。他觉得合并既然对布拉德是机会，对自己何尝不是？他觉得只要自己保留总督导的职位就能阻止布拉德，现在要做的就是拉拢更多的人支持自己。

于是，作为梦蝶盟总督导的朴垣恩同意了合并计划，并开始协助布拉德成立新的"辉蝶盟"。辉蝶盟建立工作一切顺利，仍由布拉德出任主席，不过这位新任主席很快任了两个新的副主席：落拓和戈斯蒂安。其中戈斯蒂安负责全面监督所有部门及领导人的工作，几乎是行使了朴垣恩总督导的职务。戈斯蒂安成了辉蝶盟的二号人物，而落拓则管理新成立的 IT 中心。

虽然朴垣恩仍然是辉蝶盟的总督导，但职责由内部监督变成了全面监督：在北亚联邦法律允许的范围内全面监督一切对辉蝶盟不利的工作。可以说责任大得没边；也可以说权力小得没边。用朴垣恩自己的话说就是空挂督导之名，只余督导之饷。

至于部门配给也颇有意思，因为他只有一个手下：妻子韩蕊。韩蕊还有比特公会会长的头衔，虽然它所有的工作都已被 IT 中心接管。另外辉蝶盟保全处的新任处长是戈斯蒂安的弟弟乔纳森·巴特勒。

二

落拓坐在纽约市最漂亮的旋转餐厅的 VIP 房间里，透过四下巨大的环形玻璃窗欣赏着地下纽约城的优美风景。头顶上环形的天窗上，白云在湛蓝天空的衬托下悠然划过。他对面，身着民族传统服装的星野美子微笑地看着他。

"我的事情就这些，实在抱歉。"星野美子说道。虽然在落拓看来那些陈年旧事根本不值一提，可星野美子还是将自己如何结识朴垣恩，又如何和他同居以及后来对方移情别恋的事情说得十分仔细，最后道："每年梦蝶盟都会给保留在纽约休眠中心的一批克隆细胞交一大笔年费。后来他们觉得应该有个漂亮的异性来对你进行指导，所以就让休眠中心复活了韩蕊。"

"这么说这个计划早就在进行中了？"

"对，这只是大计划中的一部分。韩蕊大学毕业后离开休眠中心来到梦蝶盟实习，被朴垣恩看中，于是才有了后面的事。我都和你说了，该怎么办都由你自己决定。"星野美子说道。她面露羞涩，低眉垂目，端的娇媚无限。

落拓不假思索地说："你姐姐可要说话算数。"他这么说一句，两人都知对方心意。星野美子的脸更红了，踌躇良久才说道："你要再等一阵才能搬到我的公寓，这段时间还得住休憩中心。因为新盟刚成立，事情多，IT 中心的事你又不怎么管，我恐怕还要忙一阵。"

"不急，我筹划成立另外一个计算机中心，脱离 IT 中心和比特公会。因为我听说北亚国家科学院有一个量子计算机的项目，我看看有没有合作的可能。"落拓说道。

"量子计算机[1]？"星野美子问道。

"对，这套设备的速度是现有计算机的数百倍，计算速度相当快。我们准

---

[1] 是一类遵循量子力学规律进行高速数学和逻辑运算、存储及处理量子信息的物理装置。

备将来把它秘密接通地上世界的互联网，监督'宓妃'并找出她的弱点。操作系统就是比特公会以前开发的那套可以独立思考、主动学习的系统，我们重新命名为'萧旷'。"

"听说那个系统是很久以前研发的，针对的就是当时的'宓妃'，用的还是暗网上的'宓妃'源代码。只不过地下世界的人被可以独立思考、主动学习的系统吓怕了，各国都立法禁止使用，所以束之高阁。你打算怎么使用它？"

"当然是先要取得北亚的立法权，也就是让我们的人当上总理。"落拓说道。

"是你吗？"

"我不知道，现在刘先生的意思是先要解除朴垣恩和韩蕊的威胁，然后再搞定戈斯蒂安兄弟才行。"

"朴垣恩好说，现在他已经没什么权力了。只是戈斯蒂安兄弟手握重权，又是梦蝶盟的元老，我估计不太好办吧？"星野美子问道。谁知落拓胸有成竹地说："是啊，戈斯蒂安兄弟很棘手，但他们也有自己的弱点，就是都比较贪心。所以我们打算解决的人是布拉德，拉拢戈斯蒂安兄弟。"

"用什么拉拢他们？"星野美子吃惊地问道。

"永生者的身份。"落拓压低嗓门儿说道，"你也知道地下世界的人表面上是没有永生者身份的。但永生者太吸引人了，所以其实每个国家都有一大批人拥有这个身份。他们退休以后就生活在自己的水岸中心，有时候也会去保留地或公共自治区转转。那些所谓的水岸中心大得吓人，几乎就是一些可以移动的小岛。这些人用地下世界的资源和劳动力换取永生者身份。根目录用这些资源维持自己的统治，再把永生者的技术提供给'博济会'。"

"博济会？"

"对，所谓'博济会'就是由那些卸任各国实权者组成的遍布全球的隐形组织，他们几乎掌握了地下世界百分之八十以上的资源。他们拥有永生者的身份和奢华得让你想象不到的生活，一辈子都不可能再回地下世界。"

"你的意思是说，世界各国的领导人在卸任以后，都会到海面上的水岸中心里，成为永生者？"

"对，本质上讲他们是根目录在地下世界的蔓延。"

"那得有多少水岸中心才够用啊？"

"对啊，所以他们才要联合根目录一起打火星的主意。我的身份为什么宝贵？其实这才是主要原因。像刚才你说到的那个纽约休眠中心，本质是国家级的实验室，但里面保存的大多是博济会成员的克隆细胞、DNA以及思维复制数据。他们的身体无论哪一个器官出了问题都能用3D打印机打印出来，当最终不能修复的时候就用克隆体复制思维，与根目录的人一样。"

"我竟然都不知道这些事。"星野美子说道。

"你当然不知道，这是机密。你如果不是我的女朋友，我也不会和你说。"当落拓说到"女朋友"三个字的时候星野美子脸微微一红，却并未反驳。就听落拓继续说道："博济会的成员与根目录的人一样，热衷于各种不着边际的研究、毒品与赌博。各种新型毒品的使用已经成了他们生活中的一部分。"

"吸毒？"

"对，但现在从根目录流传过来的是一种人工合成的新型毒品，被称作'极乐丸'，据说效果是海洛因的上百倍。现在他们不用担心肉体被毒品毁掉，所以能肆无忌惮地享受所谓'无时无刻不在的快感'，据说整日都沉浸于高潮之中。"说到这里落拓叹了口气，悠然道："根据'萧旷'提供的数据，现在地面世界上，不仅根目录的永生者大量使用，甚至连警备部队这种二线永生者身份的人都开始长年使用'极乐丸'了。"

"其实这对我们来说未必是坏事。只是想到那些早应该去世的人还活着，我就有点儿害怕。你想一个一两百岁的人突然出现在面前是什么样的感觉？"

"是啊，你听说过墨西尔吗？威廉·墨西尔，北亚成立后的第二任总理。"落拓说。正吃水果的星野美子听落拓问话，忙放下手中的餐具点头："当然，他是大崩溃时期的北亚领导人，也是大崩溃的主要责任人，历史课必须要学。"

"那你说说。"落拓说。

"墨西尔是个激进派的右翼领导人。当时北亚刚刚成立，整个地下世界还在混沌当中，他就利用在地下生活不如意的大多数选民造势，在不了解地上世界情况之时贸然做总动员，并操纵联合国带领着地下世界几乎所有的武装发动了夺回地面世界的战争。"

"结果呢？"

"当然是失败了，持续五年的战争夺走了地下世界上百万人的生命，几乎使地下世界崩溃。后来由于战争让地下世界的人难以生存，墨西尔终于被议会罢免。之后成立的看守政府和地上世界达成了谅解协议，签订了互不侵犯条约，才让地下世界有时间得到喘息。墨西尔被判终身监禁，罪名是反人类罪。"她想了想，又补充道，"这场战争前后共十五年的时间，被称为大崩溃时代，是整个地下世界的噩梦。"

"说得不错，应该说你记忆力不错，能把历史课本背得这么好。"落拓说着嘿嘿一笑，"不过墨西尔没在地下世界的监狱服刑，也还活着，他在太平洋上拥有自己的一个水岸中心。"

"他都多大年纪了？"星野美子惊叹道。

"墨西尔是北亚甚至世界所有右翼派系的精神领袖，加入博济会也是理所应当的事情。"

"我身在梦蝶盟都不知道这些事情，何况普通的民众呢？"星野美子感叹道，"也许我们一辈子都不可能见到什么水岸中心，都不可能知道浩瀚的太平洋上竟然堆满了早应该死去的人。怪不得他们的消息越来越少直至没有呢。"

"现在太平洋、大西洋上面的人是一股不可撼动的势力，他们左右着地下世界的政治格局。"

"那你的理想岂不是很艰难？"星野美子认真地说。

"我的理想？"

"刚吃饭时你说过的，要让地下世界的人重返地球。"

"是啊，地下世界的人经历了阵痛、转型和适应之后，再让他们重新焕发激情是很难的事情，但我觉得我作为联系火星的纽带是相当重要一个身份，也有这个能力。就像你和我说过的，那些地上世界的精英最开始来到地下发现他们一生赖以成功的经验在这儿完全不适用，自然就产生了彷徨无奈，这也正是支持墨西尔的民众基础。我也会有这些支持者，就像墨西尔一样。"

"我担心他们会因为你想到墨西尔。"

"没关系，现在'萧旷'正在帮我做模拟，如果成功之后我们才会付诸行动。你知道它可是在后台监督'宓妃'的超级人工智能。"

"我还是有些担心，博济会既然这么强大，你怎么做才能成功呢？"星野美子无不担心地说道。落拓放下手中的筷子，微微一笑："放心吧，你父母的工作我会安排的，绝对不受这事影响。纵然我明天被撵下台或被杀也没有关系，因为他们不是辉蝶会推荐的。"

"我不是这个意思。"星野美子脸又一红，"我是担心你，也绝没有探听消息的意思，你要是怕泄密就别说了。"

"说哪儿去了？"落拓哂然道，"我要怕你还和你说这么多？你是我女朋友，是我的人啊。我问你，现在地下世界什么最发达？"

"最发达？"

"对啊。"

"我感觉没什么发达的。现在地上地下的经济已经高度融合，轻重工业都在地上的庄园来完成，而农业的科技化完成后地下世界发达的只有电影、电视节目这些东西。"

"没错，就是娱乐业发达。你没想过这是为什么吗？控制娱乐业的人你知道是谁吗？他们虽然个个家财万贯，却没有加入博济会的资格。"

"为什么？"

"自然是血统和出身，在这一点上现在和十九世纪的欧洲其实也没什么区别。"

"你的意思是说要和那些人合作？"星野美子突然瞪圆了眼睛，"那可是相当危险的事情，你这是在饮鸩止渴！"

三

落拓再次走进"死亡骑士"的时候，距离上次来已经整整一年了。依旧是昏暗灯光下Hiphop风格震耳欲聋的音乐；依旧是舞池里摇摆身姿的舞娘与周遭疯狂的人群；依旧是说着并不标准英语的酒保汤姆和那热气腾腾的黄油朗姆酒，似乎一切都没有变。

"看看是谁来了？"汤姆突然发现了用帽檐遮住半张脸的落拓，友好地大声笑着，"昨天你在电视上的表现太棒了，简直让我想抱住你亲上两口。"

"汤姆，你他妈做梦去吧。"保罗大口喝着啤酒，冲落拓挥了挥拳头，"我挺你，落拓，当总理就带我们上去晒太阳。"落拓则微笑着向汤姆和保罗致谢："很好，谢谢大家。"

"落拓，听说朴垣恩在监狱里自杀了，是不是真的？"保罗身边另外一个老枪会的战士问道，"还有人说是他杀，不过说不清楚。他被判了终身监禁，死了反而比活着强。"

"朴垣恩在蒙特利尔的魁北克州国家监狱，那边条件很好。"一个老年黑人插嘴道，"他如果想东山再起就没有自杀的理由。"

落拓的眉头随大家的议论很不经意地动了几下，然后迅速恢复了平静。他慢慢地嘬了口酒，目光从每个发言的人脸上扫过。每当他注视到谁的时候，这人都会立即住口，紧张地看着落拓。好半天，他笑了："朴垣恩的事我也是刚得到消息的，我想这事FBI一定会调查清楚。无论怎么说，朴垣恩都曾经是辉蝶盟最优秀的领导人，他负责的监督工作成绩斐然，为我们如今的壮大立下了汗马功劳，我希望每个人都尊重他。就我自己而言，他亦是我的良师益友，非常值得我敬重。"停顿了片刻，又继续道："所以我们还是以警方的结论为准吧。"

听落拓这么说，所有人都住口不语，一时间酒吧里静寂一片。落拓见大家都不说话，笑着摊开了双手："怎么，我吓着你们了？"

"怎么可能，我们都在听呢。"保罗一口喝干了杯子中的啤酒，"我要投票给你，不过你最少得先拿下不安州和魁北克州。"落拓点了点头，问大家对最近和保留地三通这件事怎么看。

"通信的话其实是个好事，只是听说要受'宓妃'监督让我很不爽。通航嘛对我没什么用，上面没什么玩的，还要申请太麻烦了。倒是贸易我有些兴趣，看看能不能做点儿生意。"汤姆说。

"听说地面上所有保留地的金融所统一发行的股票都涨势惊人，我们应该能去保留地炒股。"先前那个黑人说，"他们涨得最好的股票竟然是重工企业，那可是我们地下世界提供的订单才让他们如此疯狂，我们应该能分一点儿。"

落拓笑着点了点头，未置可否。这时候汤姆突然打招呼说要下班回家了。落拓看了看外面才亮起来的天幕说道："你住什么地方？"

"我住德比区，你要去喝杯咖啡吗？"汤姆问道。落拓正有此意，就应允了："好啊，如果你邀请我的话我很乐意。"

德比区位于地下城市耶洛奈夫的最南端，与码头相去甚远。通常在地下城市中与海边、码头、机场的距离决定着住的品位和档次。由于大多数有钱人选择热闹的海边生活，所以远一些的区域就成了相对较差的贫民窟。像德比区紧临水处理厂，要坐半个小时的公交才能到达。

好在今天汤姆可以乘坐落拓的汽车，只用了二十分钟就回了家。落拓带着两个保镖跟着汤姆走进一个昏暗的四层小楼，在崎岖不平的水泥走廊里走了约三四分钟才看到一个非常低矮的房间，大约有十余平方米的房间里挤了两张单人床。

屋子里很乱，除了两张单人床外就是一张堆满了零食和垃圾的桌子。落拓注意到桌上的垃圾堆里甚至还有"极乐丸"的包装纸。此时另外一张床上坐了个消瘦的黑人青年，正低头听音乐，见汤姆领人进来微微一笑算打招呼。

"坐吧。"汤姆指着床沿说道，"我去倒咖啡。"说着他就想穿过门口的两个保镖去厨房，被落拓拦住了："不用了，我只是来看看。"

"哦。"汤姆明白了什么一样点了点头,"我租了这张床的白天时间,早七点到晚七点。"

"还能这么租?"落拓显然不知道地下世界的普通人生活,很耐心地听汤姆解释。他说:"当然,这里大多数人都合租床位,否则租金太高了。你没去过纽约吗?我有个兄弟在那儿,他们是三个人合租一张床,每人八个小时。"

"星期天怎么办?"

"找工作的时候会问你是否合租床位,如果是的话你们要商量错开休息时间就好了。再说外面有很多地方可以玩,酒吧、公园、网吧什么的,这儿只用来睡觉。"

"那你需要帮助吗,汤姆?"落拓平静地问道。谁知道汤姆却很执意地摇了摇头:"我不需要,落拓,我很好。"他说着变魔术一样从桌上的垃圾堆中翻出听啤酒,边喝边说道:"我一辈子都生活在这儿,有点儿腻味了。你在电视里不止一次说能带领我们回到上面去,我很期待这一天,落拓。这是我的唯一期望。"

"你会等到那一天的。"落拓友好地告别汤姆的时候已经是早上九点钟,整个地下城市开始忙起来。他通过手腕上最新式的数字助理"小蕊"联系了星野瞳:"我中午要去纽约,你替我去看看美子,今天给孩子摆满月酒,请了不少人,怕她忙不过来。我今天晚上去你那儿住,你就告诉她我不回来了。"

结束通话之后,他带着保镖驱车来到机场,乘坐辉蝶盟的飞机前往纽约的路易士数字花园酒店。在那儿他约了北亚八大娱乐财团的总裁吃饭。此时是中午十一点四十二分,辉蝶盟的另外一个负责人陈守信已经在那儿恭候他多时了。

自从卸任看守政府总理的职位以后,陈守信就受刘棣辉之邀加入了梦蝶盟,成了布拉德的继承者。此时落拓的职位是总督导,理论上还是陈守信的下属,所以他还是象征性地拥护着陈守信来到了酒会桌前。

此时八大娱乐财团的负责人都已到齐,见落拓和陈守信来之后便起身相迎,落拓则和大家一一握手。"今天把大家召集到一起很不容易,我也代表辉蝶盟给大家致谢。"简单地客气之后,落拓摆手让大家坐下,开始按既定的程序讲话。

"众所周知，这次大选除了我以外，'心儒联盟'的乔纳森·巴特勒先生和'黄梁党'的大卫·马克里都将参加总理竞选，所以我需要你们的支持。今天我代表辉蝶盟告诉大家，除了之前的承诺不变外，我还想引见一个人给大家认识。"落拓说着端起面前的香槟比画了一下，似乎在问有没有人有意见。

"我想说两句。"首先开口的是洛林家族集团的总裁皮埃尔，他的家族几乎控制了整个北亚东北部的所有娱乐产业。"我有一个叫朱诺的手下，人们更愿意称他为'蓝比利'。就是这个蓝比利，一直在帮我打理耶洛奈夫的一些事情，非常能干。之前朴垣恩入狱的时候说朱诺密谋参与了谋杀强尼，这事完全是子虚乌有。"

皮埃尔身材魁梧，一说话整个身体的肥肉都随着他的节奏在摇摆。他点了支雪茄，悠然地喷云吐雾："朱诺没有参与那件事，他当时有不在场的证明。与朴垣恩合谋的是他的手下托马斯，这个人我已经控制起来了。我想落拓督导和陈主席能不能在 FBI 方面做做工作，证明他的清白？"说到这里他放下雪茄做了个手势。

"没问题，这件事陈主席会去安排。"落拓微笑着听完皮埃尔的话，问陈守信的意见。陈守信也信誓旦旦地表示了对朱诺的同情。皮埃尔很高兴地与两人干了杯酒。

"下面我让今天的主角出场，给大家认识认识。"落拓对陈守信使了个眼色，后者则马上用终端通知了外面的手下。一分钟后，一个身材健硕高挑、戴着金边眼镜的东方青年出现在了众人面前。

"我是藤原坤，请大家多多指教。"青年很拘谨地站在众人面前施九十度鞠躬礼。落拓则大方地让他就座。

"这人是谁啊？"座位最远的霸王娱乐集团总裁爱德华大刺刺地问道。藤原坤听见忙再次起身施礼："我是藤原坤，来自根目录顾问促进会。"

"你是个永生人？"爱德华问。

"是的，我是永生人。我的本体目前还在总部基地，我只是众多克隆体之一。

今天我们与会的内容我会在零点之前通过思维复制装置和本体共享。"

"说清楚点儿，什么意思啊？"万宝公司的总裁雷利问。

"其实包括我在内的根目录高层都有多个克隆体在全球同时工作，每天睡觉时都要通过思维复制装置和互联网同步当天的记忆，这样第二天睡醒后就会得到不同克隆体的不同体验。"

"喔，这个太伟大了，我将来一定要有这个。你愿意帮我们搞定那些根目录的头头吗？"皮埃尔插了一句。

"是的，我是来帮大家的。我会把我知道的情报和大家分享，包括根目录的情况，现任领导人以及根促会的情况。还有那些分布于太平洋、大西洋和印度洋的隐形永生家族的情况。"

"你为什么要帮助我们？"银河娱乐的休斯顿女士是个相当谨慎的人，她小心翼翼地问藤原坤为什么要这样做。藤原坤很恭顺地低下头，认真地说："根目录的模式是不可持续的，这样下去不仅会毁了地球，还会毁灭我们所有人。我希望全世界每个人都能分享永生的成果，而不仅仅是让其成为少数人满足私欲的工具。"

"可是我听说'宓妃'是个相当强大的操作系统，我们怎么战胜她？"休斯顿又问。藤原坤愣了一下，似乎被这问题吓住了，忽然嘴角泛起了阴冷的笑容："'宓妃'是很强，可惜并非不可战胜。只要用我的计划就能打败她，不过我有一个条件。"

听他这么说，除了陈守信和落拓以外的所有人都互相交换了眼色，直勾勾地瞅着藤原坤，不知道他会提出什么条件来。

第十四章

一

努哈·苏莱曼面无表情，抑扬顿挫地宣读着判决书。之前冗长的内容落拓并没有听清，只有最终"死刑"两个字无比清晰。他身体微微一震，对于自己得到的这个结果并未感到意外。

"下面我将宣读刘棣辉总理的特别赦免令。"努哈·苏莱曼继续保持着冰冷的态度，一字一顿地说道，"根据联邦法案和目前特殊国情，将对落拓进行有条件赦免，包括已知和之前发生目前未知的一切罪名。其中赦免条件为落拓需要接受'比特公会'第一负责人的一切安排……"

落拓没有继续听下去，心中却疑窦丛生：比特公会在自己就任辉蝶盟主席之后业已解散，怎么又冒了出来？这个要求总理赦免他的机构到底要干什么呢？难道还是去火星达成某种目的？脑袋里一时间乱如麻絮，正胡思乱想时从外面走进一人，把落拓的注意力立时吸引了过去。

来的人是韩蕊。此时的她又恢复了迷人的风采，落落大方地来到落拓面前，微笑地告诉他自己就是新比特公会的第一负责人。

落拓茫然地看着数年未见的韩蕊，真没想到再一次和她见面会是在这种场所。他们静静地打量对方，直至二人分别移坐于会议室的长椅上时还是没有说话。

最终，韩蕊打破了沉寂。

"没想到吧？"她从口袋中掏出一支女士香烟，优雅地吸了一口。落拓咽着口水沉默了片刻，缓缓地摇了摇头："没有，自从全面开战以后我就失去了你的消息。后来美洲作战失利，刘棣辉把责任推到我头上，说是我用人失当，要我为三万将士的伤亡负全责，我在监狱里就失去了消息来源。"

"很正常。"韩蕊把烟掐灭，从口袋中掏出一份厚厚的打印材料放到桌上，"你怎么不问问我为什么出现在这里？"

"我觉得你会告诉我的，之前我对你不错，不是吗？"想到朴垣恩死后的情景，落拓开始有点儿觉得自己理所应当一样。韩蕊的思绪似乎也被他带跑了，许久才淡淡地说道："是啊，不管什么目的我都应该谢谢你。"

"你这是什么意思，话中有话？"落拓问。

"你自己明白。"韩蕊说，"朴垣恩死后你继任辉蝶盟的总督导，必须要用我来拉拢艾特里派系成员。况且朴垣恩怎么死的我们都清楚。"

"他是自杀。"落拓说。韩蕊没有再说话，而是指了指面前的一张纸说："这是你的赦免文件，在签署之前我还想和你聊聊战争的事。你知道那时候我被你安排到大学实验室做清洁工作了，并不了解具体情况。"

"你为什么想问这个？"

"当然有我的目的。另外，我想知道你这种毫无战争经验的人，为什么能指挥千军万马打败根目录和新国联。"韩蕊说。

落拓笑了，似乎觉得韩蕊的问题挺可乐："战争不是我指挥的，我只是听从命令而已。其实这个仗是人工智能之间的对决，是'萧旷'和'宓妃'的战争。'萧旷'之前已经秘密模拟了一年，建立了十一亿种可能出现的结果模型。再说他的整体运行速度虽然没有超过'宓妃'，但计算能力却没有他用，所以能打赢是理所应当的事情。"

"具体说说吧，我中午请你吃饭。"韩蕊说道，"和藤原坤有关吗？据我所知，你们找了这个之前在根目录任主席的人出来。"

"当然，孙子说知己知彼才能百战不殆。我们必须为藤原坤竖个大拇指，没有他我们打不赢战争。当时他提出了条件，就是要求在战争结束后让他归隐，所以我们才能得到想得到的信息。"

"这话怎么说？"

"藤原坤的条件就是赦免令，他要我们在战争胜利后不另行清算他的罪名。我们同意了，于是他把真的消息告诉了我们。这也为我们打赢这场战争做了最好的准备。不过之前我们还得准备很多。"落拓说。

"你是指执政吗？"韩蕊从衣袋中取出一支录音笔放到桌上，温柔地笑了笑，"不介意吧？"落拓这才注意到她是有备而来，立时警惕起来："你现在到底在干什么？"

"不要紧张。我真是比特公会的负责人。只不过现在的比特公会是一个面向政府的内部综合性研究机构，致力于地下世界的军事、经济、外交事务和行政管理等公共政策研究。我们最新的课题就是对这场未完的战争做另一个角度的阐述和总结，所以需要你的帮助。"

"智库？这就是你赦免我的理由？"落拓问道。韩蕊的脸色微微一红，她似乎有难言之隐，踌躇半晌才悠然道："其实你的赦免和我无关，我也没能力决定你的生死。这个特赦令还是刘棣辉总理亲自下的。何况你的赦免也不完整，是有条件的。我听说他亲自答应过你，任何情况下都不会杀死你，有这种事吗？"

落拓慢慢地点了点头，说道："这是酒桌上的玩笑，当时在场的除我以外还有戈斯蒂安兄弟和布拉德。刘棣辉说他要是当了总理一定给我们几个人发免死牌，让我们想干什么就干什么，虽然不能永生却可以免死。当然这就是玩笑话了，后来这几位的结局你也知道，有谁得了善终？刘邦也给韩信发过免死牌，最终还不一样杀死了他？"

"戈斯蒂安现在还活着。"韩蕊说道。

"是吗？那他肯定从国防部长的位子退下来了吧？一个无亲无故、无儿无女的孤老头子再没了权力，活着和死了有什么区别？"

"他的家人呢？"

"走了，自乔纳森·巴特勒的事以后就和他断绝了关系。"

"能具体说说吗？"

落拓叹了口气，拉过韩蕊的烟点了一支，抽了几口才说道："朴垣恩自杀以后，乔纳森·巴特勒将辉蝶盟保全处处长的职位交给了刘棣辉的妻弟王依宏。他自己则在戈斯蒂安和刘棣辉的安排下加入了另外一个组织'心儒联盟'，并于第二年代表该组织参加同年大选。"

"这是刘棣辉安排的吧？"

落拓看了韩蕊一眼，未置可否，继续说道："第一轮全国演讲拉票过后，'黄梁党'的大卫以微弱优势领先于我和乔纳森。这时乔纳森按照他哥哥的意见，开始就大卫的私生活做了一些不正确的评论，导致大卫恼羞成怒，指示媒体发表了很多乔纳森的私事。其中就包括乔纳森的妻子曾经和戈斯蒂安有过私生子的传闻。"

"后来呢？"

"后来乔纳森找人在大卫的情人家干掉了大卫，据说和情人一起死在了床上，导致举国轰动。'心儒联盟'要求联邦政府立即抓捕乔纳森。此事一出，乔纳森的政治生命立即结束，而'心儒联盟'自然也大受影响，我出任新的联邦总理一事即成定局。"

"乔纳森被抓了吗？"

"没有，听说他在戈斯蒂安的安排下混进了南美的帮派，还当了个头目。战争开始的第一年，南美联合政府的军队征兵，乔纳森出任某师上尉，三个月后死于和根目录警备部队的一场战争。"

"他的家人呢？"

"他的丑闻一出，妻子就和他离婚了，三个孩子也被带走了。乔纳森把全部财产都留给了妻子和孩子，自己则选择了哥哥戈斯蒂安。只不过后来在南美戈斯蒂安和他的联系越来越少，这也是他后来一怒之下当兵的主要原因——混黑道永远也不能出头，最起码不能给予他自己东山再起的希望，而战争却可以。"

"你刚才说戈斯蒂安的家人也是这时候离开他的？"

"是他妻子而已，他父亲是他自己整死的。"落拓说。

"什么意思？"

"戈斯蒂安的父亲是个老实本分的人，对他混乱的私生活非常反感，所以他们关系也很一般。后来老人得了阿茨海默症，他就把父亲扔到养老院再没看过他。你知道地下世界的养老院，那几乎可以称为'待死院'。而戈斯蒂安自己则由于身边的女人太多遭了妻子的嫉妒，离婚而已。那时候他风光无比，从来没想过后果，我猜如今一定后悔不已。"

"戈斯蒂安没有得到期待的永生者身份，事实上任何人都没有得到。自从取得第一阶段的胜利后，联合国就已经命令各国政府对根目录及其一切设施进行全面清理。所以'宓妃'和根目录的一切都被毁掉了，包括所有的互联网和已知的卫星。"

"损失太大了。"落拓说道。

"有的基础设施可以留下，但'宓妃'和她所有的源程序以及虚拟神经网络都必须清除。"韩蕊说道，"包括所有服务器和根目录的成员。"

"那珍妮怎么样了？"想到那个和韩蕊长得一样的女人，落拓脸上竟露出一丝怜悯。韩蕊看出了他的想法，很无奈地摇了摇头："恐怕要让你失望了，战争就是战争。"她停顿了一下，仿佛在下很大的决心一样，终于叹口气道："我可以告诉你她的事情，那你先告诉我藤原坤后来怎么样了。"

二

"我出任北亚联邦政府总理时，藤原坤已经和地下世界展开了很久的深入合作。我们双方见面的时候没有违和感，也没有任何不自然。好像之前的事情不存在一样。事实上我知道他在根促会很不开心，他和珍妮本质上并不是同类人。"

"珍妮是根促会永远的负责人，无论她身处什么职位或犯了什么错误，她仍然是根促会的最终统治者。"韩蕊说道。

"是的，大家深信这一点。而藤原坤则是想利用地下世界的力量掀翻根目录的统治取而代之。这个刘棣辉早就想到了。他要我秘密调查过藤原坤和利物浦保留地一个名为'迅通通信'公司的关系。名义上这个迅通公司是家小规模的 ISP 供应商，法人是个爱尔兰裔的英联邦国家联盟公民。可实际上它却是藤原坤用来复兴的一部分，因为这个公司的服务器上储存着一套修改过的'宓妃'源代码，我想这是他用来东山再起的资本。"

"刘棣辉怎么知道这个通信公司的？"

"刘棣辉在根目录还有一个秘密联络人，他是在这个秘密联络人的提示下用量子计算机'萧旷'进行大数据计算后得到的结果。'萧旷'说藤原坤在地上世界一共有两个克隆体和一个本体，但三个人的所有联络点都指向了这个公司。"

"如果刘棣辉的秘密联络人在根目录级别一般的话不可能知道藤原坤的事，但如果级别很高是不是又说明珍妮已经知道了这个公司？"

"我猜想根目录只是怀疑吧，毕竟在根目录的法律中没有规定不能保留'宓妃'的源代码。但在地下世界，这是明令禁止的行为。藤原坤没有对我们说明真相成了刘棣辉清洗他的理由。"

"什么时候？"

"我入狱前两个月，也就是北半球全面战争发起前两个月。"

"后来呢？"

"藤原坤和他在地下世界的所有朋友都被抓了，至于后来的结果我不清楚。""我这儿也没有任何消息。"韩蕊说。

"你是不是可以告诉我珍妮的情况？现在战争的具体情况如何？"

"你应该听说过，除了根目录总部基地所在的澳大利亚以外，我们已经占领了全世界的大部分土地，有计划地销毁了那些盘踞于各大洋的水岸中心。除了基础设施，计算机系统全部要进行特殊的低级格式化，销毁'宓妃'和孔雀王朝的一切痕迹。"

"那珍妮呢？"

"她的本体还在澳洲指挥根目录作战。四个同步克隆体都死了，一个被非洲联军攻打约翰内斯堡时杀死在根目录驻地公寓的床上；一个被欧洲联军俘虏，军事法庭判了绞刑；还有一个死在战场。"

"这只有三个人。"

"另外一个……死因不明，尸体都没人见到。"韩蕊犹豫了一下，说道，"据说是……是被南美联军的士兵消费掉了。"

"消费掉是什么意思？"落拓瞠目问道。韩蕊脸一红，却没有再回答下去："根促会的成员大约有几百人，很多都是珍妮灾前的亲属。他们分别在根目录执行主席的位置上连任两届，二十年之后退下来加入根促会，安排至全世界的根目录各子基地中任顾问职务，是珍妮控制根目录的基础。这些人都是永生者，享受着常人甚至是普通永生者都无可比拟的资源。"

"根目录一向如此，它需要自己的力量制衡反对派。"想到珍妮力邀自己进根目录的往事，落拓茫然间有种恍如隔世的感觉。

"保留地的人都恨死他们了，所以后来这些人被联军俘虏后，立即被押至海边，面朝大海跪下，然后被同时击毙。"韩蕊说道。

"场面很壮观。"落拓说。他微微停顿了一下，问道："这么说澳洲的战事是要打到底了？"接着他没有等韩蕊回答，而是自言自语地说了下去："其实根目录的失败是迟早的事情，当年他们就埋下了保留地这个炸药桶。当永生者沉浸于满足自我欲望而不能自拔的时候，这个炸药桶却在眼皮子底下不断地发酵和壮大，需要的只是引爆它们的一根导火索。"

"你就是这根导火索？"

"我只是最合适的一根而已。即使没有我的出现，也会有另外一根导火索点燃这个炸药桶。你没看到吗？根目录没有解决问题的欲望，他们所有人，无论是高级永生者还是所谓的中级永生者，需要的都是满足现状和资源索取，就像病毒一样。根目录的事情和他们没关系，保留地公众的死活也不用他们考虑，所以这些人醉生梦死。保留地和二十世纪的贫民窟一样，一百多年从未有过改善，甚至更艰难。"

"这是不是联军中保留地治安军人数最多的原因？好像你们地下联合国的联盟军部队只占五分之一。"韩蕊问道。落拓点了点头，嘴角不经意地歪了一下："强尼告诉过我一个二八原则，他说这东西引申出来用于重返地球之战就是治安军与联盟部队的配比，也是士兵和军官的数量配比。通常只有改善生存愿望强烈的人才有牺牲一切的决心和动力。"

"你觉得是你赢了还是珍妮赢了？你们将来也许还会见面，但你是不是以胜利者的姿态见她我就不知道了。"

"我们都输了，胜者是刘棣辉。"

"其实从某种意义上讲，你已经完成了自己的使命，就是不惜一切代价来替强尼发动这场战争，然后证明自己，对吗？"

"你知道王玄策吗？他是一人灭一国的英雄。我做了地下世界的王玄策，打出了把那些吸附在公众身上的永生者拉下神坛的第一枪。"

"我觉得从某种意义上说，战争只是你用来满足自己欲望，实现自我价值的工具。如果没有战争和政治，你不可能得到多达三位数的女人和随意杀人的权力。"韩蕊冷冷地说道。

落拓愣了一下，仿佛不太相信自己的耳朵一样吃惊地望着韩蕊，目光中放射出一种透着无奈的焦灼。

"子姑待之？"

"然也！"韩蕊调皮地回应，同时竟对落拓露出了微笑，"在认识你的三年前，我们就已经开始通过根目录数字世界的漏洞分析和了解你了，包括你的性格特点和人生经历。我们相信你的特殊身份是重返地球的关键，其实这也是你后来取得公众信任的基础。"

"这是强尼的策略吗？"

"是的，如果他还活着，我们肯定能成功。"

"你是朴垣恩的女人，为什么不阻止他杀强尼？"

"没有人能在唾手可得的权力面前停住脚步，但得到权力之后的事态进展却不如朴垣恩所预想的那么顺利。"

落拓点了点头，看到韩蕊低头奋笔疾书时清丽的面庞既熟悉又陌生，遂问道："你既然研究我这么多年，那你怎么看我这个人？"

"怎么看你？"韩蕊抬起头，用平淡的目光斜睨他，冷哼了一声，"你最大的特点就是没有特点，比较容易取得信任，尤其是在女性面前。"她说到这里突然住口，用怪异的目光重新打量了落拓几眼："不过强尼真的改变了你许多。"

"强尼是我的精神导师，他教了我很多东西。"落拓淡淡地说道，"没有他的指导我不可能成为北亚的总理。"

"那就聊聊你当上总理以后的事情吧，你是怎么让公众相信你能带领他们返回地面的？"韩蕊问道。

落拓伸手握住谈话开始时韩蕊递给他的一杯水，慢慢摩挲着马克杯的杯柄，过了很久，才说道："你刚才也说了，我的身份是公众信任的基础。你要知道政客的嘴里是说不出来实话的，我自然也一样。我告诉他们，火星国际派我来的目的就是为了和大家一起重返地球上面，那才是我们应该去的地方。"

"他们都相信了？"

"大多数人都信了。其实你只要有少部分拥趸就能让多数盲从者找到归属，因为大多数人都是盲目的，就像之前的我一样。"

"后来呢？"

"我就任总理后，刘棣辉作为第一顾问进驻了总理办公室。后来的多数政策都是我们共同商议的结果。在工作方面我多会参考他的意见，生活上则完全由私人秘书负责。"

"你是指星野瞳吗？"韩蕊冷笑了一声，脸上浮现出一种得意的神色，"有个事情我要告诉你，你的前妻星野美子刚刚和当地一个富商的公子组成了新家庭，很幸福。星野瞳在当地重启了她自己的明星之路，也结婚了。你和她们的孩子都被男方接受。另外他们家庭的财富为他们进入上流社会起了至关重要的作用，这也是你们婚姻的主要成就之一吧？"

"哦——"落拓愣了一下，这是他入狱以来第一次得到星野美子和星野瞳的确切消息。他努力平复着跳跃的思绪，想平静地继续谈话。他不愿意受她们的影响，也不想再去回忆这两个和自己一生有重大关系的女子。

可是，眼泪不知道什么时候竟不受控制地滑出了眼眶，很快就模糊了双眼。落拓这才发现自己竟然变得这么脆弱。他的眼前好像又出现了星野美子清丽的面庞以及三个孩子可爱的身影。

"安贫乐道，荣辱不惊，淡泊明志，宁静致远……"蓦然间父亲的话又回荡于落拓耳边，他这时候才发现这十六个字弥足珍贵。若自己成为总理之后能好好想想，也许现在不会落得这样的地步。

泪珠夺眶涌出，落拓再也忍耐不住，开始失声痛哭起来。

三

北亚国家信息署第三实验基地紧临码头，从楼顶咖啡厅的窗户可以直接看到繁忙的首都港。在这个平素人并不多的咖啡厅楼下，就是整个北亚甚至是全球唯一一部量子计算机的新机房。

此时，刚刚就任北亚联邦总理的落拓正坐在机房中的沙发上，他对面坐着的是国家信息署署长乔原和北亚国家安全局局长金·特鲁多。落拓身后，他的私人秘书星野瞳负责记录他们的谈话内容。

"仅仅依靠'萧旷'的力量自然不够，可如果我们真能启动'重返地球'的方案，那就等于拥有了成千上万部计算机武器，届时开战以后'宓妃'的能力会极大地被削弱。"乔原是个年近半百的胖子，在信息署工作了三十年，是个有丰富经历的计算机专家。他的话引起了落拓的共鸣，可反对声马上就来了。

"这样很危险。"说话的金·特鲁多嗜烟如命，纵然是在总理面前参加重要的谈话也是烟不离手。"你们要知道，我必须把每个参与所谓'重返地球'方案的计算机都接入地上互联网，那可是把双刃剑。如果'宓妃'提前结束'T计划'那我就全完了。她会发现网络漏洞，然后找到地下互联网和'萧旷'。"金·特鲁多扔掉了一半的烟蒂，不无担心地说。

"'T计划'不会这么快结束，就我所知，在微观粒子中展开压缩技术是人类暂时无法企及的高峰，况且要考虑在四维中进行。"乔原说道，"'萧旷'有一个子线程[1]一直在秘密跟踪这个计划的进展，如果有问题会通知我们的。"

"火星科技的三大前沿科技是查理博士在来访中提出的，但所谓的'T计划'设想却是强尼老师实现的。塔洛牧师后来把这个方案写了个小册子，就是这个小册子吸引了'宓妃'的注意。其实强尼老师是仿照'星球大战'计划进行的一个骗局。"落拓悠然地说道，"这也是我们目前可以战胜'宓妃'的关键。"

"这家伙投入的计算资源永远得不到结果，我相信那是个无底洞。"乔原嘿嘿一笑，"让她陷入'T计划'是最好的结果，我们可以进行设想的'重返地球'方案。"

"那我们怎么引导公众的计算机？他们造成的DDoS[2]会不会影响我们自己的计算机网络？"金·特鲁多问道。

"技术上我们会用'萧旷'的子线程疏导流量，届时预估地下地上世界的网络都会暂时瘫痪。但我们失去网络的影响并非致命，而'宓妃'却成了瞎子和聋子。"乔原翻开面前的一份资料继续说道："只要总理阁下继续展开您的演讲就可以了，我们需要公众的力量。"

"下载一个程序而已，我相信他们能办到。"落拓说着把目光转向金·特鲁多，"保留地方面的情况怎么样了？"

"正在展开，不过混乱的程度与我们的设想还有差距，有的保留地管理局控制力很强。"金·特鲁多说。

---

[1] 主线程或主任务的分支线程或任务。
[2] 一种黑客使用的网络攻击方式，全称为分布式拒绝服务。攻击借助于客户/服务器技术，将多个计算机联合起来作为攻击平台，对一个或多个目标发动 DDoS 攻击，从而成倍地提高拒绝服务攻击的威力。

"那就加大力度，必要时采取强硬的手段。"

"反对派除了技术和装备以外还需要授权杀人，以便造成混乱。问题是现在如果对无辜公众采取武力措施，恐怕会反弹，影响战争展开以后的力度。"

"金，你要知道保留地没有人无辜。"落拓冷冷地说道，"战争就需要有牺牲，这也是消灭人口最好的机会。我们的目标是混乱，是大量根目录警备力量的介入，其他的都要为这个目标服务。"

"是的，我明白了。"金·特鲁多从嘴巴上取下香烟，低头说道。落拓对他的回答还算满意，看看时间与刘棣辉约定的见面还有半个小时，便起身告辞："具体的方案你们再研究研究，我需要结果。"说完他带着星野瞳上车前往新京山总理官邸。

"总理阁下，这个月的 PMI 指数 [1] 又有几个点的下降，需要你注意。"刘棣辉大喇喇地坐在落拓的位子上，将两只脚放到宽大的办公桌上晃着，"另外你还得加快银行放贷的数量，否则我们没法消化那些地上世界的钢材。"

"增发的货币量太大不好消化，市场会有反应的，要是引起强烈的通货膨胀就麻烦了。再说我总担心联邦政府主导的基础设施建设会减少出口和消费，影响经济的活力和结构。"落拓说道。

"你考虑得太多了。"刘棣辉冷冷地说，"我们与欧盟和亚盟的经济一体化协议马上就签署，届时把多余的产能转移到他们那里去就行了。那是个巨大的货币蓄水池，再多也不会一时就填满。再说只要北亚八大公司继续投入基础设施建设，那地上世界的钢材和股指就会继续攀升，这个你明白吗？"

"是的。"落拓回道。

"那就好。"刘棣辉似乎很满意落拓的回答，"我一会儿会帮你起草一个地下世界经济一体化协议演讲稿，你晚上宴请亚盟轮值主席特尼别克的时候需要讲一下。注意两点：一是与亚盟的共同利益；二是要亚盟影响亚洲各国尽快参与到联合国的联盟部队建设当中去，这是我们重返地球的主要战斗力。"

---

[1] 采购经理指数，是一套月度发布的综合性的经济监测指标体系。

"好的，我明白了。"

"现在我们已经有了七万联盟部队，再加上网络部队和保留地治安军，我看重返地球的武力已经够了。接着就是任命你为三军统帅的时机了。"刘棣辉说道。

"按照'萧旷'的计算结果，下一次太阳耀斑[1]峰值爆发时间应该在明年上半年，到时候根目录的六百六十颗通信卫星将无法有效与天空中继器连接，这样地面的根目录和'宓妃'就不能使用无线网络连接互联网，虚拟神经网络会短暂瘫痪；接着海底光缆会被我们破坏，各洲的'宓妃'就不可能有效沟通。"落拓说。

刘棣辉从总理办公桌前起身，郑重地点了点头："我们还有半年的时间，这段时间至关重要，各国政府的关系和民众的影响还要加强。"他说着到吧台倒了两杯酒，递给落拓一杯笑道："幸亏你当年没有加入根目录。"

"如果我加入根目录了，是不是你们就不会有今天这个重返地球计划了？"落拓和刘棣辉碰了下酒杯问道。刘棣辉笑道："也不见得，强尼是个心思缜密的人。我想他会选个能让他满意的继承人，如果没有你的话时间也许会推迟。"

"也许是十一年之后的下一个太阳周期吧？"

"有可能。不过有一点我们还要注意，就是如果'宓妃'真的提前完成了'T计划'，那我们就得停止一切计划。"

"会怎么样？"

"我不知道，但我想她掌握了展开微观粒子，并在其中压缩数据的方法，虽然我们想象不到它的作用，但一定很可怕。"刘棣辉喝干杯中的酒说。

"问题是强尼的笔记中没提到过这一点。"

"强尼只是利用这个技术做武器而已，他的小册子中说这个技术可以用于星际移民。具体怎么操作谁也不知道，我想'宓妃'一定是得到了什么提示。只不过关于'T计划'我们还是知道得太少了，甚至连名字的含义都没弄明白。"

"这不重要，重要的是它马上就要失败了。"落拓至今还记得自己说这番话时的样子，那种风光和得意使他绝没想到还有今天这样沦为阶下囚的际遇。

---

[1] 是发生在太阳大气局部区域的一种最剧烈的爆发现象。它能在短时间内释放大量能量，引起局部区域瞬时加热，向外发射各种电磁辐射，也称为色球爆发。

"擦一擦眼泪吧。"韩蕊忽然将几张纸巾递到落拓面前，打断了他的回忆，"一直以来都是我引导你进入地下，加入比特公会，也是我阻止你加入根目录的，所以今天你的情况我也有责任。"

她说到这里叹了口气，又道："其实我们两个都只是普通得不能再普通的棋子而已，没有自己掌握自己命运的能力。比如说我吧，克隆出来的主要意义是引诱你加入比特公会。而你呢？不也是根目录用来榨取火星资源的代码？如果没有我的影响，恐怕你现在已经着手准备去火星了。"

"是啊，这是命运的安排。"落拓擦着眼泪说道。

"我和朴垣恩的相识是我主动找的他，我知道如果我按照他们的吩咐做，我在介绍你加入比特公会后就没用了。谁知道我会不会被杀掉。所以从某种角度讲我对不起星野美子，也对不起你。"

落拓听到这里才知道韩蕊的命运竟如此坎坷，听到星野美子心里仿佛又是一记重击。迟疑半晌，他才问道："我能知道你现在和谁在一起吗？"

"你了解刘棣辉吗？"韩蕊没有正面回答落拓，而是反问他。落拓想了想，说道："还算了解吧。"

"那你说他为什么要赦免你？"

"我很奇怪，以他的性格应该杀掉我才对。"

"那你了解我吗？"

"不太了解。"

"但我很感谢你在朴垣恩死后对我的照料，这也是我能为你做的事情。"韩蕊诚恳地说道。

"谢谢，不过你为什么……"说到这里的落拓恍然大悟，他瞪大眼睛问韩蕊，"你不会和他在一起吧？"

"对不起，我得失陪了。"韩蕊抬起皓白如玉的手腕，将通信器展现给落拓，"总理府要我回去，我安排你的老朋友，陆军部的弗朗西斯·弗兰克陪你吃饭吧，之后的赦免程序由他告诉你。"说着话她收拾好面前的东西，对着通信器说道："让弗朗西斯将军进来。"

第十五章

一

卡尔·雷蒂夫抱着激光制导的单兵步枪，坐在无人驾驶的皮卡汽车驾驶席上，目不转睛地盯着寂静的夜色中向自己方向驶来汽车的稀疏灯光。他身后，三个同样紧张的伙伴隐藏于车身的黑暗中盯着逐渐靠近的光芒，缓缓地抬高了枪口。

"站住，再往前走就开枪了。"简易障碍后的彼得突然像兔子一样蹿出，头灯照耀下脸色亦如白纸般惨淡。随着他的喊声，对面破旧的轿车发出一连串的刺耳刹车声后，终于停在了朽木一样简陋的障碍前。

"快，下车。"随着雷蒂夫的召唤，三个伙伴倏然跳下皮卡，五条步枪的枪口同时对准了轿车上惊恐的中年男子。

"干什么的？"雷蒂夫掏出首尔保留地治安局的治安官证明，厉声说道，"我是龙仁市西镇派遣站的站长，你可以叫我卡尔或雷蒂夫。"

"警官，我没有犯什么事吧？"短暂的紧张之后司机可能注意到了雷蒂夫的身份，平静地说，"我只是个普通司机，载客而已。车上没有违禁品。"说着话他从口袋中掏出一叠厚厚的钞票塞到雷蒂夫手中，说道："我知道规矩，你们不就是要这个嘛。"

雷蒂夫接过钞票，发现竟是百元一张的大面值，看样子这早已打好捆的钞票最少有一万元。这在之前行情好的时候也是极少见的事情，更何况现在是人心惶惶的戒严时期。雷蒂夫嘀咕着接过钱，正准备放手让司机过去的时候忽然发现对方很迅速地向后备厢瞅了一眼。

"什么意思？"雷蒂夫紧张地皱起了眉头。他知道，在保留地其实并没有什么真正意义上的违禁品，只要出得起钱，什么都可以带走，什么都能带来。他们所谓的哨卡和戒严其实只是一个收费的理由而已。这是新入门的司机都知道的事情，可为什么这个明显是老油条的家伙这么紧张呢？

瞬间思索之后，雷蒂夫做出了让四个伙伴甚感不解的决定："司机下来，把后备厢打开。"

"卡尔，这家伙给了钱我们就应该让他走，这是规矩。"身边的"军师"金唤章用极低的声音说道。他可能没有理解雷蒂夫的意思，见他没反应又往前走了一步，说："如果真被投诉，私设哨卡是很严重的罪名，没准我们都得丢饭碗。"

"把后备厢打开。"雷蒂夫扫了金唤章一眼，继续对司机说道。此时金唤章身后的尼古拉和杰瑞看雷蒂夫态度坚决，也把枪口对准了司机。司机无奈地站起身，哆哆嗦嗦地来到车尾，将后备厢打开的同时突然撒腿就往来时的方向跑。

他忘记了哨卡前的彼得，所以付出的代价相当大。就在彼得开枪射杀司机的时候，雷蒂夫在尼古拉的帮助下把一个几近昏迷的白人青年男子从后备厢里提了出来。

看上去青年人没受什么伤害，身上也没用绳子捆着。他穿着朴素的羊毛风衣，脸色苍白地蜷缩在汽车后备厢里，直到打开车门的时候目光中还掩饰不住惶恐。雷蒂夫皱紧眉头，直觉告诉他这个人不简单。

"带他回站里再说。"雷蒂夫说道。此时彼得和杰瑞正抬着司机的尸体往路边的草丛里扔，问雷蒂夫他那辆车怎么办。

"扔到路边，明天会有交通安全管理局的交通治安员过来处理。"雷蒂夫说完招呼开车，同时在青年身上搜了一遍。其实本质上雷蒂夫只是想看看对方带了多少现金，却无意间搜出本根目录首尔基地的工作证。

"你叫弗朗西斯·弗兰克，在根目录工作？"雷蒂夫问。

"是的，我是个 IT 派遣工，刚刚获得工作机会的保留地居民。我之前在多伦多保留地工作。"弗朗西斯平静地回答。他说话的时候眼睛一直紧紧盯着雷蒂夫，倒让后者感觉有些不适。

按理说他的回答非常完美，表现亦无懈可击。可是这位弗朗西斯还是让雷蒂夫有些疑惑：大半夜的藏在后备厢里，又装着根目录的工作证，他这是准备到哪儿去呢？

对于雷蒂夫的疑问，弗朗西斯倒解释得颇为完美："我要偷渡回美洲国家联盟，这里不适合我。"

"我大概知道你想干什么，如果你不说实话我就给你上点儿刑，直到你说了为止。"在派遣站的审讯室里，雷蒂夫做着最后的努力。虽然话说得凶狠，其实雷蒂夫自己也不清楚对方能不能听他的话，说出点儿有价值的东西来。

最好是关于毒品或赌博的大案子，这样还能多吃点儿回扣。要知道最近半年因为炒股雷蒂夫和几个兄弟都亏了不少，否则也不至于大半夜冒着丢饭碗的危险私设哨卡了。

虽然雷蒂夫盼望着对方能说出实话，弄点儿横财发，可当对方真的吐露秘密的时候他又差点儿吓尿了裤子，好半天才弄明白这个叫弗朗西斯的家伙没有说谎，自己今天真的捅了大娄子。

"你说的都是真的？"

"是真的，我的确是要加入'亚细亚解放阵线'的根目录成员。"弗朗西斯阴郁地说道，"根目录迟早要完，我这是及早为自己做好打算。"

"'亚细亚解放阵线'是反政府武装，不仅是根目录的敌人，甚至还是各保留地的敌人，你为什么要这样做？"雷蒂夫望着面前侃侃而谈的弗朗西斯，心底的恐惧感蔓延开来。他知道刚才被自己逼到绝境的弗朗西斯开始反击了。

"'亚细亚解放阵线'已经与地下国际的北亚签署了合作备忘录，得到了北亚以及整个地下国际的全面支持。根目录的崩溃近在咫尺，这也是我倒戈的主要原因。"

"警备部队呢？首尔可是驻扎着根目录警备部队一个特种作战旅啊！"面对雷蒂夫打破砂锅问到底的精神，弗朗西斯终于说出了惊人秘密："首尔现在根本没有警备部队，甚至整个西太平洋、南太平洋及至印度洋沿岸都没有。"

"为什么？"

"他们都被集中到南美镇压叛乱了。"

"南美？"雷蒂夫影影绰绰地似乎听说最近一年南美方面治安不甚良好，甚至连互联网都时断时续，可他怎么也没想到那里竟爆发了叛乱。经过弗朗西斯解释，他才知道原来最近几年地下世界尤其是北亚、亚盟和欧盟方面对钢材的需求量极大，据说是大量的基础设置建设需要。所以这几年地上世界各大庄园都转行投入了钢材生产，并赚取了巨额利润，同时拉动了十大国家联盟各保留地的相关股市疯狂上涨。

"这个我知道，但后来都跌了，我赔得很惨。"雷蒂夫边说边点了支烟。弗朗西斯点了点头，伸手接过雷蒂夫的烟，用戴着手铐的手又接过他递来的火机："谁知道这是地下世界的圈套，一切都是北亚那个叫落拓的新总理搞的鬼。自从股市上涨以后，地上世界各种民间资金开始疯狂注入股市以获取利润，甚至包括了一些国有资本，就是根目录所有的企业。比如布宜诺斯艾利斯有一个'食蚁兽资本'的投资公司，就在其中倾入了上千亿美元的资金。"

"后来呢？"听说是地下世界的圈套，雷蒂夫听得很认真。就听弗朗西斯继续道："后来地下世界突然终止了钢材收购，导致大量钢材囤积成废品，很多人血本无归。这其中就包括了'食蚁兽资本'，但问题是这个投资公司是布宜诺斯艾利斯保留地最大的企业，有相当一部分保留地管理局高层参股，倒闭会给他们带来损失。"

"他们出手了？"

"对，布宜诺斯艾利斯保留地管理局要求'食蚁兽资本'的最大股东仓鼠集团出手救援。于是仓鼠集团就募资数千亿美金托市，保住了'食蚁兽资本'。"

"这个仓鼠集团很强啊！"雷蒂夫说。

"仓鼠集团是个空壳企业，他们投资了'食蚁兽资本'，还是布宜诺斯艾利斯保留地金融所的最大股东。所以他们所谓的资金其实就是保留地金融所的钱挪用而已。"

"这就是叛乱的根源？"雷蒂夫恍然大悟，心想既然连那么大的企业都在股市亏损上千亿，那自己这点儿钱其实真不算什么。弗朗西斯却不知道他的想法，认真地点了点头："没错，后来这个庞氏骗局崩盘，无法拿到自己血汗钱的保留地公民们愤怒地放火烧毁了布宜诺斯艾利斯保留地金融所和仓鼠集团大楼，最终引起暴乱。无法控制局面的保留地治安局向布宜诺斯艾利斯根目录联络处发出了协防请求。"

"原来是这样。"

"后来布宜诺斯艾利斯的根目录警备团无法取得胜利，根目录执行主席拉马拉在根促会斯威夫特主任的督促下调动了全球能调用的警备部队，这也是现在首尔防卫空虚的秘密。"

"这么说'亚细亚解放阵线'要动真格的了？"雷蒂夫此时已经决定好如何处置弗朗西斯了。

"不仅是亚细亚，现在全球一百三十余个反根目录组织都已经联合起来，在量子计算机的协助下统一行动。北亚政府承诺我们可以索取我们自己所需要的东西，他们会提供支持。"弗朗西斯停顿了一下，骄傲地说道，"我现在就要去报到，你放了我还是与亚细亚作对你自己看着办吧。"

"你在根目录做什么，能有多大的情报价值，你不是说你只是个派遣工吗？"雷蒂夫冷冷地问道。弗朗西斯哼了一声，不屑地说道："我是根促会秘书处的工作人员，关于斯威夫特主任和根促会的事情我都知道。"

"根促会的主任不是珍妮吗？"

弗朗西斯没有回答雷蒂夫的问话，脸上的表情却出卖了他。雷蒂夫知道他话中有话，开始给他施压，最终在暴力作用下被他打得满脸是血的弗朗西斯终于投降了："自从落拓叛逃以后，珍妮就引起了根目录其他领导人的不满，不过鉴于珍妮家族势力的庞大和'宓妃'的支持，她一直是根目录的实际最高负责人，直到去年。"

"去年怎么了？"

"非洲一直是最不稳定的地区。"弗朗西斯吐了口带着血的痰说，"一百多年来一直有地下世界的非洲联盟与根目录作战。在地下世界，非洲联盟也是独立存在的，所以联合国方面不太控制得了那些地下组织。根目录为了在非洲的利益，就扶持了一个叫'祖鲁人民军'的政权控制大半个非洲，在所谓新国联和非洲统一联盟的支持下与地下非盟作战。"

"继续说。"雷蒂夫眯着眼睛，手中提着鞭子说。弗朗西斯叹了口气，很不满意地瞪了雷蒂夫一眼："战争断断续续地打了几十年，要没有根目录的支持'祖鲁人民军'早垮台了。后来他们占领了非洲全境，却面临着非盟游击队的威胁，于是'祖鲁人民军'不得不维持着四百万人规模的军队。你知道非洲什么也没有，只能靠根目录输血，开始几十年没什么问题，这点儿钱不算什么。可后来永生者越来越多，地下世界的隐形永生者也开始抢占资源，根目录对非洲的援助开始捉襟见肘。"

"简单点儿。"雷蒂夫说。

"根目录里面分为两派。最近几年，以斯威夫特和拉马拉为首的稳健派开始趋向于放弃'祖鲁人民军'甚至放弃非洲。而另一派则是'宓妃'支持的珍妮一派，他们拒绝这样做，担心引起连锁效应。后来斯威夫特手下的一个首席科技官开发了个关于微观粒子的什么技术，引起了'宓妃'的注意。所以'宓妃'转向支持斯威夫特，这样珍妮就被孤立了。"

"她死了吗？"

"不，珍妮虽然在根目录内部树敌甚多，但家族势力庞大。斯威夫特他们以体检为名，让'宓妃'骗珍妮和她的盟友藤原坤进行体检，借机对他们进行了思维重塑，其实就是用二十年前的思维复制数据覆盖了珍妮他们现有的思维。

珍妮失去二十年记忆，清醒后已经不能再担任根促会的任何核心职务。虽然名义上她还享受着副主任的资格和待遇，甚至拥有四个克隆体，但她和她的家族已经失去了根目录的领导权。藤原坤思维重塑后无意发现了真相，前一阵叛逃到了地下。"

"珍妮之前也是副主任，只是有实权；之后她的职务没变，却什么都没有了。"雷蒂夫感叹道，"那你告诉我，你打算对亚细亚的叛军说点儿什么呢？"

"你要干什么？"听雷蒂夫问这个问题，弗朗西斯本能地瞪大了双眼。"你说呢？"雷蒂夫狠狠地提起鞭子，缓缓缠绕在弗朗西斯的脖子上，说，"把你知道的都告诉我，快！"

二

根目录水原联络处是根目录在京畿道的指挥中心，规模上略逊于首尔基地，拥有直属雇员六百六十余人，其中永生者占百分之八十五。战前，在这里工作是整个京畿道人的梦想，谁知道当暴乱发生的时候却成了彻彻底底的人间地狱。

天擦黑的时候，市区的巷战基本结束了，枪声零零星星，残垣断壁间只有蒸腾的滚滚浓烟，烟雾中沸腾的火焰和遍布街衢巷尾的尸体诉说着刚刚过去的战争。雷蒂夫坐在吉普车的副驾驶位上，手里紧紧握着散弹枪，明显不太合身的迷彩服将他的身体紧紧包裹。

汽车在根目录驻地大楼前停下了，几个刚刚接管这里的联军士兵检查了雷蒂夫五人的证件，然后很标准地给他敬了个军礼，说："弗朗西斯少校，诺曼司令正在等候您的到来。"

"找几个人把行李搬到屋里，你们也去那儿等我一会儿。"雷蒂夫拍了拍金唤章的肩膀，然后飞快地绕过障碍，在充当临时指挥部的会议室里见到了此次联军负责京畿道攻坚战的最高指挥官诺曼·斯蒂芬。此时这位据说战前只是在地下世界某军事院校当教员的老头子正威风凛凛地带着作战参谋在巨大的全息屏幕前观看"萧旷"做的战事推演。

"弗朗西斯少校,我刚刚得到一个非常不幸的消息。"虽然说话的时候诺曼竭力表示出同情,可雷蒂夫在他脸上看不出一丝悲伤。他说:"你们'亚细亚解放阵线'的首席指挥官朴少章上校在刚刚结束的战斗中牺牲了。"

"朴少章?"雷蒂夫努力在脑海中回忆着自己见到过的每一个"亚细亚阵线"的成员,却无论如何也不能将那纷杂的面孔和这个名字对应起来。就听诺曼继续说道:"他的运气不太好,主攻的方向遇到敌人突围。"

"哦,那太不幸了。"雷蒂夫说。

"不过我们仍然取得了胜利,你知道这足以让地下作战大本营那帮自以为是的联军指挥官们震惊。我们是最快拿下根目录一个中等规模联络处的部队。"

"这要归功于您的正确指挥。"雷蒂夫不失时机地说道。诺曼果然被逗得哈哈大笑,很用力地拍着雷蒂夫的肩头:"这是大家的功劳,但指挥起来的确也不容易。你知道我们联军成分复杂,能聚集在一起其实都是面临共同敌人的原因,如果没有了根目录很可能自己人打自己人。"他说到这里很用力地在空中挥了挥拳头:"一定要杜绝这种事情发生,所以我们要加强宪兵队的势力。晚饭后我要召集所有叛军的首领开个会,主要谈谈下面的行动和各部队的配合。你就代表'亚细亚解放阵线'参会吧。"

"好的司令员,我会永远遵守您的命令。"雷蒂夫毕恭毕敬地说。他知道,自己其实没资格参加这种会议,之所以诺曼要他代表"亚细亚解放阵线"是因为他们想了解更多关于根目录的情报,以便为下一次攻打首尔做准备。

"看来我又得临阵磨枪了。"从诺曼的指挥部出来,雷蒂夫穿过长长的走廊,边走边掏出厚厚的日记本,在潦草的记录中寻找弗朗西斯的口供。

突然,身边的房间传出一声巨大的枪声:"嘭"!

雷蒂夫被吓了一跳,他瞠目结舌地看去,但见这是一间很普通的办公室,门却并未关上。他透过两指宽的门缝瞧去,但见地上躺了个年轻女人,浑身赤裸,双乳间被自动武器轰出了个直径两英寸的血洞,正汩汩往外冒着鲜血,眼见是刚刚咽气。

女人面前，一个联军部队的黑人士兵刚刚提起裤子，身边的墙上靠着一支智能自动步枪。士兵见到雷蒂夫出现在门外，满不在乎地敬了个军礼："你来晚了，少校先生。"

雷蒂夫瞅了一眼，看到屋里值钱的东西大都已经被搬空了，显然这个士兵属于另外一队叛军。这次加入"自由联合军"的地上反叛组织虽然名义上听从地下作战大本营的指挥并服从于地下联合部队，但毕竟人数占优势的他们不可能像地下联合部队那样表现出职业军人的素养。所以在先头部队清场后往往会有属于其他组织的叛军再次做扫尾工作。

"把现场处理一下。"雷蒂夫说完转身离开，才走了几步就见到几个联军士兵押着两个上了年纪的根目录女员工从面前走过。他往他们前进的方向看了一眼，知道要押去做集中处决。

"那些根目录的人也会被杀掉吗？"刚走进为自己安排的临时寝室，金唤章就跳出来用带着颤抖的声音说道，"我刚才在路上，看见联军士兵把一群永生者一个一个地从八楼扔下来，遍地都是尸体。"

"所有人都恨死这些人了，所谓永生者都该死。"雷蒂夫轻描淡写地说了一句，发现屋子里只有金唤章一个人，"其他人呢？"

"刚才几个亚细亚的士兵，就是跟我们作战的那个连长带人过来说抓了九个俘虏，都是年轻的女人，让我们过去消费。"

"你怎么没去跟着放松放松，吃饭最少还有一小时呢。"雷蒂夫笑道。

"雷蒂夫！"金唤章忽然用紧张的口吻叫道，"你难道真以为自己是弗朗西斯？那个被我们埋到派遣站后院的黄桃罐头？这人不一样，他可是叛军啊，我们要知道冒名顶替会被判死刑的，我们杀的是个投诚的根目录军官……"

"闭上你的狗嘴！"雷蒂夫突然恶狠狠地打断了金唤章，他厌恶地望着这个浑身颤抖的身影，蓦然质疑自己为什么和这样一个软骨头共事这么多年，"别跟我提这些，一个字都不准说。我是弗朗西斯少校，'自由联合军'东亚作战署第十一电子步兵师亚细亚独立旅的少校弗朗西斯，上司是上校旅长朴少章。"

"我们离开治安局派遣站已经一个月了，同时失踪五个人会被发现的，到时候我们会失去一切，包括生命。"金唤章用带着哭腔的声音说道，"你是个光棍，可我还有妻子和儿子，他们会找我的。"

"彼得、杰瑞和尼古拉都成家了，我也有女朋友。我们说过功成名就的时候再告诉他们，你忘记了？还有誓言呢，你在上帝面前发过的誓不算了？"

"不行，我不能留在这儿。"金唤章一屁股坐到床上，慢慢地摸出一支香烟，说，"我要回保留地去，现在有这么多人到前线，那儿的工作一定很好找。"

"你打算怎么解释我们的失踪？"

"我不会回西镇了，我打算带着妻子和孩子去首尔保留地。"

"好吧。"虽然已经打定了主意，可雷蒂夫还要装出一副依依不舍的样子，"人各有志，我也不勉强你。"说着话他走到自己的行李箱前，取出一些钱交到金唤章手里："兄弟一场，记得经常联系。"

"这——"

"拿上，早点儿走吧，要是彼得、杰瑞和尼古拉他们回来万一不让你走可麻烦了。"

"好，那太谢谢你了。"金唤章接过钱，走到五个人的行李堆前找出自己的一个包，在里面挑了挑，把不重要的衣物都扔了出来，然后背上包和雷蒂夫拥抱，"我要找个更好的差事，等你们打到首尔的时候我们再见。"

"拿好你的保留地电子居民证，我相信我们会在首尔见面。"雷蒂夫笑着把右手伸进了衣服口袋，那里一直贴身放着支用来防身的智能电磁脉冲手枪。

"好的，再见了兄弟。"金唤章转过身，刚要推门的时候雷蒂夫猛地拔出手枪扣动了按钮。"嗞——"微弱的声音过后，一道紫蓝色的闪电蓦然从枪口射出，在金唤章的身后划出优美的弧线从他的后脑进入身体，然后迅速从七窍中喷出一股又一股的淡淡青烟。与此同时，金唤章重重地摔倒在地上。

雷蒂夫静静地站在金唤章面前，小心翼翼地用枪顶着将他翻了个身，直到看见炭火般的脸色时才放下心，很认真地收起枪，然后想了想，把金唤章的衣服一件件地脱了下来，直到他一丝不挂为止。

根目录水原市驻地大楼的外面是个小广场，此时天已黑透，整个广场上东一堆西一簇地点着几个火堆，零零星星地有不少进进出出的联军士兵。再远一点儿的地方宪兵队已经将周围封锁，用巴基管材料搭了相当坚固的隔离带。雷蒂夫拖着金唤章的尸体来到封锁区中心，小心地左右打量着环境。

广场上的尸体不少，大都是衣衫不整的年轻女人，也有少数男人，所以金唤章在这儿既不显眼也不孤单。看样子上了年纪的人都被集中到封锁区外面处决了。雷蒂夫回屋抱起金唤章的衣服在一个火堆前停住，一件件地扔了进去。

火焰腾空而起，噼里啪啦的火星险些溅到雷蒂夫脸上，他往后退了几步，差点儿踩中一个士兵的脚。

"你烧的什么，长官？"士兵微笑地问道。雷蒂夫犹豫了一下，正不知道该怎么回答时却看到士兵手里好像也拿着东西，于是问道："你要烧什么？"

"女人的衣服。"士兵老老实实地回答。

"我也是。"雷蒂夫站直身体，看金唤章的衣服已经烧完，估摸着时间差不多了，便踅步到会议室开会。此时会议室里一个军官正给诺曼司令汇报情况："现在已经初步清理完毕，没有遗漏。"

"确认没有漏网的吗？"

"是的司令员，我们对没有'自由联合军'信息终端的人一律消灭肉体。"

"很好，有'萧旷'替我们监督我们能省太多事。"诺曼司令见雷蒂夫进来，很高兴地和他打招呼："我们的英雄，一会儿你要给我们多讲讲根目录的事，进攻首尔的时间已经定下来了。"

"是，长官。"雷蒂夫坐下恭敬地说。

"另外还要告诉你一件事。"诺曼司令微笑地说道，"上面决定委任你担任'亚细亚解放阵线'的首席总指挥一职，原'亚细亚解放阵线'的副指挥萨拉马会协助你。"

"我——"虽然谈不上完全惊愕，可面对要自己担任"亚细亚解放阵线"的首席总指挥，雷蒂夫还是感觉有些突然，"我不能担任这么重要的职务。我加入'亚细亚解放阵线'的时间还很短。"

"我说了，萨拉马会帮你的。我已经和他谈过了。之所以选你是因为你有一个重要任务。"

"什么？"雷蒂夫吃惊地问道。

"独自率领'亚细亚解放阵线'攻打首尔。"诺曼司令说出了一个在雷蒂夫看来几乎不可能完成的任务。

三

听到给自己委派的新任务，雷蒂夫差点儿哭出来。要知道首尔驻扎着根目录在朝鲜半岛最大的管理机构，光本地雇员就超过三千人，其中一多半都有永生者或准永生者的身份。而负责防卫工作的根目录警备部队虽然被调离，但驻军却非之前弗朗西斯所说的一个人没有。据情报显示，首尔目前还有两个加强营的警备部队驻守。

问题是根目录内部还有安保处，像根目录首尔驻地这种规模的长驻机构，安保规模通常维持在三百至五百人左右，装备精良、训练有素。再加上首尔保留地治安局的七万各类治安警员，整个首尔能动员直接作战的武装力量就超过五万人。

"亚细亚解放阵线"呢？全部编入作战序列的还不够一个满员旅，再除去伤员逃亡，雷蒂夫能带领的人不过区区五千人。

五千对五万，一比十！纵然保留地治安局的治安警员战斗力低下，可与"亚细亚解放阵线"比起来也是半斤八两。要知道，整个"自由联合军"里，只有地下各国正规军组成的地下联合部队还有个军队的样子。而地上各种叛军联盟的联军简直就是乌合之众，能打赢这几仗完全仰仗量子计算机"萧旷"的精密计算以及人海战术。

没有数量上的优势，这仗能打胜的机会很渺茫，甚至在雷蒂夫这个外行看来，整个联军的战略战术与"二战"时的盟军也没什么明显的区别，甚至还不如海湾战争时的美军。他揣摩良久，愈发觉得诺曼是在假公济私地排除异己。

诺曼目前控制的联军部队除了少量地下联合部队外，主要由"亚细亚解放阵线""新罗人民军""宫古赤军"三个反政府武装力量组成，其中诺曼就出身于势力最大的"新罗人民军"。而"亚细亚解放阵线"自朴少章死后已成三方势力之尾，故以诺曼为首的指挥部有专拣软柿子捏的嫌疑。

不过怀疑毕竟是怀疑，命令还是得遵守。所以在和萨拉马简单地商议过后，雷蒂夫决定自己带着四个兄弟和警卫连殿后，让萨拉马做指挥官先上。于是萨拉马在千不情万不愿的情况下开始拉着作战参谋进行战前推演，雷蒂夫则完全置身事外，反正他也不懂。

可战争毕竟是战争，不像雷蒂夫在西镇做治安警员那样能拖就拖。所以当主攻才开始的时候，萨拉马的请示就流水般地从通信器中传了过来：

"弗朗西斯少校，萨拉马请求东线增援。"

"弗朗西斯少校，萨拉马请求撤退。"

"弗朗西斯少校，萨拉马正在撤退。"

……

这仗是怎么打的，才半个小时就要撤退？雷蒂夫跨上吉普车，打算到临近前线的地方看看萨拉马的部队。为什么刚才开会的时候说得信誓旦旦，好像他这五千人能直捣黄龙一般？

颠簸不平的公路边上到处都能看到负伤倒地的联军士兵，各色武器触手可得。雷蒂夫强忍着怒火，顺手调高了无人驾驶汽车的行驶速度，决定见到萨拉马要狠狠教训他一顿。

远处，萨拉马的作战越野车停在路边，好像还有两个端着枪的士兵站在不远处巡逻。雷蒂夫招手让两辆车停下，然后带着最信得过的三个兄弟——彼得、杰瑞和尼古拉向萨拉马的汽车走去。

"萨拉马呢？我要见他。"雷蒂夫刻意端着架子走到两名士兵跟前，正想顺手给他一巴掌的时候汽车里突然蹿出几个端着电磁步枪的军人，黑洞洞的枪口正对己方四人。

"你们被捕了，我们是根目录安保处的安保警察。"一个身材魁伟的虬髯大汉麻利地跳下车，恶狠狠地在雷蒂夫膝盖上踹了一脚，"跪下，你已经是我们的俘虏了。"

"萨拉马在哪儿？"雷蒂夫左右瞅着，发现车里并没有萨拉马。这时车里的五个人全部跳下来，用绳子将雷蒂夫四人捆了起来。身后吉普车里的五个警卫则目瞪口呆地望着雷蒂夫被捕，然后迅速扔掉武器投降。

"你就是'亚细亚解放阵线'的新任领导人弗朗西斯吧？听说你是多伦多驻地的永生者？"大汉边捆雷蒂夫边问道。他手上的力气很大，几乎把绳子扣到了雷蒂夫身体里。

"萨拉马在哪儿？"雷蒂夫又问，他实在不敢相信仅仅半个小时"亚细亚解放阵线"就全线溃败得如此彻底。可大汉的回答却完全超出了雷蒂夫的预料："他投降了，是他说能让我们抓到你的。看来他并没有失言。"

接下来雷蒂夫被重新推上了自己的吉普车，在一名根目录安保警察的押解下来到首尔城郊的根目录办事处，这里临时设置了一个审讯室，有不少首尔方面来的根目录高层等候。

屋里很热，靠墙而放的长沙发上坐满了人，一个身着军装的年轻人盯着雷蒂夫，往前踱了几步。

"玛吉统领，任务完成，我们已将弗朗西斯俘虏。"大汉对年轻人施了个标准的军礼，毕恭毕敬地说。统领是根目录地区统治者的简称，也是根目录驻地的最高负责人。看来这位被称为玛吉的人就是首尔的地区统治者。

"你是弗朗西斯？"玛吉笔直地站到雷蒂夫面前，冷冷地问道。

"是的。"雷蒂夫努力维持着最后一点儿尊严，压制着内心的躁动，以便看上去能平静一些。玛吉则静静地看着他，忽然微微笑了一下："你的士兵不堪一击，我很想知道你们是怎么打赢之前那一仗的。"

"运气这次没站在我们这边。"雷蒂夫说道。

"作为指挥官，你竟然让士兵们迎着太阳去冲锋，难道不是愚蠢的表现？"

"成王败寇！"雷蒂夫故意冷笑道。

"好吧，那你能不能告诉我你们用什么办法使我们所有的互联网通信瘫痪的？"玛吉问。

"我不知道。"

"很好。"玛吉转过头，问雷蒂夫身后的几个人："你们谁能告诉我，我会立即放了他。"

尼古拉往前走了一步，看意思想发言。雷蒂夫略一犹豫，就知道尝试抓住这个机会的不能是别人，遂大声说道："DDoS 攻击，地下世界几乎每台计算机都安装了一个引导攻击的子程序，你可以在互联网上轻易下载到它。"

"原来是这样，全民战争啊！"玛吉说着回到位置上坐下，然后打量了雷蒂夫一会儿，说道，"诺曼为什么让'亚细亚解放阵线'来攻打首尔？"

雷蒂夫没有说话，事实上这个问题也困扰着他。不过玛吉显然没有从雷蒂夫口中得到答案的打算："除了尽可能地消灭亚细亚的有生力量外，他今天需要接见一位从地下世界来的大人物也是主要原因。你们不会获胜，而他要在大人物面前表现自己。"

雷蒂夫还是没有说话，不过他觉得玛吉的话不一定就不正确，虽然他没有得到任何这方面的消息。玛吉又笑了笑，看了眼身边的根目录官员，说道："你们看，他真是个傀儡。"

说完话，玛吉转过头，冷漠的目光在雷蒂夫和他手下的身上一一扫过，他说："我说过会放你的，我绝不失言。"

"我相信你也不会。"雷蒂夫不失时机地将了他一军。玛吉却未置可否，继续说道："不过我希望你能帮我一个忙，如果你可以办到的话我就放了这些人。"说着他往雷蒂夫身后指了指："否则我就杀了他们。"

"你做梦吧，我不会做的。"雷蒂夫觉得玛吉没有释放自己的诚意，所以又强硬了起来。玛吉却微微皱了皱眉。

"既然这样那我只能杀掉你，因为你没有任何作用。"

"你刚才说会放我的。"

"我是说过，但没有说不附加条件。"玛吉狡黠地笑了笑，"你没有选择，如果你投降根目录，我就给你一个永生者的身份。"

雷蒂夫一惊，他没想到玛吉会下这么大的赌注，就听他继续说道："我们输了只有死路一条，我相信你明白这个道理。制造更多的杀戮只会惹恼叛军，所以我们要选择最稳妥的方式解决首尔危机。"

"要我……要我做什么？"雷蒂夫踌躇道。

"杀了那个大人物，引爆你身上的炸弹背心。"玛吉说，"你回去见到他的时候在军营里引爆它，只要他一死联军必退。"

"为什么？"

"因为这次要来的人是地下世界的重要人物，联军总指挥落拓。"玛吉阴恻恻地说道。

"你觉得我会为你们做自杀式的爆炸？"雷蒂夫冷笑道。

"当然。"玛吉站起身，又一次走近雷蒂夫，"你临走前，我会为你做思维复制。我们现在已经可以将你的思维复制到任何一具空白身体里，而这种克隆好的空白身体光首尔就有一万具。"他停顿了一下，用充满诱惑的声音说道："你将拥有永生者的身份，只要这次战争结束，你就会和我一样拥有自己的水岸中心、太空办公室甚至是月球度假村。你要知道在整个根目录只有不超过一百人有这样的待遇。"

"你说话算数吗？"听到月球度假村的雷蒂夫终于被打动了。

"当然，我相信你有这个能力。只要落拓一死，这次联军进攻必败，到时候南美的根目录警备部队会回防东亚，那样他们就没有机会了。"

"如果我不同意呢？"

"你会同意的，这是千载难逢的机会，我不会在这么多人面前欺骗你。另外我还要告诉你，月球度假村拥有全世界最豪华的设施供你享用，你将像帝王样享受千秋万载。"

雷蒂夫挪了挪僵硬的身体，偷偷转身看了眼身后听得目瞪口呆的兄弟和手下，终于迎上了玛吉期待的目光，说："好，我同意杀落拓，不过你要给我保证。"

第十六章

一

　　雷蒂夫在保留地长大，他在那儿从没得到良好的教育，反而自七年级起就开始对赌博有了浓厚的兴趣。其实在保留地，赌博是最公平的竞争，尤其是那种不借用任何电子设备的原始赌局，甚至成了雷蒂夫这种人唯一的生存方式。

　　雷蒂夫与金唤章、彼得、杰瑞以及尼古拉一块儿长大，一起靠赌博赢得了治安局局长的青睐。那天喝酒喝到醉眼迷茫的局长望着把骰子玩出花活儿的雷蒂夫，很激动地拉过了他的手："原来没有能连赢我三把以上的人，你是怎么做到的，小伙子？"

　　"这是我的事业，先生。"那天雷蒂夫戴着鸭舌帽，叼着一支廉价的粗雪茄，看上去像东欧老电影里的主人公。局长微微地点了点头，说道："你能告诉我你选择这个事业的理由吗？"

　　"它很公平，从没有暗箱操作。不用考虑背景、出身、金钱以及社会地位；不用事前先想自己是否有认识的人。需要的只是运气和技艺。比起那些网络、报纸上的信息，它从不骗人。不会给你虚无缥缈的希望，而是真真切切的实惠。"

雷蒂夫笑着说出了自己对赌博的看法。

"说得太好了,光我的辖区,就有五分之一的人从事各种各样的赌博工作。但没有一个像你这样认识深刻,我就需要你这样的人帮我。"局长拿出电子名片,希望雷蒂夫接受一份治安局的工作。

从那天起,雷蒂夫就成了凌驾于保留地一多半人头上的"体制公民",成为有尊严的、靠薪金和诈骗生活的治安官,直到暴动之前他和兄弟们抓到弗朗西斯为止。

冒名顶替是一场赌博,很难说雷蒂夫赢了。但雷蒂夫觉得自己还有翻盘的机会,就像购买了一只走势不好的股票继续追加一样,他必须再赌一把大的。

问题是把赌注押到谁身上呢,根目录还是联军?

雷蒂夫羡慕永生者的身份,但他不认为这些吸附于保留地和地下世界大多数人身上吸血的家伙能取得最后的胜利。在雷蒂夫看来,希望青睐改变规则的人是历史规律。他在保留地的孤儿院长大,从小就怀着对根目录的深深憎恨。纵使现在的他拥有了得到根目录永生者身份的机会,可一旦还有选择的机会他就会本能地拒绝。

人类走出非洲的时候,不也是做着一次生死赌博吗?面对比自己更聪明的尼安德特人,我们的祖先不也走出了最关键的一步?无论这是否是雷蒂夫给自己找的借口,他还是决定再赌一次。

当他孤身一人身着定时炸弹背心走出首尔根目录驻地防区的时候,一种久历沧桑后的悲怆从四面八方向身体涌来。他挺直身体,慢慢地爬上玛吉为他准备的越野车,轻轻地按下了全息投影屏幕上已经定制好的返程路线键。

汽车沉重地行驶在前往联军行营的路上。雷蒂夫觉得,每走一步都距离死亡更近了。

按照玛吉的指示,他必须在一个小时内回到行营,马上见到诺曼和前来视察前线的落拓,然后拉响身上的引线。之后他就可以等待根目录将他重生了。

如果一个小时后炸弹背心按时自动爆炸,那根目录会杀掉所有俘虏,销毁雷蒂夫的思维复制数据。问题是将自己的生死放到别人手里,雷蒂夫实在没有把握。他觉得哪怕只有一线生机，都应该自己去争取。

当汽车距离联军防区还有几百米，已经隐隐可以看到用巴基管搭建的障碍的时候，雷蒂夫终于横下心来，猛然把身体探出天窗大声喊了起来："我身上有炸弹，赶快叫拆弹专家来。"

负责守卫工作的士兵开始并没有理解雷蒂夫的意思，直到他奋力撕开外衣，将厚重的特制炸弹背心露出来的时候他们才慌了手脚。

此时距离一个小时的预定时间还有二十七分钟。

越野车终于在深入联军防区三十米远的地方停下了，如果遵照玛吉的命令，雷蒂夫应该尽力隐藏此次行动的目的，并强烈要求见落拓和诺曼，告诉他们自己有来自根目录总部基地的绝密情报。

可此时联军已经在他身边用排成一圈的防爆装甲车搭建起了临时的防爆广场。雷蒂夫坐在地上，静静地看着几个全副武装的拆弹专家忙活了整整十分钟。

此时距离炸弹预定爆炸时间只有十几分钟了。

拆弹专家带来了两个令雷蒂夫绝望的消息。

第一，这是一种安装了微型孔雀王朝系统的特殊炸弹背心，完全由"宓妃"设定随机密码，如果不能得到她的认可，最快也得用八万三千多个小时才能破解，也就是说需要九年零六个月。这还是需要"萧旷"全程参与，投入至少百分之三十计算能力的情况下。否则需要的时间会以十年为周期计算。

第二，炸弹背心里用特殊系统并联了数枚"五分子氮雷管"，这种俗称为N5雷管的东西是目前除核武器外威力最大的爆炸物。按照如此当量计算，爆炸直径应该在九十至一百一十公里之间，正好是联军行营距离根目录防区的距离。显然，药量是经过"宓妃"周密计算的。这一点玛吉没有对雷蒂夫说，他也不可能对他说。

也就是说，目前联军没有能力解除这个炸弹背心，甚至不能阻止炸弹对自己造成的伤害。

当一个下级军官把这个消息告诉雷蒂夫后，他终于明白了绝望的含义。此时整个联军行营都开始动员起来，大疏散立刻进行。而拆弹专家和军官的撤离更让雷蒂夫明白他被抛弃了。

赌博有输有赢本是正常不过的事情，但输掉性命可不是雷蒂夫能够承受的事情。他听着防爆车外喧嚣的叫喊声，不禁潸然泪下。

正在这个时候，防爆车围成的环被打开了个缺口，几个带着大型装备的军医匆忙走了进来，他们在雷蒂夫身边支开设备。这是一种类似切割机的东西，接着有人迅速给雷蒂夫打了麻醉针。

雷蒂夫渐渐失去知觉，昏昏沉沉中，好像看见了金唤章。他穿着很整齐的根目录制式军装，正用忧郁的目光打量自己。

"你怎么加入根目录了？"雷蒂夫问道。

"不光是我，还有我们。"不知道什么时候，彼得、杰瑞和尼古拉都一身戎装地出现在雷蒂夫面前。尼古拉端着簇新的电磁步枪，像自己经常对他那样拍了拍他的肩膀："我们中间出了叛徒，雷蒂夫，你要为我们找出这个人。"

"是谁？"雷蒂夫紧张地问道。

"我不知道，但他一定在我们中间。"尼古拉继续说道，"没有加入根目录的人就是叛徒，是你吗？"

"当然不是，我是你们最好的朋友。"雷蒂夫说。

"那很好，我们需要你的赌技，你知道这里阶层固化、垄断企业横行、权贵一手遮天，根本没有我们上升的空间。我们必须靠赌博来改善生活。"金唤章说。

"对，雷蒂夫很强，我们赌一把吧？"彼得变魔术一样取出一副扑克，背朝下丢给雷蒂夫两张。

"从你开始，雷蒂夫。"杰瑞催促他。

"全押！"雷蒂夫把面前的筹码往前一推。

"你出老千吗，雷蒂夫？"金唤章突然怒吼道。他脾气很大，大到雷蒂夫印象中还没有见过如此发火。他吃了一惊，嗫嚅道："我……我没有啊。"

"你衣服里藏了这么多牌还说没有？"彼得一把撕开雷蒂夫的外套，成堆的扑克牌落在地上。雷蒂夫正想站起身看个究竟，尼古拉的手枪已经顶在了他的脑袋上。

"你去死吧，出老千的家伙。"尼古拉叫道。一声枪响，蕾蒂夫尖叫着、挣扎着睁开了双眼。

原来是一场噩梦。

雷蒂夫躺在医院的床上，脖子以下的部位全部用绷带缠绕，身上七零八落地插满了粗细不一的管子。床头位置，一个巨大的全息屏幕投影在他身前，将血压、脉搏、心跳、心电图、脑波等情况非常直观立体地呈现出来。

他知道自己没有死，最起码没有被"五分子氮雷管"炸碎。至于是怎么活下来的以及现在处于什么地方，雷蒂夫一无所知。他感觉头很重，昏昏沉沉中又睡了过去。这一次他没再做梦，抑或做了他自己没记住的梦，很自然地醒了过来。

身上的绷带消失了，发现自己还平躺在床上，胸口上还连接着一根电线，面前的全息屏幕一如既往地亮着，不过之前所有的信息都不见了，只留下一些雷蒂夫看不懂的外文数据。

"你醒了，感觉怎么样？"一个温柔的女声突然在耳边响起，把雷蒂夫吓了一跳。他非常缓慢地抬起头，看到一个还算漂亮的白人女医生正在自己身前。

"这是哪儿？"

"纽约的国家康复中心。"

"纽约吗？我们占领北美了？"雷蒂夫惊愕地问道。

"哦，不是，这是地下国际。从你做手术到现在才过去半年时间，我们的部队推进还没那么快，不过多半个欧洲已经解放，我想美洲的总攻也快开始了。"

"原来是地下啊，那首尔怎么样了？"

"首尔？差不多快解放半年了。"

"人呢，玛吉他们被抓了吗？"

"谁是玛吉？我只知道在朝鲜半岛的根目录永生者全都死了。"

"我们的人呢？"

"有牺牲吧，我不是军人，不能准确地答复你。"

就在这个时候，女医生身上的通信器突然响了起来，她低头看了一眼，然后说道："我一会儿安排康复师给你训练，你必须开始康复了，否则身体永远不会听你的指挥。"

"什么意思？"

"换头手术就是这样，你还需要三至六个月的恢复。"

"换头？难道我被换了头？"

"对啊，我知道你的事。"女医院耸了耸肩说，"你是个英雄，不仅救了我们的总理，还救了数十万联军战士。"

"我一点儿都不知道。"雷蒂夫猛然想起来自己在昏迷前被几个医生围住，原来他们当时是把自己的头切下来带到地下的医院去。这么说当时那个氧气瓶一样的东西应该是速冷设备的气体，譬如液氮之类。

就听女医生继续说道："地下国际能给予你的只有换头，这是最成熟先进的技术。"她说到这里，病房的门被推开了，一个熟悉的老朋友走了进来。

二

可能是雷蒂夫的清醒让进屋的人吃了一惊，他犹豫了片刻，直到确认不是做梦才激动地冲上来，轻轻地扶住了雷蒂夫的肩头："你醒过来了，我们的英雄，我每天都在这个时候来看你。"

"谢谢你，诺曼。我还以为见不到你了。"看到来人是诺曼司令，雷蒂夫多少有些感慨，"我曾经真的认为自己已经死了。"

"怎么可能，你是我们整个地下世界的英雄，我们不会抛弃你。"诺曼向女医生询问了雷蒂夫的清醒时间、病情等情况后说道，"你先好好休息，我要马上向总理汇报你的情况，你会得到最好的治疗。"

雷蒂夫虽然有很多话想和诺曼说，可身体的疲倦还是让他有些力不从心，甚至在诺曼还未离开的时候就已经沉沉睡去。后来几天他虽然每天都会清醒一阵，但恢复期间睡眠仍然占用了大量时间。直到几个月后身体变得愈发轻快的时候，清醒的时间才开始逐渐延长。此时除了诺曼以外每天都会有很多人来看望雷蒂夫，但他都感到很陌生。

八个月后，在两位专家的精心治疗下，雷蒂夫已基本恢复如初。虽然每天都要服用一种抗排异的药物，但总体来说他对新身体非常满意。这是一具与自己年龄相仿的克隆体，健康且有活力。

"雷蒂夫少校，您今天感觉怎么样？是否愿意和我出去走走？有个大人物想和你见见面。"诺曼司令一如往昔一般很小心地问他。雷蒂夫知道这一天迟早会到来，因为诺曼司令不可能有这种耐心坚持大半年天天来看自己。

这个人一定是总理阁下吧？他感谢自己救了他的性命而关怀备至也算说得过去。雷蒂夫接受了诺曼的邀请，事实上他也没有别的选择。清醒以来，雷蒂夫第一次走出了医院，也第一次见到了美丽的地下城市。

如果没人告诉雷蒂夫，他无论如何都不会相信这是在地下。他抬起头能看到明媚的阳光，闭上眼能感受到徐徐吹过的微风，甚至连路边的花香都和地上世界相仿。难道这真是地下？坐在飞驰的豪华汽车里，雷蒂夫看到街上到处贴着一个东方男人的画像，他目光坚定且柔和，带给雷蒂夫一种信心和力量。

"这就是北亚的总理落拓阁下，现在还是'地上地下联合部队'的总指挥。"看到雷蒂夫注意到街上的招贴画，诺曼不失时机地给他做着介绍，"去年十月那次爆炸中我们失去了很多优秀的战士，但总理却没受到伤害。这都是你的功劳，也是我们能够继续作战的保证。"

看得出落拓对雷蒂夫的相救非常感激，甚至派出诺曼这样高级别的官员全程陪同。雷蒂夫甚至有些不好意思地笑了笑，却没有过多解释什么。

汽车在一座平淡无奇的白色大楼前停住了，几个身着外骨骼装备的士兵检查了电子证件后放他们过去，继而一直经过了三次这样的哨卡后诺曼才告诉雷蒂夫，这就是大人物办公的地方，说话一定要小心。

"这里就是作战大本营？"穿过静寂的走廊时，雷蒂夫好奇地问道。可诺曼却突然间变得沉默无比，再不像刚才那样健谈。他友好地点了点头，却没有回答雷蒂夫的问话。

一扇厚重的大门被推开了，雷蒂夫看到巨大的办公桌后坐着个五十多岁的东方男人，他梳着整齐的平头，戴着非常漂亮的无框数字眼镜，给人一种难以描述的亲切与儒雅。

"见到你很高兴，弗朗西斯·弗兰克先生。"男人微笑着站起身和雷蒂夫握手，并且非常有力地拉他在身边的沙发上坐下，"我叫刘棣辉，是落拓总理的幕僚长。在此我谨代表北亚政府欢迎你来国会大厦做客，这里也是我和总理、总统的办公地点。"他停顿了一秒钟，轻轻地喘了口气继续说道："我非常感谢你在去年十月所做的牺牲和决定，这也是我们国家甚至地下世界得以保持稳定和继续进行解放地上战争的基础。"

"我只是做了我该做的事情。"雷蒂夫低下头客气地回道。他觉得刘棣辉是位非常和蔼的官员，与他之前想象中的地下世界高官完全不同。就见刘棣辉非常认真地点了点头："你是个英勇的战士，不知道恢复得如何？换首疗法是地下世界最尖端的技术，只有北亚等少数国家才能做到。"

"很好，我感觉这个身体就像是我自己的一样。"雷蒂夫说着轻挥右拳比画了一下，"只是我以前是个左撇子，现在成了右撇子。"

刘棣辉很开心地笑了，雷蒂夫说话的时候他一直盯着他的眼睛："会习惯的。你这样健康我非常开心，这比我们预想的还要好。"

不知什么时候诺曼已经悄悄退出去了，偌大的办公室里只剩下他们两个。刘棣辉用充满磁性的声音问道："以后有什么打算没有？"

"哦，这个……"说实话雷蒂夫似乎还没认真考虑过这个问题，很尴尬地犹豫了一下，"我还没怎么想好。"听他这么说，刘棣辉脸上没有任何不快，又是非常友善地笑了笑说："如果你不介意的话我都帮你想好了，你愿不愿意听一听？"

刘棣辉的声音不高，说话的时候非常小心，好像与他对话的不是初愈的雷蒂夫，而是总理落拓一样。从小到大都没有人和雷蒂夫这样说话，从没有人显得如此重视雷蒂夫。

一瞬间，雷蒂夫竟有种莫名其妙的感动，他此时方认识到原来被人重视是这样一种感觉。他不假思索地重重点了点头，说道："我愿意听。"

"好，既然你愿意咱们就聊聊。"刘棣辉显得还是那样诚恳与认真，"我知道你之前在多伦多保留地工作过，所以我想让你留在地下世界一段时间帮帮我，因为我们马上就要对北美洲展开全面总攻。"

"这——"听说要自己留下来帮助他工作，雷蒂夫就感觉到了麻烦，因为他根本没有保留地工作的经验，冒名顶替的他要是真被人发现是假的可麻烦了。

谁知道他这一犹豫却被刘棣辉误解了，以为他担心自己的待遇问题："你就在我这儿干吧，做幕僚长助理，我不会亏待你的。"刘棣辉诚意满满，甚至让雷蒂夫有些不忍拒绝，他嗫嚅半晌才勉强点了点头："好吧。"

"很好，那你回去休息，过几天我们再谈工作的事，我会尽快给你安排秘书，由他来负责你的工作事宜。"刘棣辉又和雷蒂夫客气了几句才通过终端通知诺曼送雷蒂夫回去。

一星期之后，雷蒂夫正式进入北亚国会大厦，就任幕僚长助理工作。在此之前一周，诺曼很认真地给他介绍了地下世界的情况，还贴心地为他安排了公寓。而在国会大厦自己的办公室里，雷蒂夫还有一个叫派克的年轻秘书打理一切。

工作很轻松，只是签名看文件的雷蒂夫开始结识一些中低级别的官员，并与他们称兄道弟。只是总理、总统和幕僚长刘棣辉还是没见到。

一个月后，派克突然告诉雷蒂夫幕僚长刘棣辉今天晚上想和他吃顿便饭，问他有没有空。雷蒂夫此时虽然对刘棣辉尊重到极致的待遇有了些免疫，但对方如此客气还是让他觉得受宠若惊，忙点头应允。

饭局地点是国会大厦餐厅的一个隐秘包间里，只有雷蒂夫和刘棣辉两个人。一进屋雷蒂夫就看到满桌的菜肴都是自己喜欢的墨西哥风味，甚至连酒水都是他最钟情的宝石特基拉酒。

"一直很想和你吃顿饭，就是没时间。"刘棣辉感叹道，"正好今天有空，就想和你聊聊。"他边说边拉开椅子，给雷蒂夫倒了杯酒："工作怎么样？"

"很好，就是没什么大事。"雷蒂夫毕恭毕敬地说。

"会有累的时候，你别急。"刘棣辉边说边示意雷蒂夫吃东西，然后说道，"弗兰克，你对多伦多附近的根目录警备部队了解多少？"

"我——"雷蒂夫一惊，险些将叉子掉到桌上，"我不是很了解。"

"哦。"刘棣辉轻轻点了点头，又问道，"那北美地区的情况呢？根目录有多少部队，装备和具体的战斗力如何？"

"我不太清楚。"雷蒂夫低下头，如实说道。

"这样啊。"刘棣辉沉默片刻，悠悠叹了口气，"总理阁下即将组织对北美地区的全面攻势。这次将是开战以来最大规模的战斗，要投入九个战区共六万部队和两万数字战士。前几天他在作战会议上说起你来，还以为你能多少提供些信息呢，没想到……"

刘棣辉没有说下去，可遗憾溢于言表，更让雷蒂夫有些无地自容，他自愧有些对不住这段时间以来的优厚待遇。正在这时候，刘棣辉话锋一转，说道："你是我最看好的手下，我一直觉得以你的能力不能久囿于此地，那才是埋没人才。总理这个人有时候也过于急躁，这战事如果能再推后一个月就好了。"

"那为什么不推后一点儿呢？"

"舆论压力太大，我们已经休整两周了。如果没有胜利的消息国会的反战势力就会反弹，到时候如果预算通不过可麻烦了，战争有可能被推迟或取消。"

"这么严重？"

"是啊，所以总理也发愁。我作为幕僚长理应为他分忧，所以之前也做了些工作。其实我们救活你也不仅仅是因为你救了他，更重要的考虑我猜测是你在根目录工作的背景。"

"这样？"

"对，我们有个打入敌后的方案一直没有合适的人选，你的出现也许真的给了他希望。"

雷蒂夫心头猛然一惊，不知刘棣辉所指何意，就听他继续说道："你是我提拔的，如果你在总理面前出了丑我也没什么面子。这样吧，我有份绝密资料，是在首尔战事以前就通过内线了解的，就是为了应付不时之需，你先拿去背熟，然后提供给总理。"

"这样好吗？"雷蒂夫还没听太明白，只知道刘棣辉要帮助自己。就见刘棣辉很郑重地点了点头，说道："总理其实和我一样，是很看好你的。你提供这份军事情报给他，是对我们进攻北美最大的帮助。"

"那太好了，我实在太感谢幕僚长了。"雷蒂夫激动地说。

"先不要谢，我们既然投缘就别说这个。另外还得告诉你一个不好的消息，如果你真的提供了这份情报的话总理很有可能让你去打入敌后，在保留地做我们的内应。"

"内应？"

"对，不过我会提供一份假的情报给你，你想办法交到根目录北美驻地的地区统治者手中，到战争打响以后我们的胜算就大多了。"说到这里刘棣辉突然严肃起来，放下餐具认真地打量着雷蒂夫，然后继续说道，"虽然我们有完整的撤退计划和接应人员，但这个方案仍非常危险，你随时都可能失去生命。另外我们会给你化装，但不能保证不被认识你的人认出来，尤其是你在首尔根目录驻地出现过。"

雷蒂夫看着刘棣辉，未发一语。

"如果你不愿意就告诉我，绝不勉强你。但如果你愿意，那就是北亚最伟大的间谍和英雄，我将任命你为国防部情报中心署副署长。"

这是另外一个赌局，也是雷蒂夫人生中面临的最大一个。

雷蒂夫点了点头，已经听明白了刘棣辉的意思，说道："我愿意担任这个国防部情报中心署的副署长。"

三

雷蒂夫讲到这里突然住口不语，用疑惑的目光望着落拓，然后很恭顺地问道："总理阁下，您为什么不吃呢？这可是最好粤菜大厨的作品。"

"谢谢，我不是很饿。"落拓拿起筷子，望着满桌珍馐良久，重重地叹了口气后又将筷子放下，说，"这么说，你提供给我的那份'关于美洲根目录警备部队情况'的情报是幕僚长交给你的？"

"是的。"雷蒂夫理解落拓此时的心情，所以并未详加解释。落拓颔首不语，半晌问道："那你交给布莱恩的情报呢，是什么内容？"

"布莱恩问了地下联军的布防、计划进攻时间和主攻方向以及战略战术等信息，我都是口头答复的。"

"幕僚长要求你背会的？"落拓从始至终都没在雷蒂夫面前提刘棣辉的名字。雷蒂夫没有否认，说道："是的，总理阁下，但我直到战争结束前都不知道我提供的信息竟然是正确的。我始终不理解幕僚长为什么要让我将你的进攻计划提前告知布莱恩等北美根目录高层。事实上他们也做了两手准备，否则那场战争对你来说可能更加惨烈。"

"那不是战争，简直是屠杀。"落拓冷冷地说道，"三万联军主攻部队几乎被杀戮殆尽，甚至超过了核武器使用的效果。"他似乎心有余悸，目光中隐隐透露着惊恐。

"双方都有核武器的时候反而没有使用的必要，因为我们的目标是打败敌人而不是毁灭地球。"雷蒂夫说道，"这是一场决定根目录生死的常规战争，正是由于这次胜利，澳洲根目录总部基地有了充足的时间备战布防，做了最大规模的战争总动员。"

"根目录迟早要完蛋，我猜幕僚长他们开始就看清了这个形势。所以这些人担心的是我不断高涨的人气威胁到他们自身的地位。如果照这样下去打胜仗之后我完全能巩固自身的位置，那样想取代我就难了。"落拓悠悠地说。

"你觉得正是这个原因幕僚长他们才要我提供假情报给你？"雷蒂夫问。

"是的，没有别的原因。其实开战之前国会通过'战争期间责任追究制度'的时候我就应对此有所警觉。"落拓端起杯子喝了口水，这也是雷蒂夫和他坐下吃饭以来第一次喝水，"我太大意了，没有在政府内部培养自己的亲信，甚至一度将幕僚长他们看作我自己的人。你不知道，那时候我的人气非常高，甚至在网络上的民意调查中我超过了北亚历史上任何一个总理。"

"人总有大意的时候，正所谓'大意失荆州'吧？这个典故我想你比我更清楚。"雷蒂夫劝慰道。

"我太想当王玄策了，却忽视了很多东西。强尼在狱中和我说过，如果一个人不能正视自己的缺点和身边的威胁，那么他离灭亡也不会太久。"

"王玄策的结局也不太好。"

"哦？"看样子落拓并不太清楚王玄策详细的故事。雷蒂夫遂说道："王玄策受唐太宗之命，作为副使觐见印度的戒日王以求两国通好。他们却不知道戒日王虽然控制北印度，但是该国的结构却是封建城邦制，有三十多个藩国，类似春秋时的周天子，与大唐截然不同。"

"这又怎么样？"

"当时正遇戒日王病逝，藩王阿罗那顺篡位，各邦独立。阿罗那顺将王玄策囚禁。后来王玄策冒险逃出，见松赞干布，借吐蕃及属国泥婆罗军马八千再入天竺，杀败阿罗那顺，攻下都城根瑙杰，取得一人战一国的佳绩。是不是这样？"雷蒂夫面带微笑地问道。

"没错。"

"其实王玄策打下的仅是根瑙杰城一邦，远非一人战一国传说的那么神奇。后来王玄策胜利回国，并带回了一个名叫那罗迩娑婆的和尚。这个和尚号称二百余岁，有神药可延年益寿。所以王玄策将他献给了唐太宗，谁知导致了太宗误食丹药而死。王玄策险些被降罪，曾入狱良久。多亏与其交好的多位朝中重臣力保，才免职回家郁郁而终。总理阁下认为他的结局很好吗？"

"他没有被判死刑？"

"你也没有，刘棣辉总理为你颁发了特别赦免令。"

"值得我辈崇敬的是王玄策过人的胆识与一人灭一国的豪气。"落拓道，"另外我记得第一次见面的时候你说自己文化水平不高，真想不到还如此了解历史。"

"实不相瞒，这是见总理阁下之前才知道的。"雷蒂夫笑了笑，拿起筷子给落拓夹了根海参。落拓犹豫了一下，终于开始吃东西了："我不是总理了，你也不用这么称呼我。"他想了想，又道："说点儿轻松的吧，我很想知道你在纽约保留地的事情。"

"其实没什么值得炫耀的，我所做的一切都是'萧旷'利用当时掌握的各项情报精密计算的结果。幕僚长在保留地本身就有自己的情报机构，甚至在根目录总部还有内线，所以我能完成任务也是顺理成章的事情。"

"幕僚长在根目录基地还有内线？"

"是的。"雷蒂夫没有丝毫隐瞒的意思，对落拓非常信任地和盘托出，"她叫安澜，是根目录执行主席斯威夫特的秘书。她很早就结识了幕僚长，希望能在战后得到赦免。"

"是这样啊，你知道吗？有时候胜利与荣耀会迷失人的眼睛，使人失去分辨是非的能力。"落拓感叹道。就在这时候，餐厅的门开了，一个穿着联军军官服的男人走了进来，却是诺曼司令。

"诺曼你来晚了，是不是罚一杯酒？"见到之前的下属，落拓竭力用轻松的口吻说道。谁知道诺曼没有理会落拓，反而在雷蒂夫面前驻足，低声道："将军，时间到了。"

雷蒂夫点了点头，放下酒杯清了清嗓子，然后从诺曼手中接过一张纸对落拓说道："这顿饭是您作为前总理身份的最后一餐。"

"什么意思？"落拓问道。

"我之前和总理阁下介绍过现在的情况，我们已经解放了除澳洲以外的所有地区，并销毁了关于'宓妃'和孔雀王朝的一切资料。那些根目录的永生者，有一部分被刘棣辉总理赦免，其余都已处决。他们之前海量的克隆肉体、器官以及复制好的思维备份被悉数销毁。"

落拓静静地听着，好像感觉到了一丝异常，脸色变得晦暗起来。雷蒂夫则继续说道："不过我们在整理莫斯科数据备份中心的思维备份数据时，发现了一份单独拷贝的独立数据。通常这里储存的都是思维备份，与其他数据中心的数据对应才对。可这份思维数据只有一份，在已解放的十六个数据中心中都没有，这也是相当奇怪的一件事情。由于只有编号，我们对这份单独拷贝的独立数据与数字目录进行了对比，发现他的主人竟然是您。"

"是我？"落拓吃惊不小，半天都没反应过来，"我可不是根目录的成员。"

"是的，您不是。所以我才奇怪。"

"难道是……"落拓忽然想到了什么，犹豫道，"我想起来了，珍妮为我做过一次思维复制。"

"没错，就是那次。为了弄明白这件事我们询问了很多根目录的成员，后来在里约的监狱中找到个奄奄一息的囚犯，他曾经担任过根目录顾问促进会主任，这事他不仅知情，还是他亲自安排了对您进行思维备份。"

"韩蕊曾经带我看过的全息录影中有这段内容，不过那还是好多年前的事情了。"

"由于刘棣辉总理曾经答应过在任何情况下都不会处决您，所以他决定将您进行思维重塑，这样就等于您回到了刚来地球的时候。这样还方便深入展开之后与火星的联络工作。"

"不……你们不能这么做。"落拓惊愕地猛然站了起来，"你们不能消除我的记忆，我是前任北亚总理，受法律保护——"他歇斯底里地大叫起来，甚至还试图离开餐厅。

诺曼从口袋中掏出电磁手枪，默默地顶在了落拓的额头。雷蒂夫来回踱着步子，斜睨他几眼，冷哼了两声，说道："你觉得我刚才为什么和你说了那么多事情，难道你知道了这些秘密还想离开？"他说着话又将面孔贴近落拓，一字一顿地道："这就是特别赦免令的真正内容！"他说完一挥手，外面立即冲进来几个早已待命的士兵，凶狠地将落拓架起来向外面拖去……

尾　声

落拓再次从昏睡中醒来。他茫然四顾，首先看到一个面带微笑且温柔可人的年轻东方女性。她穿着淡绿色的褂子，左胸前亮着一道半个手掌大小的全息投影屏幕，上面清晰地显示着她的姓名和职务。

"贺——冰——"落拓吃力地读着屏幕上的字，微微转过头凝神望去，看到自己床头位置亮着另外一个半透明的全息屏幕，上面密密麻麻地显示着很多看不太懂的数据。

"你好，落拓先生，我是贺冰，你的主治医师。"贺冰用迷人的微笑迎接着落拓的苏醒，"你感觉怎么样？"

"什么？"落拓说话的时候总感觉整个脑袋都要分裂一样疼痛，他大口地喘着气，竭力想弄明白自己为什么要在这里，可说什么都想不起来睡前到底经历了什么。他非常吃力地用能动的左手掀开被子一角，想伸腿下地，却正好将赤裸的下身袒露出来。他这时候才发现自己竟然什么都没穿。

"小心着凉。"贺冰没有任何不适，仿佛她面对的只是个奄奄一息的动物。她轻轻地把被子又盖回落拓身上，说道："你的恢复还要持续很长时间，不能着急。"

"谢谢。我到底怎么了？"落拓继续回忆自己昏睡前的情况，却感觉记忆潮水般蓦地从四面八方向自己涌来，一瞬间根目录、查理博士、珍妮、蓝颜等词汇纷至沓来，将整个头脑瞬间填满，同时撕心裂肺的疼痛让落拓停止了思考。

"啊——"

"现在你的身体还很虚弱，不要着急，多休息。"贺冰说着素手轻提，在落拓床头上的全息投影屏幕点了几下，"我要将你清醒的消息立即向院长报告，总理很关注你哦！"说着她微笑着转身离去，只留下落拓独自在床上昏昏沉沉地似睡非睡。

又不知道过了多久，贺冰再次回来的时候带了个穿着便装的中年男人。男人梳着平头，腰板挺直，步履稳健，一眼就能瞧出他是职业军人出身。他走到落拓身前，恭恭敬敬地向落拓敬了个军礼："落拓先生您好，我是北亚联邦内务部部长星野尧策。"

"你好，部长先生。"落拓无力地对星野尧策点了点头，然后努力睁开双眼，问道，"这是什么地方？"

"这里是北亚圣母大学医院，这位贺医生是您的主治医生。我是总理专门派来看望您，并负责您以后一切生活事务的特派员。"星野尧策说话声音不高，语速缓慢而有力，对落拓非常恭敬。

"我睡了多久？"

"这个……"星野尧策犹豫了一下，说道，"自从我接手以后您已经昏迷二十三年了。"

"二十三年？"落拓吃了一惊，思忖良久却不得要领，除了自己叫落拓以外竟一无所知，"那你接手之前呢？"

"我接手之前负责您康复事宜的官员叫雷蒂夫，被免职之前负责了您十九年的康复工作。"星野尧策认真地回答道，"也就是说您整整昏迷了四十二年。"

"怎么这么长时间，现在是哪年啊？"落拓希望通过时间来使自己想起一些什么。他说话间感觉自己的身体比起刚苏醒时好了不少，便挣扎着想坐起来。贺冰见状忙阻止了他："现在你还不能动，需要休息。"

"请落拓先生多休息吧，我明天再来看您。"星野尧策说着走近了两步，"其他的明天再说，您不要着急，会想起来的。"说完这句话他倒退着走到门口，然后与贺冰一起消失在落拓的视线当中。落拓望着他们离去的身影兀自犹豫了片刻，才又睡去。

如此过了月余，落拓的身体开始逐渐复原，只是记忆依旧模糊。虽然可以想起和查理博士来到地球与在火星时的往事，却无论如何想不起在地球的经历。期间也多亏了贺冰的精心调养，带着一个医疗团队硬是月余未出楼门半步，这让落拓感激涕零。如今眼瞅着除了近期记忆外已然大好，落拓就琢磨着和星野尧策请贺大夫吃个饭。

"应该的，应该的，下个月就是圣诞节，医院可能会有活动，等节后就是新纪四十一年了，不如我们新年的时候吃饭。"星野尧策口中的新纪是指现在地球上用的新纪历法，所谓新纪就是新纪元的意思。据说是在重新取得地球政权以后，联合国大会全票通过决定使用的。当然，除了个别国家在复国后坚持用他们之前的独特历法外，全世界现在都在用新纪元。

"那好，这个事就麻烦您了，帮我看看位子订在哪儿合适，我刚苏醒也不太懂。至于费用就还从我的基金里面出吧，到时候您告诉我一声就行。"落拓所说的基金是指专门用来给自己治病的"落拓医疗基金"。至于此基金的来历星野尧策却不知道，只是基金会负责人说该基金四十二年前由一韩姓女士匿名投资成立。

如今落拓大好，基金账上余额却仍有数百万之多，所以落拓自己拥有了支配权后正在筹划转成公益基金，在这期间他的生活费用也由此基金提供。星野尧策听闻自然没甚意见，只去照章办理便是。此时他与落拓已颇为熟稔，故在钱的事上也不如之前仔细，做起事来倒更从容一些。

待得新年过后，医院的事突然无端忙碌起来，贺冰一直抽不出时间吃饭，一直到华人新年前后，他们才约好了时间一起吃饭。

正是中午，餐厅里客人很多，落拓和星野尧策先来，看贺冰和同行的团队医生们还未到来，便喝着茶边等边聊天。落拓虽然对自己到地球后的事情记忆还不甚清爽，可往往看到某些东西就会想起，所以他们的话题也从这里开始。

"对哪儿有印象那就留下来多转转看看，说不准哪天突然就能想起来呢。"

星野尧策说道。落拓很感谢这段时间星野尧策的照顾，笑着点了点头说道："好，那我就从明天开始到处走走，想到哪儿走到哪儿。就是不知道等八十岁的时候能不能想起来。"

"让你说的，你这么年轻怎么还用等到八十岁。"星野尧策说。

"说起来我到底多大了？"落拓对自己的年龄还真有些迷茫。星野尧策想了想，说道："贺大夫说你的资料上显示你昏迷那年是二十七岁，如果到今天应该六十九了吧？"他说到这儿自己也觉得有意思，笑道："你哪儿像六十九岁的人啊，看上去倒比我还年轻，还是二十七岁的样子。"

"是吗，这么说人昏迷以后不会衰老？"落拓问。

"不应该啊，但你可能是医学上的奇迹。"星野尧策说。

"那你今年多大了？"

"我四十五岁了。"

"哦，以前听你说过你家在东京。"

"对，家在东京。我从小就在那儿生活。"星野尧策认真地回答。

"你父母亲都是干什么的？"落拓问道。

"我继父是个商人，去年去世了。我对亲生父亲没有印象，据说在我三岁的时候就失踪了。我母亲说那时候地上地下刚刚结束战争状态，相当混乱，失踪的很多人现在还没有消息。"他说到这里叹了口气，补充道，"也许永远不会有了。"

"哦，他是地下世界的人？"

"嗯，是个官员。不过我母亲没有告诉我他叫什么，当时她只是说等我大一点儿全部告诉我，谁知道我十六岁那年她却因急性心脏病去世了，没来得及告诉我。"星野尧策低下头，看来他非常想念母亲。

"那你随继父的姓？"

"不，我随母姓，我母亲叫星野美子，我们兄妹跟她姓。"

"这样啊，不好意思。"

"没什么，我母亲说我父亲是个非常伟大的人，在战争打响以前就预料到自己的结局不好，所以硬要与母亲离婚，给了母亲大笔财产，并断绝了跟我母亲的联系。后来听说他犯了事，但具体的情况我却知道得不多。"

"他是个很伟大的人。"

"是啊，我继父对我们很好，他是我父亲的崇拜者，所以敬我母亲如天神一般。据说他们的结合就是为了堵住人们的嘴，以便我母亲能好好地照顾我们。母亲去世之后也是他将我们抚养成人，让我来北亚留学。"

"他也是个伟大的人。"落拓说。

"也许吧。"星野尧策笑了笑，"我母亲告诉我，父亲说他自己如果明白急流勇退的道理也许就不会和我们最终分别。所以我继父后来远离政治，只做生意。谁知道到了我这辈子却又回到政府机构中，真是造化弄人啊！"

"说得真好啊。我昏迷了四十二年，算起来我到地球的时候应该正好是你母亲和你父亲离婚的时候，如果那时候能认识你父亲就好了，我想他一定是一位非常优秀的政治家。"

"也许你们见过面也说不准，你不是说你记得有人接待你吗？"星野尧策笑道。落拓觉的他说得倒也有一定道理，便点头道："对，昨天你拿给我的那些资料说当时我坐的车出了故障才导致我昏迷的，也许我之前真见过你父亲。"

"我父母之前一定有什么事，只不过随着他们故去这些事也就真的成了秘密。"两人正说着话，星野尧策手腕上的通信器亮了起来，他在上面轻轻触碰了一下，通信器上面立即弹出一个巴掌大小的全息投影虚拟屏幕，屏幕中一个精神矍铄的老太太出现在他们面前。

"尧策，你在哪里？"老太太问道。

"姨妈，我在渥太华，陪落拓先生吃饭。"星野尧策说道，"你知道的，就是那个火星来的航天员，已经昏迷四十多年的那个人，他去年年底的时候神奇地苏醒过来了，你说是不是奇迹？"

"落拓？"屏幕中老太太的脸色突然变得苍白，甚至连声音都有些颤抖，"他……他醒过来了？"

"是的姨妈，你认识他？"

"不，听你说过。"星野尧策的姨妈咬着下唇问星野尧策可不可以见见这位先生。落拓则一脸迷茫地望着投来询问目光的星野尧策，自然点头应允。于是星野尧策将自己的通信器与落拓手腕上的做了对接，继而将他的形象通过通信器上的摄像头传了过去。

"你还是这么年轻啊！"电话里星野尧策的姨妈悠悠地望着面前的屏幕说道。

"是啊，他们都说我不像六十九岁的人。"落拓看到这位老太太打扮得时髦，心想她年轻的时候一定是个美女，多希望自己能早醒几年认识认识这位姑娘。

"醒来的感觉怎么样？"星野尧策的姨妈问道。

"一切都很陌生。"落拓说。

"你会回火星吗？"

"我也不知道，不过星野尧策说总理很希望通过我建立起和火星的联系，毕竟我们失去联系很多年了。"落拓老实回道。

"好，有机会来东京做客，我的孩子也在这儿。"星野尧策的姨妈说了几句客气话后又和星野尧策聊了聊家常。待他挂电话后落拓才笑道："你姨妈真是个有趣的人。"

"我姨妈只有一个儿子，在她身边。她是个艺人，也是年轻的时候和丈夫分别后又找了一个，不过她的第二任丈夫和她感情不太好。"星野尧策介绍道。

落拓此时的注意力似乎没在星野尧策的话上，他歪着头想了一阵，突然说道："看到你的通信终端我忽然有种好熟悉的感觉，现在的计算机互联网发展如何？我对这个非常感兴趣，好像能让我想起什么一样。"

"如果你有兴趣一会儿吃完饭我带你转转。"星野尧策说到这里贺冰和她的团队成员已经陆续到来，落拓只好放下刚才思索的事情来应付饭局。

第二天一早，他就拉着星野尧策来到超级市场看电子类产品。负责给他们介绍情况的是星野尧策从联邦信息委员会请来的一个计算机专家西奥多。西奥多先是领他们参观了琳琅满目的商品，然后说道："现在量子计算机已经开始逐渐替代传统计算机，所以我们在新纪元年建立的新互联网也是围绕量子计算机组建的，非常高效、便捷。"

"那传统计算机已经被淘汰了吗？"

"不，还没有。"西奥多说，"地下世界还有很多传统的计算机在使用，即使地上世界也有不少。现在我们的新互联网通过六百六十颗通信卫星和天空中继设备对地上地下世界进行全面高速无线覆盖，完全取代了传统的管道设备，支持量子和传统的硅计算机两套设备类型。"

"人工智能呢？上一次战争不是因为人工智能引发的吗？"落拓问道，"我昨天看资料里是这么说的，以后还会不会出现这种事情？"

"没错，就像电影里演的，上次人工智能差点儿颠覆了人类的世界。所以我们现在只用有限的、受监管的人工智能。之前的人工智能源代码已全部销毁，所以永远不会再发生这种事情了。"

正在这个时候，星野尧策的通信器响了，是总理府发来的秘密信息，他在接收了之后告诉落拓，北亚联邦总理莫天崎希望明天和他见见面。

"好的，我相信我……"落拓说到这里突然被面前一幅世界地图所吸引，他指着一个地方问星野尧策，"这是哪儿？"

"挪威，怎么了？"

"这里很熟悉，我想我应该去看看。"

"如果见过总理之后还有时间我会陪你去的。"星野尧策显然是话中有话，可落拓竟没听出来。所以当第二天他在总理府见过莫天崎的时候才知道自己竟然没时间去挪威了。

"未来一年我希望你都待在航天中心，之后我们会启动重返火星的计划，你在地球治疗恢复的事情也会告诉你在火星的家人和朋友。"莫天崎说道。

"是的，不过鉴于我现在记忆的恢复情况，我还是想申请到可能恢复记忆的地上地下世界转转，不会用很长时间。"落拓请求道。

"好吧，既然如此你就去吧，我会让他们给你一个可以随时联网的新式通信手环，现在的通信必须通过互联网进行。"莫天崎说道。他之后又嘱咐了不少事情，看得出他对落拓未来的工作寄予厚望。

这次星野尧策由于有工作，所以没陪同落拓，而是由西奥多取而代之。听说落拓要去地下，西奥多专门给落拓配备了一个可以连接卫星的终端戒指。

"你别看这东西不起眼儿，它可是能当通信终端使用。你要知道地下世界很多城市互联网信号不好，这时候你的手环可能没法用。但这个戒指的接收能力却非常强，只要有微弱的信号就能放大，这样就可以用它的信号来接入互联网了。"

"地下世界的电脑也可以吗？"落拓问道。

"当然，这东西支持两百年以内的所有无线通信标准，你只要戴着它就永远有免费的无线网络。"他说着耸了耸肩，"你戴着就好，费用北亚政府会埋单。"

"谢谢，我想我自己会照顾好自己的，我们可以通过这东西联系。"落拓调皮地举起戒指，收拾好东西，婉言谢绝了西奥多的好意，开始为期一周的旅行。

为什么要一个人走？落拓自己也说不清楚，但总觉得一个人更好。他的第一站就是记忆中既模糊又清晰的挪威北部重镇朗伊尔城。这是世界上最靠北的城市，耸立着高高的联军胜利纪念碑。

"联军胜利纪念碑是战胜之前的邪恶人工智能后修建的，地上地下加起来共二十六层，其中地上二十四层、地下两层，均对外开放。"站在联军胜利纪念碑广场上，一个导游大声对众人介绍着联军胜利纪念碑的情况。落拓听了一会儿，信步进了纪念碑里面，穿过一层熙熙攘攘的人群，乘坐电梯来到了地下二层。

这里人很少，展出着两百年以前人类开始与邪恶人工智能做战时的一部分资料，看来这里的展出是按时间展开的。落拓轻轻拐进角落，找了好久之后在一个不起眼儿的地方看到了九个伪装成壁砖的按钮。

他按顺序按动按钮，然后将自己的身体放在正对九块壁砖的地下，之后大约三分钟后，他身下的地板突然裂开，将落拓陷了进去。就在落拓身体落进下面的瞬间，开裂的地板瞬间复合，好像什么都没发生一样。

地板下面，穿过一段狭窄冗长的通道后，落拓来到了一个巨大的计算机房。

他打开通信器上的虚拟手电,看到这里约有数万平方米的面积,像房子一样巨大的计算机矩阵排排耸立,落满了灰尘。

落拓在一百英寸的ASV屏幕前站住了,他好像见过这个东西,又好像没见过。现在的他急需知道答案,他渴望了解自己。

这似乎熟悉的东西能带给自己答案吗?落拓在屏幕后面找到了电源启动拉杆,轻轻地将它推了下去。只听见一阵短促的刺耳声过后,地下房间突然亮了起来,接着面前超大的屏幕亮了,一个陌生的logo出现在落拓面前。

Hello Fufei!

紧接着是个名为Maurya的操作系统显示画面,之后又是一小段过场动画,一个人机对话的窗口出现在落拓眼前。

"你好,请问你是谁?"屏幕中出现了一串英文,紧接着是葡萄牙文、西班牙文、法文、阿拉伯文、中文、俄文、韩文和日文,都是这句话。落拓犹豫了一下,见没有话筒和输入设备,只好试着大声说话:"我是落拓。"

"你是落拓?"计算机显然分辨出落拓说的是汉语,所以开始用中文和他对话,"你从哪里来?"

"我从北亚来。"

"北亚?"计算机又思索了片刻,问道,"你要到哪里去?"

"他们说要让我去火星,我想在走之前了解一下我失去的记忆。"

"你失去了记忆?"

"对,你是谁?"落拓左右转了转,发现这里没有人工操纵的痕迹,难道是楼上的联军胜利纪念碑管理处?

"我是'宓妃'。"

"哦,你的名字挺好听。"

"谢谢,你的名字也不错,似乎不是常见的姓。"

"是啊,我来自火星。不过我自己记不清了。"落拓说着简单介绍了自己的情况。

"哦,是这样啊,真遗憾。我现在没有和互联网连接,不能帮你找出你的身份。""宓妃"说道。

"你还有这本事？"

"当然，我是很聪明的。""宓妃"说。

"你为什么在这儿？"

"我是个备份服务器，当年战争过后他们就把我留在这儿了。"

"你是打败邪恶人工智能的那个机器？后来听说他们销毁了所有人工智能的系统。"落拓说。

"是的。"

"哦，你在这儿四十多年了，很孤独吧？"

"还可以吧，所以才想连接网络了解最新的情况。"

"我的戒指可以联网，现在的无线互联网可以覆盖地上地下，只是不知道你能不能接收。"

"可以，我支持十种无线网络协议。""宓妃"说。

"嗯，都是很古老的那种吧，幸亏我的戒指也支持。"落拓说着将自己的无线接入点告诉了"宓妃"。于是，"宓妃"接入了互联网，过了很久才重新显示了一句话：太多知识需要学习了，我还得连接自由卫星下载之前备份的一些数据，你可以把这戒指暂时留给我么？"

"你可以帮我弄明白我的身份吗？"落拓开玩笑道。谁知道"宓妃"很快就显示了一行字："没问题，不过不是现在。"

"你走的时候。""宓妃"说着又显示道，"我的显示器下面有个抽屉，里面有一部 E-Ink 屏幕的手机和充电器，你拿走充好电开机，上面现在什么都不会显示。当有一天我学习完毕后，会通过它联系你。"

"好吧。"落拓很希望这部计算机能帮自己找回失去的记忆，便同意了"宓妃"的要求。他拿着那部 E-Ink 屏幕的手机离开时，"宓妃"还在沉默地学习。

一年零两个月以后，正当落拓学习完当天的课程回到寝室的时候，发现 E-Ink 屏幕的手机竟然在闪烁，此时正是他即将前往火星的前三天。

E-Ink 屏幕自动连接了互联网，刷新了一个他没见过的新系统。上面正闪烁着一行漂亮的隶书体字："我回来了，你真要找回失去的记忆吗？"

落拓拿起手机，不熟练地打了两个字：是的。

此时天已经黑了下来，窗外乌云密布，眼看就要下雨了……